グラントとリーアムへ
三人組はいつも完璧。

生まれるまえに起こったことを知らずにいれば、ずっと子どものままだ。歴史の記録によって、それが祖先の人生に織りこまれなければ、人生に何の価値があるのか？

マルクス・トゥッリウス・キケロ

新米フロント係、探偵になる

主な登場人物

アイヴィー・ニコルズ……ホテルのフロント係
ミスター・フィグ……ホテルの支配人
ジョージ・アンゲレスク……ホテルのシェフ
ドイル・ルイス……ホテルのフロント係
ベアトリス（ベア）……ホテルのメイド。大学生
ミスター・チェン……ホテルの庭師
クラリスタ・キング……ホテルのオーナー
アメリア・スウェイン……宿泊客。会社社長
ジェフリー・スウェイン……宿泊客。アメリアの息子
ローズ・ジューエット……宿泊客。画家
モレッティー夫妻……宿泊客
ミスター・ウルストン……宿泊客
ケリー・パーソン……宿泊客。牧師
ヘマル・サンディープ……宿泊客。実業家
マロリー……農場経営者
オーウェン・クリスティー……マロリーの農場の手伝い
デ・ルナ……警部
ベネット……刑事

1　ディナーにくるのは？

　ダイヤモンドが光るアメリア・スウェインの指は、こちらとのあいだを隔てる背の高い大理石のフロントデスクを強く握りしめており、それでやっとわたしの首を絞めずにいられるようだった。年の頃は七十、マーガレット・サッチャーのような髪形をしたミズ・スウェインは真っ赤な唇をすぼめている――口のまわりの皺《しわ》を見たところでは、日頃からの癖のようだ。

　わたしもフロントデスクの横をきつく握りしめ、なんとか彼女をなだめようとした。「申し訳ありませんが、ロムルスとレムスの間はすでにほかのお客さまがお泊まりになっておりまして」

「ねえ」彼女は一瞬黙りこんだものの、わたしに話をさせるつもりはなかった。「お客が到着したときに宝くじみたいに行き当たりばったりで部屋をあてがうなら、どうしてわざわざ予約なんてさせるわけ？」

　クラリスタ・キングの声が「きびきびと、礼儀正しく、時代にあった言葉で」答えるようにと頭のなかで指示した。わたしたち女性スタッフ全員がクラリスタに着せられているウエストが細く、レースで縁取られているハイカラーのドレスよりさらに厳しい要求だ。クラリスタはこの〈ホテル一九一一〉のオーナーとして、風変わりな時代趣味の維持を何よりも優先している。とはいえ、それがここのところ利益が急減している原因かもしれない。

とりあえず、南部育ちのおかげで重々しく「お客さま」「申し訳ありません」「恐れ入ります」と言うのには慣れており、今回もすべて使った。「お客さま、お待たせいたしまして恐れ入ります。ご予約は承っておりますが、どうやら電話でお話をうかがった者がご要望を正しく書き残さなかったようです。申し訳ありません」

日中のフロント係であるドイルは予約を受けつけるよりマジシャンになる夢のほうに熱中していて、またわたしを窮地に陥れた。次にトランプのカードを選ぶよう頼まれたら、身体を半分にへし折ってやる。

ミズ・スウェインは節くれだった指でわたしの胸を指した。「名札もつけていないのね。お嬢さん、あなたのお名前は？　レビューを書くときに必要だから」

カミソリのような鋭い視線に、六年まえだったら足がすくんだろう。パニック発作が起きると、尻尾に火がついたかのように心臓が走りはじめるのだ。脚の感覚がなくなり、頭が浮かびあがって、糸が切れた風船のようにくるくる回転する。そして、自分は死ぬのだと思いこむ。

でも、もうだいじょうぶ。

わたしはミズ・スウェインと目をあわせたまま微笑《ほほえ》んだ。「アイヴィー・ニコルズです」

ミズ・スウェインは腹立たしそうに息子のほうを向いた。スーツ版そっくりさんで、同じく光沢仕上げを施している。

息子は片手で髪をかきあげた。「〈イェルプ〉のレビューで評判がよかったんだ」

「へまばかりしているホテルを見つけるなんて、いかにもあなたらしいわ」ミズ・スウェインは言い放った。「権限を与えられるのは苦手だったわね」

いつになったら終わるのだろう。椅子にすわって待ちたいけれど、お客のまえですわることはクラリスタの禁止事項リストに入っている。きっと、昔のひとには膝がなかったと思っているのだろう。

ミズ・スウェインがまたわたしのほうを向いた。「もしかしたら、あなたがちがう名前で探したのかもしれない。もう一度、探して。アメリア・スウェイン。ス・ウェ・イ・ンよ」

スウェイン。彼女が最初にそう口にしたときに聞き覚えがあり、記憶からこぼれ落ちたものを揺さぶられたように感じたが、いまもまた揺さぶられた。

予約簿《ブッキング・ブック》は——クラリスタの命名であり、断じてわたしではない——まだフロントデスクで広げたままだ。「はい、お客さま。探しましたところ、予約はありますが、特定のお部屋は指定されておりません」

「でも、指定したのよ。ふた部屋。二階のコネクティングルームって」つくり物のような薄い唇から唾が飛んだ。ミズ・スウェインはフロントデスクに身を乗りだして不自然に微笑んだ。「たしかに予約したの」

階段の下にある一対の大理石像、水の精ナイアスが彼女にあきれて、目玉をぐるりと上に向けた気がした。それでもミズ・スウェインの訴えを真剣に受け止めざるを得なかった。いま、このホテルは宿泊客をひとりとして失うわけにはいかない。わたしはゆっくり息を吸い、ほかに空いている部屋はないか、予約簿を数ページめくった。あった！

「ミズ・スウェイン」――また記憶が突っつかれた――「お母さまがアキレスの間、ご子息さまがアレクサンドロスの間をお使いください。二階の隣りあったスイートルームです。ロムルスとレムスの間のようなコネクティングルームではありませんが、アキレスの間は当ホテル最高のお部屋で、この建物のもとの所有者本人のスイートルームでした」

「そこでもいいわ」ミズ・スウェインはばかにするように言った。「すぐに最高の部屋が空いているのがわかってよかったわね。まるで、オフシーズンみたい」

何を言いたいのかはわかったが、無視することにした。「アキレスの間はいちばん高価なお部屋ですが、ご予約のときと同じ料金でご用意させていただきます」

「料金なんてどうでもいいの」ミズ・スウェインはチェックインの書類に署名して、カウンターの向こうから突きだした。「せめて、ディナーの予約は入っているでしょうね？　今夜と明日の分よ」

予約を確認した。ドイルもひとつくらいはきちんと仕事をしたようだ。ドイル・ルイス――ヒーローであり、ミスター信頼であり、書類仕事という荒海で頼りになる錨《いかり》。「はい、今夜と明日、二名さままでディナーを予約してございます。ほかの日も予約をご希望の場合は、できるだけ早くお知らせください。ダイニングルームは満席になることが多いので」

ミズ・スウェインは爪でかちかちとフロントデスクを叩いた。「アレルギーのことは？　書いてある？　わたしはひどい甲殻類アレルギーなの。わたしが死んで、あなたに責任を負わせるようなことになったら、いやな気分でしょうからね。たとえ、あなたが無能なせいだとしても」

〝ご心配なく〟わたしは予約簿を確認しながら思った。〝生きているときにひとを思いやっていないなら、死んでからもひとを思いやって悩んだりしませんよ〟

アレルギーの件は記録されていなかったが、ミズ・スウェインに知らせる必要はない。いま彼女を追い払えるなら、何でも言える。「はい、アレルギーについても書いてありましたので、あらためて厨房に確認しておきます」

ミズ・スウェインは目を険しく細めた。「自宅以外で口にする料理は材料を残らず書きださせているの。貝もだめですからね。す汁をスプーン一杯口にしただけで死んでしまうのだから」

そろそろ、がまんの限界だった。

ありがたいことに、ミスター・フィグがわたしを窮地から救うために階段を下りてきてくれた。支配人はいつものように、三つ揃いのスーツをぱりっと着こなしている。一九一一年に撮った、ホテルに変わるまえの屋敷の使用人たちの写真をもとにしてクラリスタがあつらえたスーツだ。ミスター・フィグの顔がこわばっているところを見ると、ミズ・スウェインの存在がもたらしている冷ややかな空気を感じているのだろうか。

わたしはミズ・スウェインに本物の動物の骨でつくった部屋の鍵をふたつとも渡し、うしろで立っているミスター・フィグを身ぶりで示した。「支配人がお部屋にご案内いたします」

ミズ・スウェインはミスター・フィグに革のアタッシェケースを渡し、近くの長椅子に置いた一泊旅行用のかばんを指した。「車にまだ荷物があるわ。五時に持ってきてちょうだい。ディナーのために着がえたいから」

「かしこまりました」ミスター・フィグはお辞儀をして、開いたてのひらを上へ向けてエレベーターのほうを指した。「こちらで――」

「階段を使うからけっこうよ。こんなところのエレベーターなんて、お金をいくら積まれても信用できないから」ミズ・スウェインはミスター・フィグのわきを通りすぎて階段へ向かった。「行くわよ、ジェフリー」

ミスター・フィグは旅行かばんを持ち、ふたりのあとから階段をのぼった。ミスター・フィグはミズ・スウェインと同じくらいの年齢だが、彼女と同じく弱々しい老人には見えない。背筋がまっすぐ伸び、肩幅は広く、こめかみのあたりに白いものが少し交じっている以外は赤毛のままで、まだまだ魅力的だ。

いっぽうジェフリー・スウェインは表面がてかっているすり減ったタイヤのようだ。おそらく五十代前半だろうが、テーラーで仕立てたスーツを着て、高いお金をかけた髪形をしていても、風采がよく見えたことはないだろう。

ミスター・フィグが初めてホテルにやってきた客にいつもしている話が断片的に聞こえてきた――この屋敷を建てた家族がいかにしてチャタヌーガ鉄道で財を成したか、その家族が抱いていた古代への憧れがいかにしてグレコローマン美術をモチーフとする屋敷となったかといった話だ。クラリスタはまだ一九一一年であるかのように、モロー家がまだこの建物で暮らしているかのように語ることを強く求め、ミスター・フィグもいやがってはいないようだった。

このあとミスター・フィグは階段をのぼりながら鉄でできた手すりのアカシアの葉の模様について話をするだろう。そして部屋に着いたら、この屋敷はボザール様式の至宝だと（ふたりが知らない場合は、古典建築のひとつだと付け加えて）説明する。外観で浅浮き彫りのパネルやペディメントやカルトゥーシュといった装飾が――それがどんなものであれ――施されていない場所は三十センチ四方もなく、屋内も同様に凝った造りになっていると。

上流気取りの客ならゴールデン・ライムストーンでできた左右対称の屋敷正面と、アメリカの鉄道王ヴァンダービルト家のもう少し小さな別荘の正面とを比べるだろう。それ以外の人々なら「ホワイトハウスを彷彿とさせるが、少し黄色いね」などと言うかもしれない。

わたしはスウェイン親子に関する書類を持ってフロントのうしろに下がっている黒いシルクのカーテンを通りぬけ、狭くて現代的な事務室に入り、パソコンの横に書類を置いた。そして少し間を置いてから、心臓の鼓動と両脚の感覚に意識を向けた。

ほら、だいじょうぶ。

ミズ・スウェインのアレルギーについては、できるだけ早くジョージに伝えたほうがいい。ちょうど午後四時をまわったところであり、ジョージがこんな時間までディナーの準備をしていないはずがない。最後の最後になって予定を変更することになったら、さぞかし大喜びするだろう。

わたしはスイングドアを押して、狭い事務室から厨房に入った。塩気の利いた肉のにおいが漂い、反対側の棚にある携帯用スピーカーからバイオリンの音が流れている。

五年生の頃から週に一度はジョージが育った家で聴いてきた音楽だ。ジョージは家族からはゲオルグと呼ばれており、ルーマニア人の両親は口のなかで三つの音を発してから、喉の奥で「グ」と力強い音を出していた。ジョージが厨房で民族音楽を流すと、現代的で無味乾燥なホテルの厨房にジョージの母親が刺繍したテーブルクロスをかけて、異国の温かみを加えているかのようだった。

テンポの速いメロディーは複雑でめちゃくちゃですらあり、森のパーティーのように騒々しい。背の高い帽子をかぶり、房のついたベストを着た東欧のこびとたちがたき火を囲んでまわり、底が平たいブーツをはいた足をふりあげている姿が目に浮かんでくる。

真新しいコックコートを着たジョージはこちらに背中を向け、次第に速くなっていく歌のテンポにあわせ、漂白した白いまな板のうえで夢中になってニンジンを千切りにしている。

食品アレルギーはいつもジョージをいら立たせるが、今回は知らせるのが遅れたのでなおさらだろう。

ジョージは少なくとも食べ物については一貫して頑固だった。クラリスタはウイリアムズバーグやフィラデルフィアにある植民地時代をテーマにしたレストランの料理をまねて、一九一一年当時のメニューをつくらせようとしたが、ジョージは承知しなかった。すべてが斬新、すべてが型破り、すべてが独創的、ジョージの望むとおりの調理によって産みだされなければならないのだ。

クラリスタはジョージに何ひとつ勝っていないと言っていいだろう。この店に高給で引っぱった――ジョージが給料を釣りあげた。本当は一九一一年当時の厨房を再現したかった――ジョージにくだらないと言われた。厨房を手伝うスタッフを大勢雇おうとした――ジョージは早くに出勤して準備し、決してじゃまをしない助手《スーシェフ》ひとり以外は、自分だけで仕事をすることを望んだ。そしてクラリスタがそれらを天秤にかけた結果、ジョージがもたらす利益は譲歩しなければならないことより大きかったのだ。

そろそろ敢然と立ち向かわなければ。ジョージのうしろの棚に置いてある携帯電話を見つけて、音楽を止めた。

ジョージが手を止めてふり返り、黒い眉をひそめてじゃま者を探した。夢遊病で歩いているときにじゃまされたかのような迷惑そうな顔を見ると、いつもジョージのことを何も知らないのではないか、あるいはジョージはわたしを知らないのではないかという気持ちになる。

けれども、青白い顔がすぐにわたしだと気づいた表情に変わった。ジョージはわたしを、もしかしたら誰よりも知っているし、この仕事とこのホテルがわたしにとってどんな意味を持つのかも正確に知っている。

「やあ」ジョージはにっこり笑い、ニンジンの千切りを再開した。

わたしはまた音楽を流し、まな板に近づいた。「そういうことは助手にやらせるんじゃなかった？」

「助手がちゃんとやらなかったんだ。いつからきていた？」

「四時ちょうど。いつものようにね」わたしは目をぱちくりしてみせた。

「そりゃあ、そうだ。ミス・時間厳守」ジョージはわたしのすぐうしろを通って反対側のコンロまで行き、ぐつぐつ煮えている鍋にスプーンを入れた。「こっちにきて。こいつを試してよ」

ジョージはスプーンですくった琥珀色の液体を湾曲した大きな鼻の下に持っていき、そっと吹いた。かんきつ類のような変わったにおいが漂ってくる。

よだれが出てきた。高まる期待をさらに盛りあげるかのように、ジョージの携帯電話から流れてくる歌がやわらかなバリトンを包みこむようにゆっくりになった。

ジョージが持つスプーンの先が唇につき、わたしは口を開いた。なめらかで透明で、バターの風味がする液体が舌を転がり、喉の奥へ溶けていく。一瞬、わたしの意識はその味と、その味を生みだしたひとの黒い目に残らず引き寄せられた。

スウェイン親子が到着して以来、わたしは初めて大きく息を吸った。「ごちそうさま」

ジョージはスプーンを食器洗浄機に持っていき、洗浄用トレーに入れた。

厨房は業務用で本格的なレストランとしても充分な広さだった。ジョージは独立した、ホテル内で営業するビストロという形を望んでいた。だが、クラリスタは聞き入れなかった。宿泊客の予約が入っていない席だけ、食事のみの客を入れることを許したのだ。当面は。

ジョージはラクダ並みの辛抱強さと六人の子を持つシングルマザーの野心を兼ね備えている。欲しいものを手に入れるために、早々にクラリスタを動かす手段を見つけるだろう。わたしに言わせれば、もうすでに具体的に決まっているはずだ。

「VIPがチェックインしたんだけど、デヴィッド・カッパーフィールドが予約を受けたときにアレルギーについてメモしなかったものだから。あなたにも話していないわよね？」

ジョージは閉じた唇から息を吐きだした。「例のごとくだ。ドイルをくびにするって？　で、アレルギーはなに？　ピーナッツ？　それとも乳製品？」

「甲殻類」

ジョージは喉の奥で低くうなった。

「それに、お行儀よくしたほうがいいかも」

「なんだ、もう文句を言っているのか」

「八月の午後のバタークリームみたいにしつこく」

「まあ、今夜は問題ない。ショートリブだから。でも、明日は考えないといけないな」

「こういうときには……ベイクド・チキン」ジョージの反応を待った。

ジョージは真剣にひとさし指を突き立てた。「そんなことは嘘でも言わないでくれ」X線でなかを見通せるかのように、冷蔵庫のほうを見た。「そうだ、木曜日に出すつもりだった豚ロースがある」

「豚肉」ミズ・スウェインの名を聞いたときから記憶を刺激し、チェックインしたときにほどけはじめた考えがついに解けた。「豚肉！　それで名前に聞き覚えがあったんだわ」

「誰の名前？」

「さっきチェックインしたご婦人、アレルギーがあるひとよ。どこで名前を耳にしたのか思い出そうとしていたの。豚肉の会社の社長なんだわ。スウェイン・フーズの」

ジョージはうなった。「スウェイン・フーズ。シカゴに本社がある会社？」

「それは知らないけど」

「それより、どうだった？」ジョージはコンロで煮えている鍋を見やった。

「もちろん、おいしかったわよ。あれはなに？　ニンニクのスープ？」

「レモングラスのソースだ。でも、ニンニクも入っている。少し多すぎたかもしれない。明日の夜に出すザリガニのソースにするつもりなんだ」

「ザリガニ？　それ、本気――」

ジョージは長い手をあげて〝そこまで〟と合図した。「自分がやっていることは承知している」

「ええ、そうよね。あなたが有名シェフだってことは、みんなが知っている」わたしは肩をすくめた。「でも、わたしはあなたが学食のチキンナゲットにマッシュポテトをつけていたのを見ていたから」

ジョージはエプロンのひもからタオルをはずし、両手でひねった。わたしを叩くつもりだったようだが、そのまえに地下の階段に通じるドアが開いて、痩せたブロンドの男が現れた。ジョージは男のところまで歩いていった。

「こんにちは」男はジョージと握手して領収書を渡した。「品物を持ってきた。ジャガイモとリンゴは二十五キロずつ、地下の倉庫に入れておいたから」

「ご苦労さん」ジョージが貨物エレベーターまで行って扉を巻きあげると、段ボール箱がいくつか積みあがっていた。ジョージはいちばん上の箱を持ってきてカウンターに置いた。

わたしはナスの色をしたピーマンを手に取った。「わあ。これはなに？」

「パープルビューティー」ブロンドの青年がにこやかに言った。「代々受け継がれて栽培してきたエアルーム品種なんだ。おいしいよ」

「ぴかぴかね」

「きれいにしたいんでね。たいていのお客さんはもう一度洗うことさえしないから。ジョージはちがうけど」

「いつだって何から何まで完璧じゃなきゃだめなんて、かわいげがあるわよね」わたしは歯を食いしばって言った。

ジョージは親指でブロンドの男を指して、一瞬だけ野菜の入った箱から顔をあげた。「ああ、そうだ。アイヴィー、彼はオーウェン。マロリーの農園で働いている。さて、きみはどうしようか？」顔を戻して、持っているピーマンに話しかけた。

「初めまして」オーウェンはこのホテルがテーマにしている時代の白髪の紳士のように、てのひらを上にして片手を差しだした。

わたしも当時の淑女のように片手をオーウェンの手にのせた。「どうして、これまで会ったことがなかったのかしら、オーウェン？」

「ああ、いつもはもっと早くくるんだけど、きょうは配達に出るまえにトラックのオルタネイターベルトを交換したから」

「よし」ジョージは黄色くなった分厚い手書きのレシピをめくりながら、ルーマニア語で何かつぶやいた。

「ねえ、オーウェン。五つ星ホテルでザリガニを出してもいいと思う？」

ジョージが片手でカウンターを叩いた。「おばあちゃんがつくってくれたピーマンの豚肉詰めだ。ただし、形は崩す。よし、それだ。ソースにはピノ・ノワールを使う。それからジャガイモ。よし」

オーウェンはジョージに目をやったあと、わたしを見た。「きちんと調理すれば」知りあったばかりの間柄でしか見られない礼儀正しい如才なさで言った。「それに、地元のザリガニなら」

わたしは農園の青年を、太陽に育くまれた溌剌とした彼を気に入ったが、フロントに戻らなければならなかった。

ジョージはピーマンを持ってぶつぶつ言いながら冷蔵室へ消え、ドアをぴしゃりと閉めた。献立に気を取られているのか、何かにいら立っているのかはわからない。ジョージとは恋愛関係になったことがないので、嫉妬しているわけではないだろうが、わたしが男性に関心を示すと、彼は過保護になるときがある。

「マロリーの農園は長いの？」

オーウェンが顔を輝かせた。「五年。そっちはいつからこのホテルに？」

「数カ月ってところ」正確に言えば、四カ月と三日だ。

「なるほど。それじゃあ、まだ新人だ」

「あと一週間で、どの職場より長続きしたことになるわ」

「本当に？　飽きっぽいんだな。ぼくみたいに配達で外に出る仕事が必要なのかもしれない」

飽きっぽいというのはあたっているが、今回は逃げだすまえにやることがある。答えを知りたい疑問が多いのだ。

2　何なりとお命じください

フロントに戻ると、ロビーは静かで、平日勤務のメイドであるベアが階段の二階の踊り場を掃除しながら歌う声だけが響いていた。わたしの気分もロビーも、さっきより明るくなっていた。雲が切れ、ガラスドームの屋根から入ってきた日光が二階うえの大きな長方形の開口部から射し込んでいる。

ロビーの反対側に突きでた回廊では、白髪の女性がこの建物の所有者だった家族とその子孫の肖像画をじっくり鑑賞している。

わたしの隣で旧式の電話が鳴り、ふらふらと机から浮きあがった。わたしはびっくりしたというより腹が立った。光があたって透明のアクリル棒が見え、ドイルが棒の先端に隠れているのだろうとわかったからだ。

「もう少し練習が必要ね」わたしは言った。

電話機が音をたてて机に落ちると、ドイルが両腕を広げて、棒の反対側から現れた。「ジャジャーン」

わたしは冷ややかに笑った。

「まあね。きみはぼくがずっとここにいたのを知っていたようだから」

「スウェイン親子の予約でポカをしたから隠れているんだと思っていたわ」

「今夜の大きなショーのために練習していただけさ」ドイルはすでにホテルの制服からタキシードの絵が正面に描かれた安っぽいシャツに着がえていた。彼がよくマジックショーで着るたぐいのシャツだ。ドイルはシャツの襟もとをつかんで、まえに引っぱった。

こんな格好でいるところをミスター・フィグに見つかったら、見苦しいというだけでなく、副業が仕事の妨げとなってはいけないという理由で大目玉を食らうだろう。

ドイルはあらゆる馬鹿げた小道具がいっぱいに入っているにちがいないダッフルバッグにアクリルの棒を差しこんだ。「ああ、忘れてた。ジェミマおばさん（アント・ジェミマ（ジェミマおばさん）はクエーカー・オーツ・カンパニーのパンケーキ関連商品ブランド。パッケージに黒人女性のイラストが使用されている）から電話があった。髪形をまねしないでくれってさ」

「あら、一九九五年から電話があったわよ。冗談をまねしないでくれって」髪形は一九一一年をまねするほうがよさそう。どちらにしても、ドイルの引用は間違っている。わたしの髪形と服装はパンケーキのおばさんより『アンの青春』に近い。「まだ、こんなところにいたなんて。何をしていたの？」

「五時からダウンタウンで大きなショーがあるんだ。ものすごく大きなショーだよ。家に帰って、またすぐに山を下りてくるなんて無駄だからね」

「そんな格好で時間までホテルでうろうろしていられないわよ。とりあえず、図書室に隠れて。誰もいないと思うから」宿泊客は図書室をめったに使わない。図書室はあったらいいと思うものの、時間を割いて楽しむ部屋ではない。ホテルはたいてい明るく輝いているが、図書室はいくぶん暗い雰囲気で、何もしなくても隠れられる場所だ。

「そうだね。あそこなら、いくらでも手品の練習ができる。文字どおり、新しいトリックに首までどっぷり浸かっているんだ」ドイルはダッフルバッグを持ってゆっくり歩いていった。

ドイルがどうしてもっとこの仕事を大切にしないのか、わたしには理解できない。特殊な面はあるものの、ホテルは働きやすい職場だ。それなのにドイルは手品を仕事にしたいと思っている。そのことだけは本気で、ほかでは一切見せない決意だ。

ドイルが今夜のショーはとても「大きい」のだと言うのを聞き、実際にはそうでもないのだろうと思った。ドイルはたとえ大人相手であっても、小さなハウスパーティーでマジックをするつもりはないと話したことがあり、それでやけに強調しているのかもしれない。

ドイルが無事に見えないところまで離れるとすぐに、白髪頭の女性がロビーの向こうから声をかけてきた。「ねえ、ちょっと」

わたしは呼びつけられるのが嫌いだけれど、それも仕事のうちだし、女性が何を言うのか半ば興味もあった。静まりかえった真夜中にじっと見つめて過ごした夜も何度かあり、肖像画のことはよく知っていた。この建物を建てた一家が収集した美術品のうち、いちばん価値がない作品だが、それでもわたしにとっては最も興味が引かれる絵だ。

わたしはロビーを歩き、回廊に入った。両側の壁は葉と蔓の図柄が描かれた精巧な漆喰のモールディングで飾られ、まるで葉と蔓が天井から下がっているかのように見える。左側の壁には金の額縁に入った屋敷の元所有者の絵がかかっている。そして右側にはクラリスタの肖像画がチャタヌーガ商工会議所と黒人事業協会の表彰状とともに飾られている。

「ああ、こんにちは。この肖像画を描いた画家は誰かしら」婦人はてのひらを上に向け、指を広げて両手をあげ、まるで目には見えない赤ん坊を光にかざすかのように絵を指し示した。

画家？　普通は絵を描いた画家ではなく、モデルについて尋ねるものだ。うまくごまかさなければ。「こちらに描かれているのはブランダス・モローです」

そんなことは額縁の下にある大理石の銘板〝ブランダス・モロー（一八九七〜一九四六）〟を見ればわかる。わたしはミスター・フィグの話からかき集めたブランダスのわずかな情報で説明をつくりあげた。

「ブランダスはこの屋敷を建てた鉄道王マードック・モローの息子であり、相続人でした。この絵は堂々とした石灰岩の暖炉のまえで描かれたことが、開口部の両側に彫られた……星のような印でわかります」

「ええ、カイロー（キリストを表すギリシャ語の最初の二文字XとPの合わせ文字）ね」

「はい」ほかにわたしが知っていることと言えば、老婦人が見ればわかることで、あとはわたししか興味がない個人的な情報だけだ。

ブランダスは口ひげを生やした中年紳士で、スーツがよく似合い、広い客間で心から寛いでいるように見える。

　そして、わたしの曾祖父でもある。

うしろから咳ばらいする声が聞こえた。どこからともなく現れていたらしいミスター・フィグが数十センチしか離れていない場所に立っていた。「肖像画を描いたのはミスター・ブランダス・モローのいちばん下の妹であるミス・ヘレナで、肖像画を描いたときはまだ十八歳でしたが、とても優れた画力をお持ちでした。お屋敷にはほかにもミス・ヘレナの絵があり、いちばん近くにあるのがこのロビーに飾られている古典的な情景を描いたものです」

　わたしは地元の人間が本や新聞などの記事でホテルについて見つけられることくらいしか母方の家族について知らずにこの仕事に就いたので、一族に関するミスター・フィグの話の一言一句に飛びついた。そして家族のなかに芸術的な才能に恵まれていたひとがいたことに驚いた。わたしにはその手の才能がまったくないからだ。

　ミスター・フィグはわたしたちを連れて回廊からロビーへ出ると、金の額縁に入った大きな油絵のまえで足を止めた。「こちらはミス・ヘレナの作品集《ポートフォリオ》に入っている正式なテーマである女神ヴィーナスの絵で、ご存じかもしれませんが、古代ギリシア・ラテン時代がとりわけお好きだったお父上、ミスター・マードックのために描かれました」

「だから息子にはブランダス（ラテン語で「勝つ」という意味）、娘にはヘレナ（ラテン語起源の女性名）という名前をつけたの？」白髪の婦人は笑った。親しみではなく、嘲笑うように。

　ミスター・フィグは背筋を伸ばし、あごを少しあげた。少しでもミスター・フィグを知っていれば、女性の笑い声がその徹底したプロフェッショナルな態度に穴を開けそうになったことがわかる。

ミスター・フィグの明らかに冷ややかな態度を見て、わたしは忙しそうなふりをしてフロントに戻った。

ミスター・フィグはいつだってモロー家の味方で、わたしはそれを好ましく思いながら、うらやましくもあった。モロー家が建てた屋敷で長年働いているというだけで、彼がわたしよりモロー家と繋がっているように見えた。モロー家に関するミスター・フィグの知識と結びつきがうらやましかったのだ。わたしはモロー家を知らずにきたので、その血筋であると主張することが格好つけのように思える。わたしの家族がこの建物の所有者だったという事実を知っているのはジョージだけで、わたしにはそのほうが都合がよかった。

わたしは目を下に向けたまま、耳を傾けた。二階にいるベアの歌声は聞こえない。まだ歌っているのだろうか？　従業員が誰ひとりとして宿泊客の会話に耳を澄ましていないように見えることをミスター・フィグは重視していた。宿泊客に注意を払っているように見せずに、宿泊客が必要としていることに常に気づくことが優れた従業員の証だと考えているからだ。

わたしは四カ月（と三日）ここで働いてきてさまざまな要望を汲みとるのが得意になったが、この屋敷を建てて暮らしていた家族について情報を集めることのほうがもっとうまい。

宿泊客と従業員の会話を聞いたり、この町の歴史を少しばかり調べたりして、祖父ホルテンシウス（そう、この名前も調べて知ったことだ）が倒産か何かで一族の財産を失ったことはすでに知っていた。また一族には精神的な病を患う者も多く、少なくともわたしの高祖母であり、マードックの妻だったリリアン・モロー以降はみんな病んでいた。

　リリアンはおそらくいまでいう統合失調症だったのだろう。この病気は当時はまだあまり知られていなかった。モロー家はリリアンの病気について新聞に書かれないように努めたのだろうが、わたしは一九一八年にこの屋敷で起きたリリアンの話を読んだ。ナッシュヴィルで大きな列車事故が起きた翌週のことだ。事故で一〇一人が死んだのだが、リリアンは一〇一脚の椅子を並べ、凝ったディナーを用意したのだ。ほかの客はいっさい呼ばずに。

　わたしはリリアンと同じではないけれど、不安症があまりにもつらくて、ポジティブ・シンキングの力を活用することに夢中になった。発作のいつもの徴候を感じたら、それを無視して、落ち着いて自分の周囲のよいことや心地よいものに意識を向けるよう自らに言い聞かせる方法を身につけたのだ。それは花でも、本でも、友だちの顔でもいい。

　以前、わたしは先のない仕事を転々と渡り歩いていた。仕事中にパニック発作が起きたか、発作への不安で動けなくなったかのどちらかで。だが、不安症という問題を取り除けたことで、居心地のいいこの職場に滑りこめた。

　そして、この新しく見つけた居心地のよさはとても貴重だった。これまでまったく知らなかった家族について、たくさん知ることができた。血統で伝わっている遺伝的な弱さからは解き放たれたかったが、思い出や伝統や歴史とは繋がっていたかった。

　家族のことを、肖像画に描かれた姿としてではなく、生身の姿として理解したかった。家族はどうしてまとまっていたのか？　なぜ、こんなふうに屋敷を建てたのか？　具体的にはどんな事情でこの屋敷を手放すことになったのか？

ロビーの向こうでは、ミスター・フィグが白髪の美術ファンへの態度をやわらげていた。彼女のうしろに立ち、モロー家の絵に対する賞賛に気をよくしている。「屋敷にもご興味がおありでしたら、紳士用トイレもご覧になりたいのでは」ミスター・フィグはしれっと冗談を言うたちで、まるで誰もがトイレを見物する価値があると思っているかのように、説明を省いて言った。

「何ですって？」老婦人は首をかしげ、まるで一緒に服を脱ぎ捨てて正面の噴水に飛びこもうと誘われたかのようにミスター・フィグを見た。

「トイレの奥の壁から入れる隠し通路があるのです。ご興味を抱かれるお客さまもいらっしゃるので」隠し通路はもはや隠れていない。クラリスタが埋めこみ型の照明と手すりを取りつけ、障害を持つアメリカ人法に則った造りに変えたのだ。

「秘密の通路ですって？　本当に？　いったい何のためにそんなものを使っていたの？」

「確かなことはわかりません」これもおなじみの答えだが、ミスター・フィグは口にする以上のことを知っているにちがいない。あるいは、ありふれた理由を隠して地下道に謎を残し、宿泊客を歩かせているのかもしれない。

ふたりはトイレに入っていき、話し声が聞こえなくなった。

あの女性は誰だろう？　この屋敷や家族に対する関心はたんなる好奇心なのだろうか、それともそれ以上の何かがあるのだろうか？　わたしはひとりきりの時間を使い、もう少しじつくり宿泊客リストを見ることにした。

ええっと、二階にはミズ・スウェインと息子のジェフリー・スウェインのほかに、日曜日に到着したギャビーとジョンのモレッティー夫妻がホメロスの間に泊まっている。すれちがつただけだが、ギャビーの話していることがあまりにも野心たっぷりで、二度とすれちがいたくない。

昨夜到着してからずっとプリニウスの間にこもっているのは、高齢のミスター・ウルストン。そして、きょうの午後ロムルスとレムスの間にチェックインしたのは、完璧なブロンドのデュプレ一家だ。

三階にはきのうわたしがシフトに就くまえに到着したケリー・パーソンというお客がビザンチンの間にいるがまだ会っておらず、見たところミスター・サンディープという男性が——これはパキスタン人の名前？——ブリソンの間に宿泊するようだ。今夜空いているのはフェニキアの間とトラキアの間だけ。

ということは、ミスター・フィグと地下道にいる女性は、おそらくガリアの間のローズ・ジューエットだ。奇抜な髪形とフリンジのついたダスターコートがなかったとしても、年配の女性のひとり旅はとりわけ目立つ。

トイレからふたりが出てきて、ミスター・フィグが言った。「お役に立てて光栄です。この屋敷についてもっとお知りになりたければ、歴史を簡単にまとめた冊子がロビーにもお部屋にもございますので」入口のすぐ近くにすわっているひとたちの真ん中にあるしゃれたコーヒーテーブルを指し、お辞儀をしてローズのそばを離れると、長椅子で足を止めてベルベットのクッションの角度を直した。だが、あまりにも微妙すぎて本当に動かしたのかどうかわからない。

　フロントを通りすぎるとき、ミスター・フィグが会釈した。

　わたしはその機会を逃さなかった。「ミスター・フィグ？」

「何かね、ミス・ニコルズ」

　ミスター・フィグはつねに正確な話し方をするが、とりわけわたしの姓については気を遣っているようだった。ゆっくり発音したり、抑揚などを変えたり。「ホテルにはモロー家のひとが描いた絵がほかにもありますか？」

「ミスター・ブランダスの真ん中の妹であるコーネリアも、下の息子であるハドリアヌスも画家だった。作品は上の階にあるよ」ミスター・フィグは頭のなかに目録が入っているかのように、考えることなく答えた。「彫刻については尋ねなかったね」小声で付け加えた。

「彫刻？」

「ミスター・ブランダスの娘であるミス・ヴィビアは、おじのクラウディウスと同じく彫刻家だったのだよ」

　すごい名前ばかり。ゼウスを愛するあまりだ――ほかのことはともかく、名前だけは引き継がなくてよかった。母プリシラが最後だ。「ヴィビアとクラウディウスの彫刻もまだこのホテルのどこかにあるんですか？」

「もちろん、庭にある」

「ええ、もちろん、ありますよね……」ということは、モロー家には芸術家がたくさんいたということだ。

わたしが師事している心理学の教授はいわゆる芸術家肌の気質と精神障害の関連づけに慎重だけれど、わたしの家系にはどちらも存在している。母が絵や彫刻に興味があったかどうかはわからない。母の時代にはもう習い事をするお金はなかっただろうから。

ミスター・フィグがエレベーターのほうを向いたが、わたしにはもうひとつ訊きたいことがあった。

「ミスター・フィグ」

彼はふり返ってわたしを見た。

「秘密の通路は本当は何のために使っていたんですか？」

「シーク・イートゥル・アド・アストラ」

「なんですか、それ？　ラテン語？」

ミスター・フィグがわたしのうしろを意味ありげに見たので、わたしもふり返った。フロントデスクのうしろには予約簿が広げたままになっている。個人情報が載っているので禁止されている行為だ。わたしは予約簿を閉じて所定の場所に戻した——従業員の手引きと名簿のあいだに立てて。

そして答えを聞こうと顔を戻したときには、ミスター・フィグはもう消えていた。

ロビーの時計のローマ数字によると、七時になった。ほとんどの宿泊客はダイニングルームでジョージが用意したディナーを食べているか、外出してミスター・フィグが勧めたレストランで食事をしている。アンティークの家具や絨毯の状態を維持するためにルームサービスはないが、シャンパンとイチゴあるいはチーズであれば用意できる。退勤まえに注文があれば、ミスター・フィグが銀の盆にのせて階段をのぼっていくが、六時を過ぎると、わたしの仕事になる。

そういう仕事のとき、部屋に入っていくと、バスローブから素肌がやけにのぞいていることが一度ならずあった。中年の夫婦に赤ワインを勧められときには、わざと見せているにちがいないと確信した。ルームサービスを頼む客たちには露出好きが多いのだろうか？　あとでスマートフォンで調べれば、その疑問に答えてくれる集合図が見つかるだろうか？

ルームサービスとはちがい、ベッドまわりを整えるターンダウン・サービスは宿泊客が夕食をとっているあいだにきちんと行っている。わたしは机の引き出しからマスターキーを取り、〝ご用の際はベルを鳴らしてください〟という表示を出した。もちろん、クラリスタが文言を書いたのだから、〝すぐに戻ります〟なんて簡単なものではない。まず宿泊客に〈ホテル一九一一〉への来訪を感謝し、次にフロントで誰も出迎えなかったことを謝罪し、そのあとベルを鳴らしてくださいという部分にたどり着く頃には、わたしはもうトイレ休憩や厨房でのジョージとのおしゃべりから戻っている。

けれども、ターンダウンはそれより時間がかかるので、ベルの音に耳をそばだてておくようにして、中央の階段をのぼった。エレベーターは一基しかないので、従業員は使用禁止だ。でも、ぜったいミスター・フィグに見つからないという確信があるとき、わたしはときどきエレベーターを使っている。どういうわけか、階段をのぼるだけで不安になることがあるからだ。

それでも延々と何時間もすわっている机から離れて身体を動かせるのは大歓迎で、楽な靴で動けるのがありがたかった。首からへそまでボタンが並ぶ、ウエストが絞られた巨大なドレスの唯一の長所は、現代的な靴がほぼ隠れること（わたしは春から秋までは〈チャコ〉のサンダルをはき、〈コンバース〉のバスケットシューズは季節を問わずはいている）。

階段はひとつめの踊り場で正反対の二方向に分かれ、どちらも二階のスイートルームと接し、広いロビーを見おろす長方形の回廊につながっている。回廊からなら、たいていはフロントで待っているひとが見えるのだ。

わたしはホテルの庭で育てたミントが入ったかごと、ホテルの庭師ミスター・チェンが帰るまえに持ってきた切りたてのバラを取るために、リネン室に寄った。そして回廊を歩いてふたつ目の階段をのぼって三階へ行った。

ホテルは三階までしかないが、屋上にのぼれる小さな階段があり、夏であれば宿泊客は川の向こうで打ち上げられる花火を見られる。

三階では手順どおりにベッドカバーの皺を伸ばして折り返し、ナイトスタンドのバラを生けかえ、仕上げに枕にラベンダーをスプレーしてからミントを置いた。

ミスター・フィグは枕にミントを置くことに大反対で、それは俳優ケーリー・グラントに関する逸話で、二十世紀中期のアナクロニズムだと主張したが、クラリスタはささやかだが手頃な贅沢を宿泊客に提供できることに抗えなかったらしい。

わたしは二階の西側の部屋のターンダウンをすませ、フロントデスクに目をやってから、正面の芝生を見おろす巨大なアーチ形窓のまえを通りすぎた。

ホテルの東側にあるひとつ目の部屋、アレクサンドロスの間のドアノブには、ジェフリー・スウェインが〝起こさないでください〟カードをぶら下げていた。ホテルのドアノブは各室で異なり、この部屋のものは灰色のチュニックを着てオリーブの葉の冠をかぶり、片手で短剣を突きだしているアレクサンドロス大王を小さくかたどったアール・ヌーヴォーの琺《ほう》瑯《ろう》だ。この取っ手で、ドアの向こうにあるアレクサンドロスの間が青みがかった暗灰色やガンメタルグレーといった落ち着く灰色であることがわかる。

でも、きょうはこの部屋を点検する必要はない。わたしは仕事を楽にしてくれたジェフリー・スウェインに感謝し、プリニウスの間のターンダウンを終えてから、最後であり最高級の部屋、アキレスの間へ向かった。

アキレスの間はもちろんギリシア神話の偉大な英雄の名前が由来だが、カール・ユングの父親のミドルネームも少し関係しているのではないかと考えるのが、わたしは好きだった。

関連性は低いだろうが、二年まえに大学でユングについて学びはじめてから、すっかり夢中なのだ。パニック発作のせいで大学は休んでいるけれど、人間心理のすばらしい複雑さは学ぶのをやめられない。

ミズ・スウェインから実際に感謝の言葉をもらうことは期待薄だとわかっていたが、チェックインのときの騒ぎを思えば、ディナーに行くまえに文句を言われなかったということは結局この部屋に満足したのだろう。

宿泊客全員にすばらしい部屋を用意したと伝えるのは、やるべき仕事のひとつなのだ。そして、すべての部屋がすばらしいものの、すべてが同等ではない。アキレスの間は特別で、それは室料でもわかる。ほかの部屋より広く、モロー家がまだここに住んでいたときに主寝室として使われた部屋で、居間からスイートルームの真ん中まで歩くときには、祖父母が赤ワイン色をした大理石の暖炉の横に立っている姿が目に浮かんできた。実際に祖父母と会ったことはなく、絵や写真の記憶を繋ぎあわせなければならなかったが。

部屋には老婦人のにおいが――バラと、メントールのトローチと、ヘアスプレーのにおいが――漂っていた。わたしは温室になっているバルコニーと外壁側のバルコニーのドアを開けて、しばらく換気をした。運がよければハエが入ってきて、ミズ・スウェインをひと晩じゅう眠れなくさせてくれるかもしれない。外側のバルコニーの下には敷地の東端にある林が広がり、密集したマツの木々が従業員用駐車場を隠している。太陽はいまにもホテルの反対側に沈もうとしているところで、東側の庭のシダやホトトギスは薄暮に包まれている。

わたしは機械的に細かい仕事をこなしていったが、ミズ・スウェインの部屋にはいちばん小さなバラを飾った。そして部屋を出るまえにバルコニーのまえで足を止めてドアを閉めた。照明器具のスイッチに触れたとき、かさかさという音が聞こえて手を止めた。ベッドの右側の床に紙が一枚落ちていた。ドアを閉めたからなのか、あるいはたっぷりとしたロングドレスが触れたせいなのか、ナイトテーブルから飛ばされたのだ。

あまり見てはいけないとわかっていながら、わたしは紙をひろった。

目に入ってきたのは、手書きの文字だった。完璧に右に傾いた細く繊細な文字で、整然と間隔を空けて単語を書き、半透明の薄い紙の左側に文を並べている。

買い物のメモでも手紙でもない。詩だ。

これを読むなんてもってのほか。

でも、あのひとはひどく無礼だった――わたしに対して、さらにひどかったのはミスター・フィグに対しても。ミズ・スウェインの態度が倫理基準を下げて跳びこえさせるのだ。とにかく、ちょうどいい瞬間に幻の風が吹いたところを見ると、これが何であれ、この屋敷がわたしにこの紙を見せたがっているかのようだった。わたしはほんの一分だけ時間を取ることにした。

この詩はひとりの女性の肉体や類まれなきめ細やかな肌の魅力を賛美している――ということは恋愛の詩なのだろうが、明らかにミズ・スウェインを描写したものではない。

題名も作者の名もなく、いちばん下に「まだ」という言葉だけが記されている。

これは自作の詩なのだろうか、それとも本に載っていた詩を書きうつしたものだろうか？わたしはもう一度詩を読んだ。鍵となる言葉をいくつか覚えられたら、あとでスマートフォンで作者か題名を調べられるかもしれない。

そのとき、フロントのベルの澄んだ音が階段をのぼり、開いた部屋のドアから聞こえてきた。わたしは頬を真っ赤にして紙をナイトテーブルに置いた。詩が書かれた紙を手にしているところを見られてもいいとまでは思えなかったのだ。

ミスター・フィグは従業員が部屋に入っているのを宿泊客が目にするのはよくないとはっきり言っていた。わたしは自分が入室したときに部屋にいなくて残念だったと言った男性客はひとりではなかったと言ったけれど。男とメイドという妄想は？　とりあえず、本物のメイドであるベアはカールしたブロンドにまつ毛に縁どられた青い目をしており、わたしより妄想にふさわしい。

不安はあるものの、もう一度戻ってきて詩を読みかえしたかった。そのためにはフロントにきた客に応対して、ほかの客たちがディナーから戻ってくるまでに急いでここに戻ってこなければ。

3　アメリア・スウェイン、チェックアウト

フロントのまえにいたのはハンターグリーンのスーツを着た、ごわごわとしたゴマ塩頭の男だった。

わたしは挨拶しながらスイングドアを入り、フロントデスクで予約簿を手にした。ブリソンの間に泊まる予定の外国風の名前の男性客だろうか？　何という名前だったろう？　確か、サンド何とかだったような。

「ヘマル・サンディープです。チェックインをお願いします」予約簿で名前を見つけたと同時に、男が言った。

サンディープは南アジア系の顔だが――インド人かパキスタン人？――アクセントはちがう。「かしこまりました。ブリソンの間をお取りしています。よろしいでしょうか？」

「けっこうです。ありがとう」サンディープは愛想笑いを浮かべ、これ見よがしにポケットから最新のiPhoneを取りだして通知を見た。画面もしくは画面の保護カバーにはひびが入っていた。

書類を渡すと、サンディープは左手で署名した。褐色のくすり指に日焼け跡が残っている。

最近離婚したのか、あるいはここへは不倫をするためにきたのだろうか？

正面の巨大なドアが音をたてて開き、ミスター・ウルストンがよろよろと入ってきた。彼の部屋の机の椅子にかけてあったのとそっくりな茶色のカーディガンを着ている。つまり、ダイニングルームでは食事をしなかったということだ。大理石の床で杖をつく音がロビーに響いた。

ミスター・サンディープが会釈をしたが、ミスター・ウルストンはこちらを見ずに通りすぎた。わたしはミスター・サンディープと気持ちを分かちあうように目を見あわせた。いら立ちを特定の人物にぶつけるひともいるが、ミスター・ウルストンは気前よくみんなにぶつけてくる。

フロントから数メートル離れた場所でエレベーターが到着した音がして、金線細工が施されたドアが開くとすぐにミスター・ウルストンが乗りこんだ。

わたしはあとでフロントデスクの裏の事務室で試すために、ミスター・サンディープのクレジットカードの番号と有効期限を控えて、鍵を渡した。「お荷物をお持ちしますか？」

「いや、けっこうだ。ありがとう。羽根のように軽いから」ミスター・サンディープが肩にかけた革のかばんのほうを向くと、高そうなオーデコロンの香りが漂ってきた。

イギリスなまりのようなアクセントだ。でも、いまはアメリカに住んでいる？　どんなふうに呼ぶのだろう？　インド系アメリカ在住イギリス人？　頭のなかで、自分では最高のイギリス式発音で考えた。

ミスター・サンディープにはガラス越しで見ているかのような、不自然なところがあった。アクセントがちがうからだろうか？　それともほかの理由があるのだろうか？

「正面に車をお停めになったのであれば、わたしが車庫に入れておきましょうか？　お好きなときに出入りできますので」

ミスター・サンディープは音をたてて、チェーンがついた鍵をわたしのまえに置いた。

「ありがとう。洗車もしておいてほしい」

「かしこまりました、洗車を手配いたします」鍵の束を受けとって書類のそばに置いたとき、住所がアトランタ郊外であることに気がついた。「明日の朝は十時までモーニングルームですばらしい朝食を召しあがっていただけます」

ミスター・サンディープは微笑んだ。「ああ。コンチネンタル・ブレックファーストは、どこでも同じだからね」

「当ホテルの朝食は賞をとったことがあるシェフが用意いたします。地元の評論家には街でいちばんだと言われているんですよ」

「ほう」ミスター・サンディープは棚から新聞を取って、目をこらして見た。「この新聞には便利なレストランガイドは載ってないようだ」

「はい。それは本日の新聞ですから」わたしはウインクをした。「一九一一年十月十日です」

「なるほど、本当だ。ここに日付がある」

クラリスタは現在発行されている新聞の前身《チャタヌーガ・デイリータイムズ》の一九

一一年の復刻版を毎年新たに印刷している。きょうの一面に載っているのはオスマン帝国とイエメンの条約締結、そしてここから西へ車でわずか二時間の町、テネシー州リンチバーグで、ジャスパー・ニュートン・ダニエルが死亡したという記事だ。きっとジャック・ダニエルという名のほうが知られているだろう。

「この町にいらっしゃるあいだ、いろいろなお店をお試しになりたい場合は、当ホテルの支配人フィグがご予約を賜ります」

「それはありがたい。わたしたち――いや、わたしはアトランタに住んでいるんだが、ここで不動産の開発をしているんだ。ここにくるたびに、どこかに新しい店ができている気がするよ」

「はい。ここは新興都市ですから。ミスター・フィグにメモを残しておきますので、ご滞在中に何かあれば――」

ヒップホップの着メロが鳴った。ミスター・サンディープはありがたiPhoneを耳にあてると、空いているほうの手を小さくふり、革のかばんを肩にかけて階段のほうへ歩いていった。もう少し待ってくれれば、エレベーターがあると教えられたのだけれど。

その思いが呼んだかのように、うしろでまたエレベーターが着いた音がして、ミスター・ウルストンが杖で床をつく音が一定のリズムを刻みながらフロントに近づいてきた。

灰色のキャンドルから滴ってたまった蠟のように青白い顔をしかめている。ミスター・ウルストンはフロントで足を止め、杖に寄りかかってゼイゼイと息をしながら言った。「誰かが……わたしの部屋に」

「誰かが部屋にいるのですか？　知らないひとですか？　ほかのお客さまということですか？」

ミスター・ウルストンは首をふって咳をした。

私はスイングドアを押して、フロントデスクの奥から出た。「見てまいります。おすわりになっていてください」

ミスター・ウルストンは首をふり、杖をその場でついた。

わたしは大理石の床にひびが入り、ミスター・ウルストンが下の階の従業員更衣室まで落ちていくところを想像した。

「いや――」激しく息をしながら続けた。「誰かが部屋に入ったんだ。ホテルの制服を着た人間が。〝起こさないでください〟という札をきちんと下げていたのに」

いいえ、下がっていなかった。わたしが〝起こさないでください〟という札を見たのは、ジェフリー・スウェインの部屋だけだ。「申し訳ありません。お部屋に入ったのはわたしです。ターンダウン・サービスを行いました」

ミスター・ウルストンは腰のあたりで拳をふった。「まともなホテルなら、どこだって下がっている札に従うものだ。触ってほしくないものがあるんだ」

圧倒的な他者への不信。用心深さ。詮索する目から自らを隠さずにいられないのだろう。診断――ごく軽症の妄想性人格障害。

「承知いたしました。ご滞在のあいだ、お部屋を整える必要はないと、ほかの従業員にも伝えておきます。〝起こさないでください〟の札を下げるのをお忘れなく。もしご要望が変わった場合は、お知らせくださると助かります」さもないと、ドアの下から臭いが漂ってくるまで、何もしませんからね。

ミスター・ウルストンは目を険しく細めると、またエレベーターのほうへ歩いていった。ミズ・スウェインの部屋に詩を残したのはミスター・ウルストンだろうか？　ミズ・スウェインの昔の恋人だったとしてもおかしくない年齢だけれど、あの滑らかできれいに傾いた文字は手が震えないひとが書いたのだと思っていた。

わたしはミスター・サンディープの鍵をポケットに入れて、車を移動させるために外へ出た。車庫では古いホンダ車のヘッドライトがつけっぱなしになっていた。

夕食のじゃまはしたくないが、しかたない。上の階に戻り、ダイニングルームの両開きの扉を開けた。

長いひとつのテーブルで十四人の客が一緒に食事をしているが、ダイニングルームの調度品が大きいせいで、こびとのように見える。その頭上ではトーガをまとう神々が描かれた天井から、椅子くらいの大きさのとても精巧な一対の金色のランタンがぶら下がっている。そして部屋の四隅では黒い大理石の柱が巨大な壺を支えている。

贅沢だった過ぎ去りし時代の夢想に浸るために、ホテルは宿泊客に〝ディナーのために着飾る〟ことを勧めている。だが、この言葉はひとによって異なる意味となる。

ダイニングルームに現れた客には三種類いた——ホテルがテーマにしている時代を理解して、それに合わせた服装をしているひと（まちがいなく少数派だ）、昔っぽいが時代が正しくない服装のひとたち、まったく無頓着なひとたちだ。無頓着な客のなかには上等なスーツやドレスを着ているひともいれば、ショートパンツやTシャツを着ているひともいる。

今夜の客たちはその見本のような集まりで、最も時代にふさわしい装いをしているのが、最も騒々しい客だった。

ミズ・スウェインの手のこんだ深紅のドレスはタイタニック号に乗っていてもおかしくないもので、胸は盛りあがり、ウエストはぎゅっと絞られ、肩がふくらみ、袖は長く腕にぴったり張りついている。このホテルを嫌いになるとは思わずに買ったのだろう。完璧な装いでテーブルの上座に君臨している。

残念なことに、百点満点の装いから注意をそらす言葉がミズ・スウェインの口から出た。「その料理にはぜったいに甲殻類が入っていないでしょうね」給仕係のテレンスにかみついた。

テレンスは首から頬までを赤くまだらに染めると、唇をかんだ。「はい。シェフに確認しました。害になるものはぜったいに入っていないと言っていました。チョコレートのポ・ド・ウ・クレーム（チョコレートクリームを小さな器で固めた、プリンのようなデザート）には甲殻類を入れませんから」

「それなら、けっこうよ。信用するしかないわね。ほんの少し口にしただけで——」

「ええ、さっきも言っていたから。彼はわかっていると思うわよ」テーブルの真ん中あたりでローズ・ジューエットが言い放った。

母親の隣にすわっているジェフリー・スウェインが低い声で笑い、ローズと視線をあわせた。ローズは微笑み、下を向いて膝のうえのナプキンを直した。

「確認が必要なひとがいるのよ」ミズ・スウェインは歯をぎりぎりと食いしばって言った。

ローズはミズ・スウェインと目をあわせた。「わたしが知らないとでも？」

ミズ・スウェインは拳でテーブルを叩いた。銀器が磁器にあたって音をたてた。ほかの客たちは口をつぐみ、気づまりな様子で顔を見あわせている。

いったい、どうしたというのだろう？　たとえ、片方がアメリア・スウェインだとしても、初対面のひとたちが言い争うのは珍しい。たいていのひとは怒りっぽいところは家族や友人にしか見せないものだ。

テレンスは立ったまま震える手でペンを持ち、ミズ・スウェインの注文の最後の言葉を待っている。そして、わたしは言葉を発することができるまで、場が静まるのを待っていた。

ミズ・スウェインは身じろぎもしない。拳でテーブルクロスを押さえてローズを見すえ、ダイニングルームを支配している。

ジェフリーが呪縛を解いた。「母さん――」

「何をぐずぐずしているの？」ミズ・スウェインは大声で言うと、テレンスのほうに空気を追いやるようにして手をふった。「食べるって言ったでしょ」

テレンスは哀れっぽい声で返事をすると、スイングドアをすばやく抜けて厨房へ戻っていった。

まるで冥府の神ハーデースの番犬だ。なんて強気な性格なんだろう。もうミズ・スウェインの部屋に戻る時間はないが、いまの時点では、誰かがミズ・スウェインに宛てて詩を書くとは思えない。

「ホテルは経営していないけれど、ビジネスのことはわかっているわ。つまらないお客に迎合して、優先すべき顧客をないがしろにしたらだめ」ミズ・スウェインがロビーを歩いていた。ディナーをすませ、テレンスに文句を言うのを終えると、標的をミスター・フィグに変えたのだ。

ミスター・フィグは一時間まえに帰ったものだと思っていた。ミスター・フィグにとって家はどこなのか、どうして必要に応じてこんなにも早く戻ってこられるのかと疑問に思ったのは一度や二度ではない。どういうわけか、ダイニングルームでの諍《いさか》いを聞きつけ、なだめるために戻ってきたのだろうか？

「お客さまは倫理というものをよくご存じだとお見受けいたします」いつもの如才ない応対だ。

ミズ・スウェインは一脚テーブルで足を止め、飾られていたランの枝を指でつまんだ。

「けっこうよ。それじゃあ明日になったら、彼女はもういないと思っていますから」

だが、ミスター・フィグは脅されるようなひとではない。「あいにく正当な理由なしにミズ・ジューエットのご予約を変更することはできませんが、ご希望とあれば喜んで、お客さまのディナーの予約を取り消させていただきます」

ミズ・スウェインはわざとらしく咳ばらいをすると、悔しまぎれに花瓶に生けてあるランの枝を引き抜いて持ったまま、足を踏みつけるようにして階段のほうへ歩いていった。

息子が追いつき、ミズ・スウェインの腕をつかもうとしてやめた。「母さん、頼むよ」

「黙って。あなたのためじゃなかったら、こんなところにはきていないんだから」

「ずるいよ。自分の目で土地を見ると言いはったのは母さんじゃないか」

「わたしのお金を無駄遣いされたくないもの。あなたのためにここまで飛んできて、あなたのためにこの小さな町で何日も過ごして、あなたのためにこのいやなホテルに泊まるはめになったんでしょ。すべて、あなたのため」

ジェフリーは今度は母親の腕をつかんだ。「そんなことを言わないで。帰りたければ、もう帰ったっていいんだ」

「土地を見てから帰るわ」ミズ・スウェインは息子の手をふりほどき、ハイヒールの真っ赤な底をちらちら見せながら、ふたたび階段をのぼりはじめた。

ミズ・スウェインのふくれあがった自尊心と特別扱いへの期待について考えた。カール・ユングなら典型的なナルシシズムと言うだろう。そうね、わたしの診断も同じ。

ジェフリー・スウェインはロビーに戻ってくると、わたしたちの顔をじっと見て、応接室へ消えていった。

ミスター・フィグは花瓶に残っている花を整え、フロントデスクまでやってきた。「自分のためならしないことも、愛する者のためならできるということだ。どれほど感じの悪い人間でも」

わたしは眉を吊りあげることしかできなかった。ミスター・フィグの言うことが正しいと認めたくなかった。それではまるでミズ・スウェインがどんな目的にせよ、些細なことかもしれないが、息子のために犠牲になってここにやってきたかのようではないか。ミスター・フィグは誰に対しても、たとえば救いようのないミズ・スウェインのような人間にさえ、よいところを見つけるようだった。

長い白髪を背中にたらしたローズ・ジューエットが敵を食って腹を満たしたワニのように微笑みながらダイニングルームからゆっくり出てきてフロントで足を止めた。

「ディナーはお楽しみいただけたでしょうか」わたしは言った。

「ええ、とても」ローズはわたしをじっと見た。

「何か、ご用でも?」

「わたしはローズ・ジューエット。肖像画について質問したときに自己紹介しておくべきだったわね」

「とんでもない。こちらこそ、失礼いたしました。お泊りいただき光栄です、ミズ・ジューエット」

ミスター・フィグが腰で手を組んでこっちを見ていた。そして納得したらしく、くるりと向きを変え、ロビーを歩き、反対側にある階段を通りすぎた。

「あなたの態度、好きよ」ローズは頭をそらした。「それに頬骨が高くていかしているし、四角くて小さなあごもいい」

「ありがとうございます」わたしはそっけなく答え、ローズは何か言いたいことがあるのだろうかと思いながら見つめかえした。

ローズは目を見開き、あいだにあるフロントデスクを叩いた。「わたしのモデル《シッティング》をしてくれないかしら」

「どんな世話《シッティング》ですか？　ネコは得意じゃなくて」

「ちがう、ちがう。画題になってほしいの。絵のモデル」

すわって絵が描かれるのを待つって、どのくらい時間がかかるんだろう。遠慮しておこう。

「まあ。とてもうれしいお話ですが――」

「月曜日までここに泊まっているから。考える時間はあげるけど、承諾すべきよ。人並みの容姿の女の子が賞賛されるなんて日常ではめったにないんだから」

「人並みの容姿？」わたしは言った。

でも、ローズには聞こえていなかった。ラベンダーのサッシュを腰で揺らしながら、ロビーの奥へ軽やかに歩いていったからだ。

非の打ちどころがないデュプレ家の四人がダイニングルームから出てきて、図書室のドアの外のソファとひじ掛け椅子に腰をおろして、一緒に新聞を読みはじめた。男の子はソファに寄りかからず、女の子はスカートのしわを伸ばし、足首を交差させている。ボタンをとめ、一点の曇りもなく清潔で、おそらく手の込んだマスタードを食べている類の子どもたちで、ミスター・フィグの理想的なお客だ。

わたしはそれほど子どもたちの近くにいたことがない。弟も妹も甥も姪もいないけれど、こんなに行儀のいい子どもたちを見たことがない。ふたりはまるでロボットのようだった。母親はふたりをじっと見つめ、女の子の耳もとで何かささやいている。

しばらくして厨房のドアが開く音がして、ジョージが料理人用の上着を片方の腕にかけて、黒いカーテンの向こうから出てきた。ディナーが終わると、ジョージはフロントに寄ることが多く、わたしは彼が帰ってしまい、ひとりで退屈な長い夜と向きあうことになる瞬間を引き延ばしたくて、できるだけ話を長引かせた。

ジョージはわたしの横のドアの枠に寄りかかった。「最悪の火曜日だったな」

「たしかに。テレンスは持ちそう？」

「あいつには堪える夜だった。テレンスはあの女にすべての料理のすべての材料を説明させられたんだ」

「アメリア・スウェイン」わたしは呪いの言葉であるかのようにささやいた。

「そんなことをされて、ほかのひとがディナーを楽しめたとは思えない」ジョージは親指とひとさし指でこめかみを揉んだ。「完璧なショートリブが台なしだ」

「いいにおいだったわ」

ジョージはドアの枠に寄りかかるのをやめて、無精ひげの生えた頬をなでて笑った。「ありがとう。また、明日」

「わかったわ。それじゃあ、お休みなさい」いきなり勤務を終えるジョージにいまでも慣れずにいる。

わたしはジョージのあとからカーテンをくぐり、パソコンのまえのアンティークの椅子にすわって、たっぷりとしたスカートがまた車輪に巻きこまれないように脚に巻きつけた（一九一一年の事務用椅子と女性の衣服は調和しないのだ）。

ジョージがうしろに立った。「なあ」

見あげると、狭い事務室のせいで、ジョージの顔がやけに近くにあった。

ジョージはわたしの頭の向こうを見てから、視線を戻した。「厨房にいたときは、ほかのことに気がいっていたけど、ちゃんと言うべきだった――あのスウェインという女性と何があったのか知らないけど、きちんと対応できていた」

「そうね。だいぶうまくなったと思う」

「そうだ。頭かどこかでちがうことをささやく声が聞こえても、耳を貸したらだめだ」

わたしは肩をすくめた。「声なんて聞こえないわよ」

「ぼくは厨房の人間だが、きみはお客さんたちに歓迎されていると思わせる役目だ。きみはお客さんたちに気に入られている」

「わかっているわ」

「それならだいじょうぶだ。よかった」

ジョージはまだ過保護で、だいじょうぶかどうか疑われるといらいらした。でも、無理もない。ジョージとは幼い頃からの知りあいで、不安はヒルのようにわたしの背中にずっとへばりついていて、いつ餌を欲しがるかわからないから。

ジョージが出ていくと、わたしはユングの『転換のシンボル』を取りだして、ミズ・スウエインとローズ・ジューエットがディナー中にきつい言葉を投げつけあった理由を考えすぎないようにした。

水曜日の午後はありがたくないお客のような嵐が吹き荒れていた。たびたび仕事を中断しなければならなかったものの、午後六時半にはドイルに残された書類の山はだいぶ低くなっていた。雨もりがする三階の天井の下にバケツを置いたり、ホテルに入ってくる宿泊客のぬれた足跡をモップで拭いたりしなければならなかったのだ。

ほぼ全員が夕食をとりに出かけているか、あるいはダイニングルームにすわっているあいだ、わたしは事務室で請求書の処理をしていた。

わたしはケリー・パーソンのクレジットカードを機械に通し——まだ顔は見ていない——請求額が低く、通常はあのスイートルームに要求される料金の半額であることに気がついた。そしてパーソンが滞在している部屋の宿泊数を数えなおした。もしかしたら何かのクーポンを使っているのかもしれないが、クラリスタがクーポンを出したという話は聞いていない。

どこか近くからくぐもった叫び声がして、ロビーに響いた。

わたしは仕切りのカーテンの向こうに頭を出し、また聞こえないかと耳をそばだてた。

フロントの電話が鳴った。

すばやく受話器を取る。「〈ホテル一九一二〉でございます」

「ええっと、こんにちは」人形のような声が答えた。「五月に結婚パーティーの予約をしたいんですけど」

「かしこまりました」わたしはカーテンの向こうに手を伸ばし、事務室に置いてきた予約簿を取ろうとしてやめた。クラリスタが提唱する延々と終わらない書類からパソコンにデータを移す方法は今夜はうんざりするほどやったし、ここにはミスター・フィグがいないから見つかる恐れはない。この件は直接パソコンに入力しよう。

電話機を事務室のほうへ押しやり、カーテンの切れ目からコードを延ばした。指先がパソコンのキーボードにぎりぎり届いた。「ご出席のお客さまが宿泊される日にちと部屋数を教えていただければ、喜んで予約を承ります」

「最低限これだけは予約しなければならないという部屋数はある？」

「いいえ。多くても少なくても、ご希望の部屋数をご予約いただけます」

「そう。それなら、十二部屋でお願い」

このホテルのウェブサイトをざっと見ただけなのかもしれない。とりあえず、クラリスタが求める丁重な言葉遣いは守った。「申し訳ありません。当ホテルには十一室しかなく、その週はスイートルーム一室がすでに予約済みでございます」

「十一室？　十一室しかないホテルって何なの？」

宿泊を考えている相手に、クラリスタがつけた独特で風変わりな名称について、脱線して説明するわけにはいかない。たいていのひとはこのホテルを〝イン〟とか〝ベッド・アンド・ブレックファースト〟と呼ぶだろう。そうした名称を使わない理由はクラリスタ自身が説明しても決して理解されないだろうが、とりあえず自分で弁明することはできる。

ふたたび叫び声と荒らげた声が聞こえてきた。ダイニングルームからだ。何かあったのだ。また諍いが起きたのだろうか？　大ごとでなければ――もしかたら、ネズミが出たのかも？――テレンスが処理できるだろう。

女性の悲鳴が聞こえた。

この電話を片づけて、何が起きているのか見にいかないと。「パーティーの日は何室予約すればよろしいでしょうか？」

「どうしよう。だって、招待客全員が同じ場所に泊まれないなら、意味がないでしょう？ねえ、どうしてそちらのホテルはそんなに小さいの？」

目を剝いているのを見られなくてよかった。「当ホテルはほかのホテルのように大きくはございませんが、芸術作品と古典建築と見事に整えられた庭園に誇りを抱いております。町の中心にありながら、お客さまにほかにはない体験をしていただけます」

「ええ、ウェブサイトに全部書いてあったわ」

またしてもダイニングルームから大きな音と叫び声が聞こえてきた。行かなければ。「当ホテルがご用意できるのは十室です。予約されますか？　おやめになりますか？」

カチッ。ツー、ツー。

丁重な応対ではなかったとしても、とりあえず効率的ではあった。受話器を置いてうしろを向くと、オレンジのかぶりものをかぶって、顔に色を塗ったひととぶつかった。

わたしは悲鳴をあげて後ずさり、フロントデスクにぶつかった。

白手袋をした巨大な手を壁のように鼻先に突きだされた。

ピエロ？　叫び声の原因がわかった。

「すみません」ピエロらしくない真剣な声で言った。「ドイルはいますか？」

「いません。失礼します」礼儀にかまっている場合ではない。わたしはピエロを押しのけようとした。

水玉模様の服に行く手を遮られた。その下を目で追っていくと、チェックのパンツに行きついた。その下には完全な裸足があり、ほかのところに比べると非常に小さかった。「靴をはかずに入ってこないでください」

「外でぬかるみに入ってしまって、それで――」

わたしは片手をふってどくように促した。「もうけっこうです。失礼します」

ピエロが少しだけ向きを変えると、わたしは無理に横を通った。

するとダイニングルームに入るまえに、テレンスが両開きの扉から飛びだしてきた。

顔を見て、勘があたっていたことがわかった。

何か、大ごとが起きたのだ。

テレンスはわたしの横を通りすぎて、フロントデスクへ向かった。目がカウンターのうえで何かを探している。「電話。救急車を」

「そこよ」いったん止まって電話機を指してから、ダイニングルームへ急いだ。ジョージに何かあったらどうしよう。

ぺたぺたと裸足で床を歩く音をさせながら、ピエロが追いかけてきた。「ドイルはこっちですか?」

「いいえ、彼は——ドイルは——」

わたしは両開きの扉を左右いっぺんに押した。

扉が勢いよく開いた。あちらこちらに散らばっていた数人が顔をあげて息を呑み、いっせいにたじろいだ。

わたしはふり向いてピエロを押しやった。「出ていってもらえますか? みんなが怖がっているので」

ダイニングルームは大混乱に陥っていた。宿泊客たちの顔は真っ青。椅子が倒れ、テーブルクロスからはワインが滴っている。そして天井画の神々は仰天して見おろしている。

全員が椅子から立ちあがっていた。ギャビー・モレッティーはずっと喋っている。夫のジヨンはダイニングテーブルの横に集まっている人々をじっと見ていた。

うしろではピエロが息を切らしている。

「どうしたんですか？」わたしは宿泊客の声に負けないように大きな声を出した。

数人が叫びかえしてきた。

聞き取れなかった。

ギャビー・モレッティーがまえに出てきた。「ロビーから悲鳴が聞こえて、おかしなことが起きているとジョンに話したの。見にいってほしかったから。そうしたら――」

「ああ、それはわたしです。このピエロがふいに現れたものですから」

集まっていた人々が動いた。わたしはひじや肩をかきわけるようにして、その先を見た。

ジョージが床のうえの何か――いいえ、誰かだ――に覆いかぶさっていた。

白い大きなコックコートで隠れて横たわるひとの胴が見えない。ハイヒールをはいたふたつの脚だけが力なく開いている。

底が真っ赤なパンプスだ。

「ミズ・スウェイン？」わたしは彼女の息子を探した。

いない。

誰かがテーブルを叩いた。グラスが皿にぶつかった。

ミスター・ウルストンが激しく息をしている。

ジョージは心肺蘇生法を続けていた。超人的な集中力があれば、ミズ・スウェインを救えるかのように。

「食べたもののせいよ」ギャビーは片手で口を押さえた。

　このときばかりは、ギャビーのおしゃべりを歓迎した。情報が必要だ。

「アレルギーのせいではありません」わたしは言った。「あらかじめ聞いていましたし――」

「ハイムリック法は試したんだ」ミスター・サンディープが歩きまわりながら話した。

「何かに対する反応のように見えた」カマキリを思い出させる、初めて見る痩せた男が言った。

「息ができないみたいだった」そう答えたのはジョン・モレッティーだ。「赤いミミズばれができていて――」

「でも、何のアレルギーだったの？」ギャビーが訊いた。

「甲殻類よ」ローズ・ジューエットは椅子の背をぎゅっとつかんでいた。

　いつでもパニック発作が起きそうな状況だった。

　それでも、わたしの頭ははっきりしていた。心臓も落ち着いている。きちんとふるまえている。

　わたしは深呼吸をして、テーブルに置いてあったミズ・スウェインのハンドバッグをつかんだ。

　なかにあったのは口紅と領収書とミントキャンディーとティッシュだけ。「エピペン（エピネフリンが適量封入されたペン型の救急皮下注射器）がない」

「いつも持ち歩いていたわ」ローズが言った。

「バッグにはなかった」ミスター・サンディープが言った。「息子さんが二階に探しに――」

「知ってるわ。ここにいたから」ローズが答えた。

「あなたに言ったわけじゃない」ミスター・サンディープは言った。

ジョン・モレッティーは携帯電話を耳に押しあて、指を反対の耳に突っこんでいた。ギャビーは不安そうに九一一に電話している夫の通報内容を訂正して喋りつづけている。

ジョージはいまはぴくりともしないミズ・スウェインの胸を押していた。

衝撃を受け、ミズ・スウェインの身体が震えて動いた。

「ミズ・スウェインはどこにすわっていたのですか？」わたしは訊いた。

ミスター・サンディープが指をさした。

わたしは頭のなかで皿の写真を撮った。肉は少し食べている。ピーマンをふた切れ。それに、クリーム状のポテト。

甲殻類はない。

恐ろしい考えが頭に浮かんだ。わたしはジョージの肩をつかんだ。「やめて」

ジョージはやめない。

「どうして止めるんだ」ミスター・ウルストンが言った。

「もし毒が入っていたなら、まだ唇に――」

「料理のせいじゃない」ジョージが怒鳴った。

「警察がきました！」テレンスが戸口から甲高い声で言った。「救急車も」

ダイニングルームの外には何も存在していなかったかのように、そのときになって初めてサイレンの音が聞こえた。

ローズは真っ赤な顔でテレンスを押しのけ、ダイニングルームから出ていった。

わたしもドアまで行ったが、担架の片側を持った救急救命士《パラメディック》がうしろ向きでダイニングルームに入ってきた。「全員どいてください」

よかった。警察と救急救命士が対応してくれれば、ジョージは休める。

わたしたちはロビーに出た。ふたりの警察官が入ってきて、開いた正面玄関から吹きこんだ冷たい風が顔にあたった。

ミスター・フィグに連絡しないと。きっと立ち会いたがるだろうから。

警察官たちが宿泊客を階段のまえから応接室へ誘導した。

ミスター・フィグへは応接室から電話をかけよう。

まるで脚が棒になったかのように、ジェフリー・スウェインがよろよろと階段をおりてきた。手に何かを持っている。エピペンだ。ミズ・スウェインの部屋にあったにちがいない。

ジェフリーは口を大きく開けて、階段の途中で凍りついた。

警察がきていることにやっと気づいたのだろうか？

警察官のひとりが濡れたゴムの靴底で床を踏み鳴らしながらジェフリーに近づいていった。話を聞きたかったけれど、人波に流されてしまった。

応接室に入ると、人数がひとり増えていた。

雨が打ちつける窓のまえで、ミスター・フィグが待っていた。

4　過剰反応

応接室のアンティークの椅子は宿泊客でほとんど埋まったので、わたしたち従業員はその周りに恭しく立っていた――ミスター・フィグと、テレンスと、わたしだ。

ジョージはいなかった。警察が尋問のために別の場所へ連れていったにちがいない。ジョージはいつも自分に厳しいので、ミズ・スウェインに起きたことが何であれジョージの責任だという印象を警察に与えてしまうのではないかと心配だった。でも、ダイニングルームにいたとき、ジョージは食べ物が原因ではないと自信をもっていた。

応接室にはジェフリー・スウェインもいなかった。きっと、数分前に亡くなった母親について話す人々と一緒にすわっている気にはなれないのだろう。

わたしはジェフリーの心境を訊きたくてたまらなかった。警察がわたしたちと一緒にジェフリーをここに閉じこめてくれればいいのに。

わたしは応接室にいる宿泊客と記憶にある予約簿を照らしあわせた。ジェフリーを除くと、応接室にいないのはケリー・パーソン、そして幸いにも早い段階でディナーを抜けだしていた輝かしいデュプレ家の四人だけだった。

でも、どうしてわたしたちはここに呼ばれたのだろう？　ダイニングルームにいたひとたちはみなミズ・スウェインはアレルギー反応が出たのだと考えているようなのに、このような証人の集まりはむしろ殺人事件の捜査のはじまりのように思える。

ジョージと同じく、わたしも料理に入っていたものがミズ・スウェインのアレルギー反応を引き起こしたという考えは受け入れられない。それはミズ・スウェインの皿がほかの客たちが食べていた甲殻類で汚染されていたことを意味するが、ジョージは決してそんなことはしない。

わたしは炉棚の時計を見た。午後八時十五分。いつもであれば、応接室の壁の反対側にあるミニシアターで映画を上映しはじめている頃だ。だが、いまここにいることを残念だとは思わなかった。とりあえず映画を観たことは一度もないし、スクリーンのどんな俳優より、今夜この応接室にいる人々のほうが興味深い。

見ず知らずの者どうし、不測の事態で一緒にいることを余儀なくされ、不自然な静けさのなかで固まっている。

暖炉の反対側のソファの片側では、脚の長いカマキリのような男が両手を握りしめながら、身体を前後に揺らしている。そしてミスター・サンディープはサファイア色のスーツを着た背中を部屋に向け、古いランプをじっと見つめていた。

ギャビー・モレッティーは応接室に入ってきた警察官に、ミズ・スウェインが倒れるまえにダイニングルームを出ていった客たちにも話を聞くべきだと喋りつづけていた。そして警察官にすわらされると、今度は夫の右耳を餌食にしてささやきはじめた。ゆったりとしたローウエストのドレスは、ホテルのテーマより十年は古い。ギャビーはこのドレスが似あう少年のような痩せ型ではない。それは目をつぶるにしても、裾から十五センチは肌がのぞいている。一九一一年の女性はダンサーや娼婦でないかぎり、ディナーパーティーで足首は決して見せないはずだ。

アポロの胸像の隣の椅子では、ミスター・ウルストンが同席している宿泊者への関心をすでに失っていた。両手を杖の曲がった部分に置き、うつむいている。スーツは二十世紀半ばのもののようだが、これはホテルのテーマに合わせたというより、そのときに買ったからだろう。

ビロードの長椅子ではローズ・ジューエットも目をつぶっているが、瞼の内側が動いているのが見える。ここでローズを目にしたのはほかの客たちが席についたあとであり、いまになって不思議に思うのは、ローズが慌ててダイニングルームから出ていったことだ。どうして、あんなふうに飛びだしていったのだろう?

それに、ピエロもいる。

ピエロのチェック柄のズボンからは裸足が突きでている。ピエロだけは緊迫している状況について何もわかっていないようだった。眉を吊りあげ、応接室にいる客たちの顔を次々と見まわしている。

最初に応接室に入っていったとき、ミスター・フィグは目を見開き、ピエロの色鮮やかな格好からテレンスへ、そしてわたしへと視線を移した。そこでこの派手な格好をした来訪者がドイルの知りあいであることを説明すると、ミスター・フィグは理解してうなずいた。それでもまだピエロがいるほうに目を向けるたびに両手をあげ、上着を引っぱって伸ばしている。

トレンチコートの男がロビーから戸口に現れ、応接室のほぼ全員が顔を向けてじっと見た。男は大きく開いた目で全員をひとりずつ見つめながら、帽子とコートを脱ぎ、隣に立っている女性警察官に渡した。短くて茶色い、フロイトのようなあごひげを生やしている。

ユングの弟子たるわたしは、すぐさま男に不信感を抱いた。

男は両手をポケットに入れ、客と家具のあいだをまっすぐ歩いてきた。そして敷物の真ん中で立ち止まったが、彫刻が施された石灰岩の暖炉を背にしているので、顔が陰になっている。男は鋭い目で応接室を見まわしたあと、咳ばらいをして、耳障りな声でゆっくり言った。

「わたしは刑事のベネットです。この件を担当します。何か情報があれば、わたしに伝えてください。わたしが指揮するチームは現場の状況を口に出して録音します」

ベネット刑事は下を向いて歩きながら話を続けた。「そのあいだ、わたしがみなさんに順番にお話をうかがいます。事情聴取が終わるまで、誰もこの部屋から出ないように。出口には警察官を配置しますから、おかしなことは考えないほうがいい。わかりましたか？」

「わかりました」数人が声を合わせて答えた。そして背筋を伸ばしてブロケードの長椅子にすわっていたギャビー・モレッティーはそのあとも話しつづけたが、隣の夫は黙ってうなずいただけだった。ローズ・ジューエットは応接室に背を向け、暖炉の反対側の暗い窓に顔を向けて立っていた。

ミスター・サンディープが人々の顔を見まわした。「刑事さん、単純なアレルギー反応にしては少しばかり大げさじゃありませんか？」

全員がそう考えていた。

刑事を除いて。「単純？　誰がそんなことを言っているのですか？　あなたですか？　あなたは犯罪現場の鑑識の経験がおありですか？　もしかしたら、故人が食べたものについてもう検査したとか？」

ミスター・サンディープは隅のひじ掛け椅子に戻った。

わたしが問いただすような目で戸口に立ったままの女性警察官を見ると、彼女もやりすぎだと思っているかのようににやりとした。

ベネット刑事はシャツのポケットから葉巻を取りだし、火をつけようとして暖炉に近づけた。

「たいへん恐縮ではございますが」ミスター・フィグがまえに進みでた。「当ホテルは禁煙でございます」

ベネット刑事は葉巻を引っこめたが、ポケットにはしまわなかった。そして、葉巻をふりまわしながら、話を続けた。「みなさんに対して何らかの疑いをかける理由はまったくありません」一瞬、意匠の凝ったモールディングに注意がそれたかのように天井を見あげてからつぶやいた。「みなさんを疑う理由はない」

テレンスが不安そうにわたしのほうを見た。

「しかしながら、ちがうとはっきりするまでは、殺人事件の可能性があるものとして本件を扱います」

「殺人？」ギャビーが叫んだ。数人がささやき、また黙りこんだ。

ベネット刑事は暖炉の正面で足を止め、高い炉棚に片方のひじをついて炎をじっと見つめた。

稲光で影が差した。風向きが変わり、雨が窓を打ちつける。

ちょっとおもしろくなってきた。とりあえず、わたしには。

ベネット刑事はもう一度炎に葉巻を近づけた。

ミスター・フィグが断固たる様子で咳ばらいをした。

ベネット刑事はミスター・フィグをちらりと見て葉巻を引っこめた。「そうです」大きな声で言った。「ですから、みなさんが落ち着いて、わたしの質問に対して知っていることを残らず答えてくれれば、早く終わります」

ベネット刑事がまだ火のついていない葉巻を突きつけると、ジョン・モレッティーは目を見開いた。「まず、あなたから。本がたくさん並んでいる、あの大きな部屋で」

「図書室でございます」ミスター・フィグが言った。

ベネット刑事はふり返らず、ロビーへ出ていった。ジョン・モレッティーはアーチになっている開いた出口に立ったまま、縮こまったベネット刑事の背中を見つめていた。

「さあ、早く」ベネット刑事が怒った様子で言った。

「でも……」ジョンは妻に目をやった。

ベネット刑事の足音がふたたび近づき大きくなった。「何か、わからないことでも?」

「いいえ」ジョンは答えた。

「おっしゃっていることがちがうから」ギャビー・モレッティーが言った。「さっきは事情聴取が終わるまでこの部屋から出るなと言ったのに」

「あなた方は検閲官か何かですか? さあ、行きましょう」

ジョンがベネット刑事のあとをついていくと、わたしは彼の席を暖めておこうとまえに進みでた。

ミスター・フィグが舌を鳴らし、わたしは仕方なく壁の近くまで戻ったが、寄りかかることさえ許されていなかった。まあ、居心地が悪いとしても、とりあえずこの部屋には興味が引かれるものがそろっているけれど。ここには宿泊客のほぼ全員が集まっているし、観察するのに理想的な言い訳がある。

ミズ・スウェインの死は殺人事件ではなさそうだが、ここにいるひとたちの矛盾を——秘密と嘘を——突っつくために、ベネット刑事に場所を提供するのにやぶさかでない。

ユングは判断とは心理学的タイプの結果だと述べており、それはこのホテルの宿泊客にも同様にあてはまる。この部屋にいる全員が結論を導く仮定と、決断の動機となる経験が渦巻き、混じりあっている存在なのだ。大半の人々は自らの行動の理由に無意識で、そのままでいたいと願っている。ベネット刑事の仕事はとても難しいものになるだろう。

夫と刑事が出ていったあと、ギャビーは一分も待たずに長口上をはじめた。「やっぱり、わたしからはじめればよかったのよ。ホスピスの看護師としてたくさんの死を見てきたんだから。ほとんどは高齢者だけど、子どもが亡くなることほどつらいものはないわ。本当に、どんなことよりもよ。あなたがどんなひとか知らないけど、あのご婦人が喉をつかんで倒れたのは恐ろしかったわね。別にどんな死に方だって平気で見ていられるわけじゃないけど、わたしみたいに見慣れていると……」

宿泊客の大半は携帯電話を取りだしたが、わたしの電話は地下の更衣室で人質に取られている。そしてミスター・フィグは炉棚に飾られたグラジオラスを完璧に生けなおすために都合よく背を向けた。

当然ながら、ギャビーの会話の標的はわたしだ。「今夜どうしてシェフが甲殻類じゃないものを用意しなかったのかわからない。だって、お気の毒なご婦人の料理に混じる危険を冒したわけでしょ？」

わたしは歯を食いしばった。ジョージについて当てこすりをするのはギャビーの役割ではない。「一般的なアレルギーがあるお客さまがいらっしゃるたびにメニューを変えることはできません」

ミスター・フィグがわたしを見て警告を発した。

わたしは微笑んで、口調をやわらげて続けた。「つまり、シェフは厨房の乳製品やピーナッツや卵といった食品と接触しない区域でミズ・スウェインの料理を準備していたということです。それに、ザリガニを新鮮な状態で使いたかったのかもしれません。おそらく、ミズ・スウェインがお帰りになるまで持たなかったのではないでしょうか」

ギャビーはうなずいて話を続けたが、わたしは耳を貸さなかった。わたしが話したいのはジョージだけなのに、携帯電話が更衣室にあるせいで、メッセージさえ送れない。

わたしはガラス戸の外の嵐を見つめた。ホテルの裏の第一テラスやその下のプールのテラスに雨が打ちつけ、芝生やその向こうの庭は稲妻が走るたびに光っている。

いにしえの大理石像は風雨に挑むように立ち向かい、まるで屋根を必要としていることや、弱いことや、ディナーの席で倒れたことでわたしたちを裁いているかのようだ。彫像は古く、古代ギリシア・ローマがテーマだ。わたしが気に入っているのは神話の創造物——下のテラスにあるケンタウロス、西の噴水の人魚、それにユリの花壇にいる謎めいた翼をもつ女性だった。こうした彫像が好きなのは茶目っ気があり、動物の部分を持っているからだが、全裸に近い人間の彫像だと目のやり場に困って落ち着かなくなるが、それを感じなくてすむという理由もある。

ミスター・ウルストンが特大のいびきをかくと、ミスター・サンディープが携帯電話から顔をあげて、戸口に立っている女性警察官を見た。「どのくらいここにいなきゃいけないのかわかるかい？」

警察官は首をふった。

わたしはそっと警察官に近づいた。「いったい、何事なの？　どうしてベネット刑事はこれを殺人事件みたいに扱うの？」

警察官は顔をしかめた。「彼は大げさだから。きっと検視官がすべてを明らかにすると思うけど、ベネット刑事はすべてを抜かりなくやりたがるし、それに……勘に頼るのが好きだから」

ここにベアがいればいいのに。ベアならミズ・スウェインが死亡した可能性がある医学的根拠を何百も挙げてくれるだろうから、ふたりで一時間かけて検討できた。でもメイドは昼だけの勤務で、いつもディナーのまえに帰ってしまう。

刑事なのか巡査なのかわからないけれど、もうひとりが応接室に入ってきて、事情聴取のためにギャビーを連れていった。

わたしは大きく息を吸い、首の両側を伸ばした。

ミスター・フィグの提案にしろ、警察自らが決めたことにしろ、どうやら宿泊客から先に事情聴取して、部屋に帰すことに決めたようだ。わたしが呼ばれるまで、考える時間はたっぷりある。わたしはひとり微笑んだ。

検視の結果が出るまえに、ベネット刑事がわたしたち全員にどうして事情聴取をしたがるのか、その理由がわからなかった。わたしには食品に対する反応が死因でないことはわかっているけれど、検視官が見れば、ひと目でたんなる動脈瘤破裂か心不全が死因だとわかるのかもしれない。

もし心不全だとしたら、あの老婦人が〝不全〟だったのは心臓だけではないだろう。親切心や思いやりにも合格点はあげられない。故人だからといってミズ・スウェインをバラ色《ローズ》に見える眼鏡で見ようとは思わない。

ローズ。いま彼女は背筋を伸ばしてすわり、膝のうえで両手を握りしめている。ミズ・スウェインとどんなことを言い争っていたにせよ、いまはもう終了だ。今夜ダイニングルームでローズが言っていたことは何だったのだろう？　確か、ミズ・スウェインはいつもエピペンを持っていると言っていた。どうして、そんなことを知っていたのだろう？

またドアが開いて考えをじゃまされると、クラリスタが応接室に入ってきた。「何ということでしょう。みなさま、だいじょうぶですか？」

宿泊客たちは誰だかわからずにクラリスタを見た。気になることはすべてミスター・フィグにまかせっぱなしだからだ。

クラリスタは応接室を気取って歩き、ベネット刑事と同じように暖炉のまえで立ち止まった。機能的なパンプスに黒のパンツスーツを身につけ、ゆったりとした髪を艶やかなフレンチロールにまとめており、いかにも書見台のまえに立ちそうだ。駆けつけてくるまでに、どのくらい時間をかけたのだろう。

「みなさまのご心配を軽くさせてくださ い」クラリスタは話しはじめた。「率直に申し上げまして、今夜ここで起きたことは、当然ながら……」首をふって続けた。「わたしにも、誰にも、何もわかりません。誰にとってもそうだったと確信しておりますが、みなさまは当ホテルの規範をご存じだと思います。もちろん、みなさま方にとって最善のことをするつもりでおりますが……ミスター・フィグ、みなさま全員にホットチョコレートをお配りしたらどうかしら」

「あるいは、もっと強いものがいいな」ダイニングルームを出て以来、初めてミスター・ウルストンが言葉を発した。

　いつから起きていたのだろう？

「賛成」ミスター・サンディープが応えた。

　ミスター・フィグはクラリスタに小さくお辞儀をした。「ホットチョコレートは厨房でしかご用意できませんが、いまはあいにく警察が非常線を張っておりまして。ミズ・キング、バーで食後酒でもご用意いたしましょうか」

　部屋のあちらこちらから賛成の声があがり、ミスター・フィグはミスター・ウルストンから注文を取りはじめた。ミスター・フィグも何か飲んでくれるといいのだけれど。今夜は誰よりも負担が大きいだろうから。

　食後酒を断ったカマキリ男以外の宿泊客全員に飲み物を配り終えると、ミスター・フィグはテレンスとわたしのほうを向いた。「この状況なら――」

「白ワインをお願いします」テレンスが言った。

「あなたと同じものを」わたしは言った。ミスター・フィグに自分のことを考えさせる者がいないと。

ミスター・フィグは鼻で笑い、バーへ戻っていった。

ミスター・フィグが持ってきてくれたジン・マティーニを飲みほしてしばらくたつと、最後の客が事情聴取に呼ばれていった。そして十五分後、ベネット刑事は自分が到着するまえにダイニングルームを出ていった人々の名前をクラリスタに尋ねた。クラリスタがベネット刑事を連れて応接室を出ていくと、テレンスとわたしはミスター・フィグを含めて三人だけになったことで、すがるようにミスター・フィグを見つめた。そして彼がうなずくと、ソファに崩れ落ちた。

「ジョージはどこですか？」わたしはミスター・フィグに尋ねた。

「わからない。だが、事情聴取のためにダイニングルームからそのまま警察に連れていかれた」

まだ家に帰っていなければいいけど。ジョージに会いたい。

「アイヴィー」クラリスタが戸口から呼んだ。

わたしはソファから身体を引きはがしてクラリスタの顔を見た。「はい。何でしょうか」

「ベネット刑事が……」クラリスタは顔をうしろのロビーに向けた。

わたしは立ちあがり、まだ途中のお呼びに応えた。

そして階段のまえを通りかかると、ノートを手にしたベネット刑事がフロントデスクのうしろから出てきて図書室へ向かい、ついてくるようにとわたしに手をふった。

図書室のランプシェードはすべてステンドグラスだった。普段であれば、図書室は部屋全体の照明だけで読書ができるよう明るく保たれている。だが、今夜は頭上の真鍮《しんちゅう》のシャンデリアが忘れられ、部屋の中央にあるふたつのランプだけが灯されている。一対の革のウイングチェアと、そのあいだに置かれたサイドテーブルがやけに豪華ではあるが、取調室のように照らされていた。

この部屋がわたしが回復するきっかけとなった場所だった。ここで考え方を変えることで自分の世界をつくり直せると教えてくれた本、ドクター・ノーマン・ヴィンセント・ピールの『積極的考え方の力』と出会った。

ここにある本の多くは実際にはモロー家のものだった。クラリスタが買い足したのは数冊しかない。そして初版本のためのガラスケースは、いまはほとんど空っぽだ。数冊あった初版本はモロー家が破産したときに売り払われた。

今回が初めてではないが、ガス灯に照らされていた頃はどんな様子だったのだろうかと思いを馳せた。二台の電灯でも夜の暗くなった窓と板張りの壁のなかを明るく照らすことは難しい。壁を覆う書棚や上階を囲む鉄の欄干に届くまえに、光が消えてしまうのだ。

腕の毛が逆立った。ここは隠れるのに打ってつけだ。

ベネット刑事は片方の椅子にすわるよう身ぶりで示し、もう一方の椅子に腰をおろした。

この部屋で腰をおろすのは初めてだし、ホテル内のほとんどの部屋ですわったことはなかった。革のウイングチェアにすわるのは、殺人事件を捜査する刑事に事情聴取されるのと同じくらい妙な気分だった。

ベネット刑事のぶっきらぼうな態度ではまったく落ち着くことができず、もしかしたら不安な気持ちに陥っていたかもしれない。だが、プロの刑事が仕事をしているところを見るのはとてもおもしろかった――たとえ、大げさな刑事でも。

「ミス……ええっと、ニコルズ？　フロントデスクの奥から厨房に入れるドアを見てきました。今夜はそこを通りましたか？」

「午後五時頃、お茶を淹れるためにお湯が欲しくて。わたしのことはアイヴィーと呼んでください」

「そのとき、厨房にいたのは？」

「ジョージだけです。シェフの」

「給仕係はいなかった？」

「はい。彼がホテルにきたのはもう少しあと、六時頃だったと思います」

「厨房に入れるように、フロントデスクの裏にほかの人間を入れたことは？」

「いいえ。もちろん、ありません」あてこすりにいらいらした。

「あれはどうです？　ええっと、ピエロは？　ピエロを初めて見かけたのは？」

そう、ピエロは？　彼がホテルにいたのは偶然なのだろうか？「お客さまが夕食をとっているあいだ、わたしは事務室で仕事をしていました。事務室から出ると、ピエロがフロントデスクの横に立っていたんです。彼はドイルと一緒に仕事をしているのだと思います。ドイルはフロント係で、きょうは休みです」

「だが、ピエロが厨房に入ったとは思わない？」

「わたしがフロントデスクにいたあいだは。どちらにしても、厨房にはジョージがいたでしょうから」

「ああ、ミスター・アンゲレスク。彼とは長い付きあいですか？」

「十五年来の友人です」

「ほう。それは長いな」わたしの頭上に目を泳がせた。「かなり長い」

わたしは前かがみになって、ベネット刑事の注意を話に引き戻した。

ベネット刑事はわたしを見てから視線をノートに戻した。「ミスター・アンゲレスクですが、彼は正直ですか？」

「はい。ジョージがあの女性の死に関係していると考えているなら、まちがっています。ジョージは厨房で決してまちがいを犯さないし、それを言うなら、どこでもまちがえません。わたしが知るかぎり、ジョージほど徹底しているひとはいません」

ベネット刑事の目が暖炉のうえに飾られている十七世紀のキルトを着たスコットランド人の青年をとらえた。「うーむ」.

ちゃんと聞いているのだろうか？「まじめな話、ジョージは完璧主義者です。助手がタマネギを同じ大きさのさいの目に切れなかったり、ベシャメルソースに入れるコショウの種類をまちがったりすると、いつも叱っています。たくさんの助手が去っていきましたし、たいていは自分のナイフで切り刻んでやると脅されます。きっと検視官が見れば――」

「それでは、シェフと給仕係以外に厨房を出入りしたひとは誰も見ていないんですね？」

「はい」両手に汗をかいたので、制服のごわごわしたコットンで拭いた。

「わかりました。ありがとうございました。もうけっこうです」ベネット刑事は立ちあがって歩き、ドアを開けた。

ベネット刑事はわたしの話をちゃんと聞いてくれたのだろうか？　ジョージに関する質問すべてが気に食わない。わたしは戸口で立ち止まった。「この件は何なんですか？　アレルギー反応だと思っているのですか？」

ベネット刑事は肩をすくめた。まだお答えできる状況にありません。


応接室に戻ると、誰もいなかった。いずれにしても、わたしの勤務時間はもう終わりに近く、頭は痛いけれど、ジョージがまだ残っているなら話をしたい。

ダイニングルームの扉は閉まり、もう警察のテープは張られていなかった。扉を開けて、なかに入った。椅子が逆さまに転がり、テーブルには皿や料理が散らばっている。誰が片づけるのだろう？　わたしじゃないといいけど。

グラスがぶつかる音と鈍い音が聞こえ、わたしはその音を追って、配膳室を通って厨房に入った。

厨房は冷えきっていた。ごみ箱が冷蔵室の開いたドアに引き寄せられ、ジョージがなかの木箱にかがみこんでいる。コックコートはわたしの横の手洗いシンクにかけられており、無地のTシャツ姿のジョージは妙に普通っぽく疲れているように見えた。

ベネット刑事がジョージを疑っているというのは、わたしの想像だったのだろうか？　それとも、本当にベネット刑事は疑っているのだろうか？　そして、ジョージも知っている？

「何をしているの？」わたしは声をかけた。

ジョージは冷蔵室から出てきて、わたしをちらりと見ると、ごみ袋をしばった。首と顔の青白い肌にビートの色をした汚れが点々とついている。「数日はこられない」

「ええっ？」

ジョージはコックコートを取って肩にかけ、ごみ箱のなかの袋を持ちあげて、地下に行く階段へ向かった。

「ジョージ」わたしは地下の廊下まで彼を追いかけた。

ジョージは東側の庭へ出るドアを開け、わたしをふり返った。月光がジョージの髪を照らしていたが、顔は陰になっていた。「あとで電話する」

足が床に釘づけになったまま見ていると、ジョージはとぼとぼと雨のなかに出ていった。

ベネット刑事から長時間にわたる事情聴取を受けて疲れていることはわかっていたけれど、どうしても心配だった。だから、一緒に雨に濡れるしかなかった。

シャツがすでに濡れて背中に張りついているのに、ジョージはたじろぎもせずに駐車場へ向かって数メートル先を歩いていた。

　以前と同じことにならなければいいのだけれど。ジョージの野心が潰《つい》えた場所が、思いもよらない失敗で完璧主義が崩壊した場所があったのだ。そのために大都市の一流の職場から、両親の住む家に近いこのホテルに戻ってきた。ジョージは料理学校を首席で卒業しているが、この町で働くということは一定以上の出世は望めないことを意味する。

　あのとき、ジョージは二度とシェフの仕事には就かないと言っていた。代わりに何をするつもりだったのかはわからないが、最後には自分でも悟ったにちがいない。ジョージを正気に戻すのにわたしも一役買ったと思いたいけれど、時間と孤独も彼の友人だったのだろう。

　駐車場との境にある空き地でジョージに追いついたときには、ふたりとも滴が落ちるほど濡れていた。ジョージが事業用ごみ入れのドアを開けてごみ袋を捨てているあいだ、わたしは木の下で待っていた。

　ジョージの口を開かせなければ。「数日はこられないってどういう意味？」わたしは轟《とどろ》く雷鳴に負けないように声をはりあげた。「警察はあなたの責任だと考えているわけじゃないんでしょ？」

「もちろん、そう思っているさ。いちばん筋の通った結論だからね」

　わたしは自分の頭の両側をつかんだ。そうすれば、世界をまとめておけるかのように。

「でも、あなたの責任じゃない――だって、ミズ・スウェインの料理はほかのひとたちの料理と完全に分けていた。そうでしょう？」

「ああ。アントレは分けていた。唯一、甲殻類が入っている料理だったから」ジョージは歯を食いしばった。

「ねえ」わたしはジョージの腕をつかんだ。指が触れた腕は冷たく濡れていた。「あなたのせいじゃない」

「警察はぼくのせいだと思っている。本当にぼくの責任かどうかなんて、どうでもいいんだ。たとえ逮捕されなくても、今回の件で……」ジョージは首をふり、片手をあげて顔をこすった。「もう行くよ。あとで電話する」

雨脚が弱くなり、わたしはジョージが車に乗って走っていくのを見つめていた。ここまでくるのに、ジョージは必死に働いてきた。彼にはよいことだけ起きてほしい。きっと警察は今夜実際に起きたことを解明してくれるはず。わたしたちはふたりとも疲れているから、きっと過剰反応しているのだ。

駐車場の奥では父のボルボが屋根に〈シュウィン〉の自転車をのせて待っていた。午後はいつも自転車に乗って出勤するのだ。そして暗い深夜に自転車で帰らなくていいように、父が車に乗ってきて、〈シュウィン〉を屋根にのせ、バスで帰宅する。今夜は雨が降っており、なおさらありがたかった。

だが、車に乗って帰るまえに、ホテルに戻って、いまはもうびしょ濡れになった制服を着がえなければならない。制服の重さとジョージの危機という精神的な重さで、歩けたのが不思議なくらいだ。

従業員用の駐車場が視界に入らないように遮っている林のなかの細道は東側の芝生へと続き、ホテルからは三百メートルほど離れている。こうしてホテルに近づくたびに、わたしは敷地のこちら側に母がいる姿を思い描こうとした。カナダツガの下のベンチで読書をしている十二歳の少女や、木々のあいだでかくれんぼうをしている九歳の少女の姿を。

きょうの母は黄色いオーバーシューズをはき、大理石のバルコニー近くの水たまりを勢いよく歩いている。年は七歳くらい、わたしがパニック発作を起こしはじめた年齢だ。機会があれば、母の精神的な問題はいつ頃はじまったのか訊いてみたかった。

母が失踪したことについては怒っていない。ほとんど何も感じないのだ。そう話すと、わたしは現実を受け入れていないのだとジョージは言う。でも、そうじゃない。

わたしはバルコニーの下の石壁にあるドアを開けて、水漆喰が塗られた地下の入り口に入った。

右側にあるワインと根菜の貯蔵室のドアを通りすぎたとき、通路で何かを蹴とばした。幅木の近くにジャガイモがひとつ転がっており、ひろって貯蔵室に戻しておいた。ジョージはすべての木箱と壺をきちんと並べてラベルを貼っている。タマネギの皮一枚だって床に落ちていない。おそらく二十人の従業員がいるより、ジョージとミスター・フィグのふたりのほうが、このホテル全体をきちんと管理できるにちがいない。

それもジョージの完璧主義の証拠であり、彼は厨房のあらゆる要素を厳格に管理している。ミズ・スウェインの料理をアレルゲンで汚染させるはずがないのだ。

更衣室の時計は十二時を指していた。真夜中だ。

まだ勤務時間は終わっていないと思うと、胃がきりきりした。やけに夜が長いように感じたのに、シフトはまだ二時間もある。

わたしは〝夜間フロント係二〟と記された衣料袋から予備の制服を取りだした。わたしのために仕立てられたわけではないが、身体に合うように直され、次のフロント係が着るときのために縫い目に余裕が残されている。その制服を持って着がえ用の個室に入り、乾いて軽くなった格好で出てきた。

糊のきいた黒のチンツ地の下は現代的な下着で、コルセットではなく〈スパンクス〉であり、充分に乾いている。一九一一年の女性従業員の服装はほかの時代や階級ほどウエストの細さを要求しないし、わたしも痩せ型だけれど、クラリスタは下着がドレスの〝着こなしをつくる〟と考えていた。

わたしは濡れた髪をブラシで梳《と》かし、ピンを刺し直して、規則どおりに頭のてっぺんでまとめた。

演じる人物の衣装を着ることでその役になりきれる、とりわけ歴史上の人物ならなおさらだと、俳優が語っているのを聞いたことがあるが、わたしも似たようなものだ。ボタンのついた袖口を目にするたびに、ミスター・フィグの礼儀の基準を思いだす。そして、わたしもいつも制服のドレスを意識することで、動作がゆっくりになるのだ。

イラストレーターのチャールズ・ダナ・ギブソンが描いた女性のような髪形の下には、現代の女性としての頭がある。わたしは一世紀まえの従業員の人生にも――家族の生き方にも――共感しない。当時の女性たちは厳しいしきたりに縛られていたし、男性も同様だ。わたしがなじめないのは祖先の厳しい規則だけではない。祖先たちのここでの贅沢な暮らしぶりもだ。

アメリカ南部の経済がまだ南北戦争後の荒廃で苦しんでいるときに、祖先はこの屋敷を建て、二十数人の使用人を雇ったことで地元への贈り物のようなものだと考えていた。その後、屋敷から二キロほどの場所に美術館を寄贈し、自分たちの名前をつけた――いまになってやっと祖先たちの芸術的な才能と結びつけられたものの――その資金を崇高な目的のためにも使ってほしかったと思うのだ。

たとえば、十九世紀スイスで指折りの資産家だったラウシェンバッハ家はユングの研究に資金援助し、心理学の診療と理論を永遠に変えた。ユングの実績の多くは妻であるエンマ・ラウシェンバッハの知的な支援と、その実家の経済的支援のおかげなのだ。

わたしは従業員用階段をのぼりながら、複雑な気持ちは階下に置いていこうと努めた。わたしが生まれるまえに、家族の資産は消えていたので、わたしが資産の使い道に悩む重荷を背負うことはなかった。

わたしがすべきことは、この仕事を続けることだけ。ほぼ毎日この仕事を続けていることで、自分がどこからきたのか、自分が何者なのかについて、学べたことがある。

一階は静まりかえり、いつもの長い夜間シフトのときと同じだった。だが、雰囲気は異なっている。警察が床じゅうに泥の足跡と落ち葉を残していた。長椅子のクッションも乱れている。ホテルをこんな有様にしておくなんて、ミスター・フィグはよほど疲れていたのだろう。

図書室のドアは閉まっているが、本当は開けておくことになっていた。ロビーを横切って図書室のドアを開けると、月明かりが射しているほかは真っ暗だった。嗅いだ覚えのあるオーデコロンの香りが漂っている。

ここでは少なくとも数台のランプを点灯しておくことになっている。わたしはいちばん近くのランプまで歩いていった。

「それがきみの仕事？」反対側の隅からからかうような声がした。

わたしは跳びあがったが、悲鳴はあげなかった。こんなところに誰がいるの？　いったい、なぜ？

わたしはひじでランプのスイッチを押した。

椅子から誰かが立ちあがり、光がぎりぎり届いたところにジェフリー・スウェインの勇ましい顔が浮かびあがった。

母の死を悲しむあまり、暗い部屋でひとりですわっていることが、どんなに不気味であるのかを忘れているようだ。

そう思うと、ほんの少し親切にしたくなった。

「ミスター・スウェイン、今回の件を心からお悔やみ申し上げていることをお伝えする機会がありませんでした」わたしは親切にしたいと思ったものの、言葉を発するとすぐに、それは本当だろうかと考えた。彼の母親がいないほうが、世界はよくなるのでは？

「ああ、きみたちは悔やむだろうね。全員だ」母親がチェックインしたときのように、ジェフリーはわたしのほうを指さした。「きみの失敗だろう？」

わたしは後ずさった。これまで知らなかった彼の一面が見え、怖くなったのだ。「どういうことですか？」

ジェフリーは指でわたしとのあいだの空気を突き刺しながら近づいてくる。「母はきみに言ったはずだ。それなのに、きみはシェフに伝えなかった。忘れたんだ。それで母は……」

ジェフリーは手をおろして口をゆがめた。

「お母さまのアレルギーについてですね。シェフには伝えました。すぐに厨房に行って確認を――」

「それなら、シェフのミスだ」

「ジョージの？　いいえ、シェフはとても慎重ですから」

「弁解しても無駄だ」ジェフリーは拳を口もとまで上げて、また下ろした。「全員逮捕されて、ホテルは閉鎖だ。警察にできないなら、ぼくがやる」

ジェフリーは横を通りすぎたが、図書室を出るまえに立ち止まった。「母は完璧なひとではなかったが、それでも、ぼくにはひとりきりの母親だった」

ジェフリーが出ていくと、わたしは薄明かりのなかにひとり残された。両手が震えていたが、無理やりポケットに突っ込んだ。あんなに攻撃的じゃなければ、もっと同情できたかもしれない。

彼に責められても仕方ない面があるのだろうか？　わたしは昨夜のディナーのまえに、厨房でジョージと交わした言葉を思い出した。アレルギーについてジョージに話した？　話した。ミズ・スウェインにはほかの客たちと同じザリガニを出していないので、ジョージがわたしの話を聞いていたのはまちがいない。

そして、警察が何と言おうとも、ジョージが過ちを犯したとは思えなかった。

夜間勤務を終えると、広い砂利道で水たまりを避けるために下を向きながら、ふたたび東側の庭を通った。

葉がかさこそいう音がしてふり返った。

芝生の反対側から暗い人影が近づいてくる。殺人者が敷地内に隠れているとすれば、その方向にある、いまにも崩れ落ちそうな古い厩舎だ。

いつもは決して臆病なたちではないけれど、ベネット刑事に殺人をほのめかされ、ジェフリー・スウェインも図書室に隠れていたことで、わたしはすっかりびくついていた。

何者かが近づいてきたとき、今夜ふたり目の被害者になるのではないかと一瞬恐ろしくなった。その人物はフードをかぶり、シャベルを持っている。

男は百メートル離れた場所で足を止め、手押し車に盛った何かにシャベルを突き刺し、いちばん近い花壇まで押していった。フードをかぶっていなければ、垂れさがった大きな耳が見えて、庭師のミスター・チェンだと気づいたはずだ。

だが、すっかり安心したわけではなかった。ミスター・チェンをどう思っているのか、自分でもはっきりわからないからだ。ミスター・チェンは家で挿し木ができるように庭で切りとった枝をくれたことはあるが、親しみやすいタイプではないし、どうして午前二時に庭師がこんな暗がりにいるのだろうか。わたしは理由を知るために近づいていった。

根覆いの土くさい臭いがして、手押し車に載っている黒い山に気がついた。ミスター・チェンは顔をあげてもわたしに気づかず、作業に戻った。

「庭仕事をするには早くない？」わたしは声をかけた。

「根覆いさ」ミスター・チェンはシャベルの中身を生垣の根もとに空けた。

「まだ暗いのに？」

「お客が起きるまえに、手押し車の轍《わだち》が消えるようにね」ミスター・チェンの言葉にはかすかにアジアなまりがある。

宿泊客に轍を見せないというのはミスター・チェンの考えだろうか？　それとも、クラリスタの考えだろうか？　細かいところに対する気配りはクラリスタとは思えないが、その一方でやりすぎるところがある。

両手が冷えており、わたしは片手を根覆いに突っ込まずにいられなかった。根覆いはそこで生まれた微生物の命で温かかった。「すばらしいと思わない？　木がこんなふうになるのでしょう？　第二の人生みたい」

「〝われらは自らのためだけに生まれるにあらず〟」

ほらね、謎めいている。ミスター・チェンはいつもこんなふうに話すのだ。「老子？」

「キケロだ」ミスター・チェンがわたしの隣に立っている彫像の土台をシャベルで指すと、名言が彫ってあった。

「そうよね。まさか、キケロとは思わなかったの――ほら、あなたは……」中国人よね？

わたしはこの彫像をここに置いたモロー家の立場から名言について考えてみた。七十年間この屋敷をモロー家の手で守ってきたのは、モロー家への忠誠心であり、管理者としての責任感でしかない。

全員が脈々と遺されてきたこの屋敷を理解し、自らのためだけに存在しているのではないと理解しなければならなかった。わたしは自分の祖先や子孫と固く繋がれることがうらやましかった。

ミスター・チェンはまた根覆いを生垣の根もとにかけて、見たことのないビニールパイプを覆った。

わたしはミスター・チェンの向こうに広がる芝生に目をやった。鋭い崖の向こうで、橋の明かりが霧でかすんでいる。

明日、ジョージは本当にホテルに出てこないのだろうか？　ジョージ抜きでレストランがまわるとは思えない。

駐車場に着いたところで、ジョージが言ったこと、言おうとしたことを思い出した——たとえ逮捕されなくとも、評判に傷がつくということだ。小さな町のシェフは評判がすべてだ。何かしたいけれど、ベネット刑事にはすでにジョージを弁護する話をしたし、それだって唾で火を消そうとしている程度の効果しかない。ジョージは過ちを犯していないという証拠か、ほかの誰かが故意にミズ・スウェインに害を与えたという証拠があればいいのに。

5 迷惑な探偵

わたしは混みあっている駐車場のなかで確実に空いている場所、チャイニーズ・フレームツリーの下に車を入れた。八月はチャイニーズ・フレームツリーから大量の黄色い花が車に落ちるのでみんなが避けるが、もうとっくに花は終わり、不思議なピンク色の提灯のような実がすべての枝を覆っている。

わたしは車を停めて、シートに寄りかかった。どうやって運転して帰ってきたのか、ほとんど覚えていない。ジョージへの心配と、感じの悪いミズ・スウェインや、痛いところを突くローズ・ジューエットや、派手なミスター・サンディープや、偏屈なミスター・ウルストンへの疑いで、頭がずっと回転していたからだ。もちろん、ジェフリー・スウェインと、意地悪な脅しもだ。

錆びついているボルボのかつては輝かしかった装備の多くと同様に、頭上のサンルーフも数年まえに動かなくなった。窓ガラスの向こうでは、チャイニーズ・フレームツリーのピンク色の提灯が黄金色の街灯の光に背後から照らされている。わたしはとつぜん頭のなかで、動きまわっているホテルの宿泊客たちとパーティーを開いている気になった。

でも、もうお開きの時間だ。父が待っているので車から降りて、自転車を屋根からおろした。そしてミズ・フランクリンと共同で使っている倉庫に入れて、階段で三階までのぼった。

この階段が大嫌いで、エレベーターのあるアパートメントを借りられないものかと考えていた。だが、わたしの記憶にある四軒のアパートメントにはエレベーターがあったためしがない。父とわたしはまずまず払える家賃で、虫も何も出ないという条件で、チャタヌーガじゅうのアパートメントを転々としてきた。

だが、わたしの足取りが重いのは疲れのせいだけではない。父に対して秘密を抱えることになるからだ。

今夜起きたことを父に話すべきなのはわかっている。父はジョージが好きだし、娘の友人に問題が起きたら知りたいだろう。

秘密に増して悪いのは、父の信用しやすい性格につけこんで、働き先について嘘をついていることだった。父は当然ながらホテルと母を結びつけるはずで、職場についても、その職場を選んだ理由についても、とても言えなかった。過去のことを引きずりだすだけだから。父にはホテルから程近い店でバーテンダーとして働いており、バーがホテルの従業員用駐車場を利用することで、双方の経営者が合意しているのだと伝えてあった。

たとえ自らの心の平穏を犠牲にすることになっても、嘘をつかなければならない。父が母の話をしないのには理由がある。何があったのかはすべては知らないけれど、尋ねるつもりはない。これ以上の苦しみを父に与えたくないから。

だから、今回もジョージのことは話さない。

わたしは音をさせて鍵穴に鍵を挿しこんだ。鍵穴のまわりには、いまみたいな早朝に以前の住人の手が震えたせいか、足がよろけたせいか、鍵を挿しこみ損なってついた傷がいくつもある。スチールのドアが開くと、すぐに小さなキッチンがあるが、アパートメント内の部屋はすべて同じか左右が逆の造りで、わたしはふり返らずにドアを閉めた。

耳の横で叫び声が響いた。誰かがいるとは思わず悲鳴をあげ、壁にぴったり張りついて上着を落とした。

「七勝だ」声の主がひげ面をくしゃくしゃにして、にっこり笑った。開いたドアのうしろで待ち伏せしていたのだ。

「パパ！」わたしは父に飛びついて両手で胸を叩いた。一カ月まえにこのゲームをはじめて以来、ずっといい勝負を続けている。「フェアじゃないわ。疲れているんだから」

「ルールを決めたろ――おまえが考えたやつだ、そう多くないが――疲れていることを言い訳にしない」父はかがんでリノリウムの床から上着をひろい、カウンターのスツールに落とした。「おまえは悲鳴をあげた。おれの勝ちだ」

カウンターではふたつのマグカップが湯気を立てていた――バッグス・バニーは父のカップで、デイジー・ダックがわたしのだ。父がわたしのカップを差しだした。「ほら。残念賞」

「ラベンダーティー？」心拍数があがったり、耳の奥で激しく脈が打ったりしたせいで、いまになるまで香りに気づかなかった。職場で枕に吹きかけるスプレーや石鹸に香りが似ているけれど、どういうわけか心地よい。

「おまえがゆうべ仕事に行っているあいだに、ハロルドが持ってきてくれたんだ」父は宅配業者から大統領まで、誰とでもファーストネームで呼びあう仲だと思っている。肩書なんて関係ないと思っているし、それを言えば、堅苦しさもいらないと考えている。「忘れるまえに薬を飲んだほうがいいかもしれないな」

「そうね」わたしはカウンターにマグカップを置いて、電子レンジの左の細長いキャビネットに入っている処方箋薬の瓶を取りにいった。そして薄ピンク色のレンズ豆のような錠剤をてのひらに出した。

「薬が変わったのか？」

まずい。「ううん。製薬会社が色だけ変えたって、薬剤師が」

「驚くことじゃないな。ベンに診てもらってから四年か？」

「ドクター・ジョンソンね。ええ、そのくらいはたっていそう」わたしは自分のために言いかえた。わたしまでうっかりまちがえて〝ベン〟と、もっと悪いことには〝ドクター・ベン〟と呼びたくなかったからだ。といっても、ドクター・ジョンソンに会うからではない。もう数カ月まえから診察に行っていないのだから。

父は陽気に身体を揺らしながらリビングルームに歩いていった。リノリウムの床から色あせたカーペットに変わったことだけが、キッチンからリビングルームに入った印だ。「でも、味は変わらないんだろう？」

「ええ。小さくて何も味がしない見本みたい」本当はレンズ豆のような薬が舌にのると、甘酸っぱい人工的なチェリーの味がした。結局よくわからなかったトロピカル何とかという青いやつのほうが好みの味だったけれど、もう戻せない。何年も青い〝薬〟をまとめ買いしていたダウンタウンのすてきな小さなキャンディー店が金曜日にとつぜん閉店してしまったのだ。もうピンクの薬を続けるしかない。いつもはかなり信じやすい父も、製薬会社が青い薬をピンクに変えて、また青に戻したなんて話は信じないだろう。

わたしはカウンターをまわりこんでソファにすわり、マグカップに唇をつけて、ラベンダーティーが眉間の痛みをやわらげてくれるのを待った。

父とわたしは勇気づけられたくなると、新しいお茶を注文する。このラベンダーティーはどこかの芸術的な個人商店のもので、いつも買うお茶より高価で、味がいいお金を飲んでいるようなものだ。わたしたちはコーヒーは飲まない。不安症の引き金となるし、父はそんなわたしに付きあっている。

一棟に二百人が暮らすアパートメントの通常の騒がしさは、いまはない。木曜日の午前三時であり、ミツバチの巣箱に吹きかける煙のように、十月の冷たい空気がわたしたちを落ち着かせているのだろう。

父もマグカップを持って隣にすわり、ソファに寄りかかってウインクをした。Tシャツとストライプのパジャマのズボンの隙間からお腹が出ている。

ここでは父が親でわたしが子どもなのだから言っても無駄なことはわかっていたが、とりあえず口にした。「起きてなくていいのに」

「起きてないとだめだろう。びっくりさせるんだから」わたしを見て、眉を上下させた。

わたしはマグカップをコーヒーテーブルに置いて立ちあがった。三歩でベランダのドアに着いて開けた。「ちょうどよかった。この芽ならお茶に入れられる」

それが植わっているのは父がこれまでつくったなかで最大の植木鉢だった。たくさんの土を使い、たくさんの時間を費やしたにちがいない。ミスター・チェンと一緒に温室で根づかせた小さなローズマリーの芽には大きすぎるが、いずれ植木鉢を埋めつくすほど育つだろう。

父はこの植木鉢用に新しいスタンプをつくっていた。ダイヤモンドに閉じ込められたハトのシルエットのデザインで、まるでハトそのものを映すかのように慎重に何度もひっくり返し、嘴《くちばし》から尾へ、羽から羽へと表面を覆っていき、釉《うわぐすり》で油膜を張った青い背景に緑色のハトが浮かびあがった。

いままでは植木鉢は十二個になり、縦一メートル横三メートルのベランダで棚や鉢置台や床に置かれたり、手すりにぶら下げられたりしているが、大半は父がつくったものだ。手すりの左側には最後のチェリートマトの鉢がさがっているが、長かった夏のあとで、葉のほとんどは茶色く変わっている。手すりの反対側にはわたしが育てているお茶用ハーブの大半があり――レモンバーム、カモミール、そしてミントが生長し、植木鉢からはみ出すほどだった。それにイワブクロ、ジキタリス、ランタナ、フウリンソウなどの花もあり、どれもが南向きのベランダで幸せそうに見えた。

わたしは唯一の屋外家具であるキャンプ用折りたたみ椅子に腰をおろした。ここから植物を連れ去るのはまちがっている気はするけれど、もっと広い場所で植物を育てている想像につかのま夢中になった――この子たちの子孫でいっぱいになっている生垣に囲まれた花壇、植物があふれんばかりになっているコテージの庭、夏の芝生に建つ自分の温室……そして本物の家だ。

わたしは〈エッチ・ア・スケッチ〉（左右のダイヤルをまわして線を描くお絵かきボード。ボードをふると絵が消える）のように首をふった。

アパートメントに住むのは悪くない。ここは安全だし、うちには失うものなんてほとんどない。

父も同じ考えだ。時間外勤務にはほとんど応じないし、自営で仕事をはじめるために会社を辞めると話したこともない。おそらく、自分の両親よりはうまくやっているのだろう。祖父母のことは話さないし、わたしも覚えていない。

それでも、ときおり不満に思うのは母方のモロー家の血筋が原因なのだろうか。きっと遺伝子にちがいない。母は考え方がわたしに伝わるほど長く金持ちに囲まれていなかったのだから。金持ちのことを考えたせいでミズ・スウェインの赤い唇が目に浮かび、内心たじろいだ。

そう、アパートメントでの暮らしは悪くないけれど、二十八歳の女が父親と暮らしつづける場所ではない。

父について考えたとき、その影がベランダのコンクリートに映った。父はベランダに出てきて手すりに寄りかかり、わたしの正面にすわった。まるでハエでも叩くかのように、ゆるく丸めた紙を片手に持っている。

「植木鉢、ありがとう。気に入ったわ」わたしは言った。

父はウインクをして、ドアの下から二股に分かれ、ベランダのはじまで続いているコンクリートのひびの横を、何もはいていない片方の足で叩いた。「今夜のバーはどうだった？うちの娘を殴る下劣な野郎はいなかったか？」

胃がむかつき、父の顔を見なくてすむように、手すりの反対側まで行った。「卑劣なお客はいなかったけど、長居のバイク乗りのグループはいたわ。ほら、革ジャンを着た男たちがいるでしょ――カウンターに乗ってビヨンセの曲で踊るのを止められなくて。それ以外はいつもどおりだった」それらしい声になるように、にっこり笑った。

父は目を天井に向けた。「それなら話さなくていい。だが、せめて駐車場まではほかのひとたちと一緒だったんだろうな？」

「もちろん。閉店したあと、みんなで一緒に丘をのぼったわ」東の庭のはしにある林道をひとりで歩いたときのことを頭に描きながら答えた。

「よかった。そろそろ寝るよ。明日の朝早く、サウスサイドの女性の予約が入っているんだ。排水管にネコの毛が詰まったとか何とかでな」父は鼻に皺を寄せて身震いした。

わたしは笑った。二十年も配管工を続けてきた男であれば、配管に詰まった毛など平気なのだろうが、父が気持ち悪そうな顔をすると、現実より不快そうに感じる。わたしは父の顔を見て、ネコの毛を想像するだけで吐きそうになった。

父は部屋に入らず、わたしと一緒にベランダの向かい側にある大きなギザギザの葉のはしが茶色くなりつつあるエンジェルウイング・ベゴニアを見ていた。

「何をしてあげたらいいのかわからなくて」わたしは言った。

「うん?」

「ベゴニアに」

「ああ」父はベゴニアを見つめつづけた。「精神安定剤かな」

「なるほど」

父が左手で雑誌を広げ、記事をわたしのほうに向けた。

胃の奥のむかつきが胸まであがってきて、心臓まで浸かった。「ああ、いいの。職場の友だちのために買ってきただけだから」

「それなのに、ソファのクッションのあいだに置いていったのか?」

「ええ、ごめんなさい。もう、いい?」ベゴニアの葉のなかにはすっかり茶色くなり、すっかり乾燥して日焼けしたものもあった。わたしは手すりから飛び降りて、茎についた葉を一枚ずつ取った。「どうでもいいものをまき散らしていくつもりはなかったんだけど」

「おまえにわかってほしいのは……アイヴィー?」

「聞いてるわ」でも、父の顔は見ていなかった。わたしは枯れ葉を摘んで、コンクリートに落としつづけた。

「おれが言いたいのは――」父は咳ばらいをした。「ひとり立ちしたいと願うことがどんなものかはわかっているつもりだ。どこか別の場所に住みたいと思うなら、かまわない」最後の言葉で父の声は高くなり、手のなかの枯れ葉のように脆《もろ》く聞こえた。

わたしはやっとふり返ったが、父はもう部屋に入っていた。わたしのうしろの椅子に残していったのは、アパートメント情報誌だった。

木曜日の朝、わたしは二、三時間しか眠れず、九時に起きて、胃に取りついている冷たさを消すためにマッシュルーム茶を飲んだ。たいていのことと同じで、昨夜の父との会話も眠ったあとはだいぶましに思えた。

ジョージの仕事への悪影響はそうはいかなかった。今朝のわたしの任務がよい風を起こして、すべてを吹き飛ばしてくれるといいのだけれど。

ベッドで目を開けるまえに思いついたのだ。ひとつだけ、わたしにできることがある。母が失踪したときにできたコネだ。

決して訪ねたくない場所だが、ミスター・チェンの言葉が、いやキケロの言葉が頭から離れない。

わたしは自転車で橋を渡り、ダウンタウンへ向かった。川の向こう側にはホテルが建っており、青白い彫像や灰色の石造りのテラスがわたしを待っている。温室は朝日を浴びて輝いているが、普通の時間に寝起きして自転車で大学へ通っていた朝もそうだった。

自転車の車輪が木の踏み板でリズムを刻んでいる。〈シュウィン〉製の古い自転車は、母が唯一残したものだった。この自転車を売ってアパートメントの保証金に宛てようかと思うこともある。乗れる状態のヴィンテージ自転車に高いお金を支払うひとがいるのだ。だが、同じくらい快適に乗れる自転車を探すのは簡単ではないだろう。

わたしは少し小柄だが、〈シュウィン〉の自転車はぴったり合うので、母も少し背が低かったにちがいない。記憶のなかの母は長身だけれど、七歳の子どもにとって、母親は部屋がいっぱいになるほどの巨人だったはずだ。

ドクター・ジョンソンは、運動は不安症に効果があると話していた。母はもっと自転車に乗っていたら、家を出ずにいられたかもしれない。

そのことについて考えるのはやめて、ジョージのことを考えて、彼が信頼に足る慎重な人物であることを証明する方法と、彼がミズ・スウェインの料理を汚染させるはずがないという理由を、頭のなかですべて挙げていった。

そして十キロ近く走ったあと、警察署の駐車場に自転車を入れた。

警察署は歴史を感じるほど古くもなければ、感嘆するほど新しくもなかった。まだ由来が明らかになっていないローマ時代の円柱でできているかのように、細長くて平らな正面には彫刻が施されており、歴史的建造物の偽物のようにも見える。とりあえず、サルスベリばかりに囲まれているわけではない。この地域では、サルスベリがありふれているのだ。

母の失踪直後以来、警察署に足を踏み入れたことはなかったが、あのときの経験だけで、この場所はわたしの記憶に深く刻み込まれていた。

わたしは自転車をチェーンで正面の手すりに結びつけ、ドアを開けてロビーに入った。ほとんど変わったところはなかった。いまでも細長いロビーの両側にベンチがあり、奥の壁は水槽が場所を占めている。

前回ここにきたとき、水槽は目の高さにあり、わたしは何とか近くから魚を見ようとした。すると父にすわれと怒鳴られたが、それは父らしくないふるまいだった。けれども、母が書きおきも残さずに出ていったのだから、父は心配していたはずだ。父にさようならも言わなかったことが、母の失踪で何より残酷な部分だったのかもしれない。

その後ふたりの警察官と取調室に入ったとき、父はコーヒーをシャツにこぼした。あの頃はコーヒーを飲んでいたのだ。父は息をつくこともできない様子で、手を握りしめて床を歩きまわっていた。警察官のひとりがわたしをこのロビーに連れてきて、魚に餌をやらせてくれた。わたしはやりたかったことができてうれしかった。母がもう戻ってこないことに気づいていなかったのだ。

チャタヌーガは小さな都市だが、小さな町ではなく、食料品店に行くたびにいとこに会うようなところではない。だが、悲劇が起きたときには近隣との付きあいが密接になる地域ではある。当時、警察署にいた警察官たちはみな、わたしの事情はわかっているというように厳《いかめ》しい顔でわたしを見つめていたし、学校に戻ると、教師たちも同じような悲し気な顔をしていた。

わたしはそれがいやだった。人々に同情されるといつも自分の身に起きたことを思い出し、考えずにいるのが難しかったからだ。

だから当然ながら、わたしはすべてを過去に置き去りにしてきた。だが、きょうだけは昔の同情を利用することにした。わたしは魚に餌をやらせてくれた警察官がいまでもあのときのことを忘れずにいることを祈った。

わたしは正面玄関で署名をして、いまは警部になっているデ・ルナの部屋の場所を確認した。廊下は記憶よりも短く、あっというまに部屋に着いた。そしてノックするまえに、哀れっぽく見えるように練習した。

わたしがドアを開けるまえに、誰かが出てきてぶつかりそうになった。ジェフリー・スウエインだ。

ジェフリーはわたしよりも眠れなかったようで、いつもの体裁が崩れ、服には皺が寄り、顔はむくんでいた。きっと誰もが悲しみのせいだと思うだろうが、罪悪感が原因という可能性はあるだろうか？

ジェフリーがこちらを押しのけて去っていくと、わたしは彼が魔法使いの帽子をかぶり、かん高い声で笑いながら芝居がかった調子で大釜にかがみこみ、母親を死なせた毒を調合しているところを想像した。

わたしはドアノブを握ったままだった。ジェフリーから情報を引きだすには何と言ったらいいだろう？

ジェフリーはすでに廊下の半分ほどまで歩いている。

「ミスター・スウェイン」わたしは呼びかけた。「誰かがお母さまにわざと害を与えたとお考えですか？」結局、あまり利口でない訊き方になった。

ジェフリーは急にふり向いてわたしを見た。またきのうのような嘲りと辛らつな言葉をぶつけられるものと覚悟した。

だが、ジェフリーの顔は無表情だった。「ぼくは――いや、母親の部屋にある荷物をまとめてほしい。チェックアウトするから」

「どうして事故だったと確信をもてるんですか？」

「ただの事故じゃない。不注意によるものだ」ジェフリーはむっとして答えた。

わたしは首をふった。このとき、ジェフリーがおとなしく聞いていないとしても、口を開かせることを何か思いつかなかったものか。

でも、ジェフリーの命令でミズ・スウェインの荷物をまとめるなんて真っ平だし、ほかのことだってしない。彼の無礼な態度で、これからやる任務への気持ちが高まっただけだ。わたしはドアを開けた。

デ・ルナ警部は威厳がありながらも人好きのする様子で机にすわっていた。うしろの窓枠には植物がいくつか飾られている。デ・ルナ警部は顔をあげて眉根を寄せ、わたしだとわかると微笑んだ。

よかった。忘れられていない。デ・ルナ警部はわたしが通っていた中学校で何度かドラッグやギャングに関する話をしたことがあったが、それ以降は数回すれちがっただけだった。だが、悲劇にあった人々は記憶に残る。母が失踪したとき、デ・ルナ警部はまだ若い巡査だった。もしかしたら、初めて扱った失踪事件だったのかもしれない。

求めるべきは正義であり、思い出にふけっている暇はないけれど、デ・ルナ警部にはかつてのわたしである哀れな少女を思い出してもらう必要がある。

デ・ルナ警部が立ちあがり、わたしたちは握手した。

「デ・ルナ警部、ジョージ・アンゲレスクと〈ホテル一九一一〉で亡くなった女性についてお話ししたいことがあります。刑事さんはジョージがその件に関係していると考えているようでした」

デ・ルナ警部は両手の指先をあわせ、下を向いた。「アイヴィー、どうしていた？」わたしがここにくる途中で思い出していたのと同じ記憶をたどっているのがわかった。

「もう病死の可能性は検討したんですか？」

「ミズ・スウェインが死亡したときの様子はアレルギー反応を起こした場合と一致しているわ」

「でも、料理に何か入っていたなんてあり得ない。ジョージに限ってあり得ないんです」

わたしにはふたつの可能性しか考えられなかった。テーブルにいた誰かがミズ・スウェインの料理に入れたにちがいない——全員が食べていたザリガニか……アレルギー反応を起こしそうな何かを。それだって可能ではないか？

デ・ルナ警部はため息をついた。「アイヴィー、飲食業界の人間がアレルギーがあることを通知されて、適切な予防措置を施さなかった場合――」

「ジョージは――」

デ・ルナ警部は片手をあげた。「最後まで聞いて。お客の料理にアレルゲンが含まれないよう確実な手段を講じなかった場合は過失で告発される可能性があるし、お客が死亡した場合は故殺罪に問われるかもしれない」

「故殺罪？」わたしは机上の写真立てに飾られた写真をうらやましそうに見つめ、言葉につまった声が出せるように感情を盛りあげようとした。感情操作は禁じ手だけれど、ジョージのためなら何だってする。「デ・ルナ警部、お願い……母がいなくなったあと、わたしはしばらく孤独だったの。でもジョージがきてからは、もう孤独じゃなくなった」

感傷的には見せたが、言ったことは事実だ。

デ・ルナ警部は立ちあがった。「ごめんなさい。彼があなたの友だちなのは知っているけど、女性がひとり亡くなっているの。誰かの責任で」

「でも、ジョージじゃない」

「それは警察が――」

「ねえ、あなたはジョージを知らないでしょう。ジョージは厨房に関してはとても注意深いの。いつもぴかぴかに磨いている。こんなまちがいなんて犯すはずがない」

「どういうことかわかったわ」デ・ルナ警部はふたたび腰をおろした。「昨夜、ベネット刑事が事情聴取をして芝居がかったことをしたせいで、殺人事件だと思ったのね。アイヴィー、ベネット刑事は何でも殺人事件の捜査にするの。でも、実際には殺人事件ではないから、もうこの件からベネットをはずしたわ」

「でも、アメリア・スウェインには——敵がいたわ。まちがいない」

「まともなひとに敵なんていないのよ」

「ミズ・スウェインはまともじゃなかった」

「それじゃあ、あなたは誰かが故意にミズ・スウェインの料理に何かを入れたと言うの？証拠は？」

証拠？　ただの一般人にどうやって証明できるっていうの？「ミズ・スウェインがアレルギー反応で死んだというのは確かなんですか？　もしかしたら毒だったのかも。ミズ・スウェインの息子は——」

「唯一の受益者、ね」

「それなら、ミズ・スウェインを殺す充分な動機になるんじゃないですか？」

「でも、どうしてこんなときに？　どうしてホテルでディナーを食べているときにやったの？　悪いけど、無理がある」

「でも——」

「最も妥当なシナリオがたいてい真実なの。とにかく、ジョージは料理を準備しているときにずっと厨房から離れなかった。誰かがミズ・スウェインの料理に近づける時間はなかった」

「ミズ・スウェインの皿にあったものは取ってあるのでしょう？　検査する方法があるんじゃない？」

デ・ルナ警部は身動きせずに、わたしのうしろを見つめた。「病理検査の結果を待っているところだけど――」

「解剖は？　臓器から毒物が発見されるんじゃない？」

「ひょっとしたらね。もしも検査を行えば……でも――」

わたしは次の言葉を待った。

「アイヴィー、ジョージには過去があるの。数年まえに今回と似たようなことを起こして告発されかけた」

「嘘よ」デ・ルナ警部が言っていることは本当だろうか？　ジョージからは聞いていないけれど、デ・ルナ警部が嘘をつく理由はない。「ジョージはまちがいなんて犯さない……少なくとも厨房では。ミスをしたとしても、そんなものはお客に出さない。ぜったいに」

デ・ルナ警部は肩をすくめた。「会えてうれしかったわ」

「もしも、わたしがほかに何か……ジョージは料理をアレルゲンで汚染させてないと証明する方法を見つけたら？」

「さあ、どうかしら。警察にはたくさんの圧力がかかっているの。ミズ・スウェインの息子の弁護士たちからも連絡があったわ。スウェイン家に興味があるらしい市会議員からも――」

「病理検査の結果はいつわかるんですか？」

「月曜日よ」

「それなら、月曜日まで時間があるということですね？」ミズ・スウェインを殺した犯人を突きとめ、さらには証拠まで見つけるのに四日が充分な時間かどうかはわからなかったが、それしか言うべき言葉を思いつかなかった。

「今回の捜査はわたしの仕事よ。わたしにまかせて」

「でも、お願い。ジョージを告発するまで、二、三日は待てるでしょう？」

「アイヴィー」デ・ルナ警部は机のうえのファイルや書類を見て、顔をしかめた。「まあ、ほかにも仕事はたくさんあるから。正式に告発するのは月曜日になるでしょうね。でも、期待はしないで。口出しもだめ。ここに戻ってくるときは推理はけっこう。厳然たる事実だけにして。わたしが興味をもつのは事実だけだから」

わたしはデ・ルナ警部に感謝して、スキップしそうな勢いで自転車に戻った。そしてチェーンをはずしながら、怖気づいてもおかしくないのだと考えた。初めて犯罪捜査を引き受けたのだから。

6　行きどまり

デ・ルナ警部が話していたジョージがまえに告発されかけたという話は、いまは無視しようと決めた。わたしは警察署の外からジョージにメッセージを送った。〝すべて、うまくいくわ。アイヴィー・ニコルズ刑事が捜査にあたることになったから〟アイヴィー・ニコルズ刑事。いい響き。

頭のなかで考えがざわめき、わたしは駐車場を歩きまわり、きつく目を閉じて考えを捕まえようとした。

デ・ルナ警部はこの件を殺人事件に変える証拠を求めている。毒が検出されれば、この件は事故ではなく殺人だとはっきりし、疑いの目はジョージではなく、動機のあるほかの人物に向けられるだろう。毒が原因だとわかれば、アレルギーについて知らなかった人物がミズ・スウェインを殺した可能性が出てくる。解剖や検査の結果が出ればミズ・スウェインの身体や皿の料理から疑わしい物質の痕跡が明らかになるだろうが、それは検査が行われた場合であり、いまのところ警察は解剖を行いそうにない。

だとしたら、ほかにどうやって突きとめられるだろうか？ミズ・スウェインが死亡したときの状況はアレルギー反応が起きたときと一致しているとデ・ルナ警部は話していたが、毒でも同じような症状が起こるのでは？　わたしはスマートフォンで検索してみた。

情報はたくさん出てくるものの、その多くがわたしには入手できない学術関係のＰＤＦか医学専門誌だった。

何時間も検索にかける余裕はない。このまま進めるしかない。答えを教えてくれる人物に心あたりがあった。ベアの電話番号は知らないが、木曜日の午前十時三十分にいそうな場所の見当はついた。

わたしはヘルメットをかぶった。大学はここから七、八キロ。たいした距離じゃない。わたしは自転車にまたがり、ハイウェイの逆側にある広い路肩へこぎだした。

一キロも行かないうちに、背後から捕まえられるような危険を感じはじめた。うしろをふり返った。道路には数台の車が走っていて、安全な間隔を置いてわたしを追い抜いており、何も異常なことはない。

妙だ。

診察に通っていた頃、ドクター・ジョンソンは偏執症《パラノイア》は不安とともに現れると言っていた。でも、今回はあり得ない。とてもいい気分なのだから。手はしっかりハンドルを握っている。鼓動が速いのはパニック発作ではなく、自転車をこいでいるせいだ。

パラノイアは抑圧によって発症するとユングは書いている。だから、ドクター・ジョンソンはいつもわたしを過去に、母が失踪したことに、向きあわせようとしたのかもしれない。

でも、わたしは何も抑えようとしていない。この感覚が一度きりなのは明らかだ。わたしは分析するのをやめて、頭を次の任務に切りかえた。

ホテルで初めてベアに会ったとき、大学の科学部棟の廊下で見かけていた天使のような顔をした子だと気がついた。仕事以外の付きあいはないけれど――少なくとも、これまではなかった――ベアのことは友だちだと思っているし、午後になって掃除にきたときにベアが大学の授業について話してくれることもある。

わたしは心理学にのめりこんでいるが、ベアが受講しているのは大半が自然科学だった――生物学に化学、ほかにも取っているだろう。自然科学に関してベアは天才的であり、アレルギー反応についてもっと教えてくれるにちがいない。

大学に着く頃には、かなり息が切れていた。肋骨がきつく引っぱられている気がした。今朝はいつもより重労働だったし、あまり寝ていない。わたしはベアと質問に頭を集中させた。

科学部棟の駐輪台は満車だったので、わたしはよろつく脚で自転車を押してガラス戸を通り、蛍光灯に照らされた廊下に入った。

前期のあとキャンパスにはきていなかったけれど、避けていたわけではない。パニック障害のせいで具体的なことを断念したのは初めてであり、大学を休学したことはとてもつらかった。でも数カ月が過ぎたいまでは、もう乗り越えた。最近気になっているのは父がどう思っているのかということだけだ。

大学を休学したことは、わたしが家を出ていくことより父を悩ませているだろうが、大学をやめずに家を出ていくことはできない。ひとり暮らしをするということは、復学をあきらめるということだ。たとえまた講義を受けたくとも、家賃を払うために働いていたら時間がない。わたしは理論で決断するのが好きだ。

閉めきったドアの向こうで、教室はざわついていた。ベアがどの教室にいるのか絞りこむ手段がなく、いちばん近いドアの小さな四角い窓からのぞいて探しはじめることにした。いない。教室いっぱいの学生たちのなかにベアはいなかった。

呼吸はまだ平常に戻っていなかった。わたしは古い掲示板の横で止まり、壁に自転車を立てかけた。足はもうよろよろだ。

マインドフルネスが役に立った。わたしはしばらく床のうえの足の感覚に気持ちを集中させた。

もう、だいじょうぶ。わたしはまた歩きはじめ、教室をいくつか見てまわったが、ベアの姿はなかった。望みは薄いが、ジョージがベアの電話番号を知っているかもしれない。わたしはバッグから携帯電話を出した。

警察署の外から送ったメッセージにはまだ返信がなかったけれど、とにかくもう一度送ってみた。〝ベアの電話番号を知ってる？〟

一分後、ジョージは十桁の数字を返してきたが、ひとつ目のメッセージについては何も答えがない。悪い兆候だ。それもかなり確かなもので、まえに告発されかけたことを思い出しているのかもしれない。

電話番号が手に入ったので、ベアに大学にいるのか、少し話せるかというメッセージを送った。指先が冷え、画面に触れる手がこわばった。

うしろからリノリウムの床を歩く足音が近づいて、女性が声をかけてきた。「何かご用でしょうか？」

わたしはふり返った。

前期に受講していた調査方法論と、そのまえの学期の個人差論のラマー教授だ。

ラマー教授がわたしを覚えているのかどうかわからなかった。「いいえ、だいじょうぶです。友人を探しているだけなので」

ラマー教授は泥がついた自転車をじっと見た。「アイヴィー、今期のわたしの授業にあなたがいなかったからびっくりしたのよ」

「ああ、はい。休学しているんです」

「残念だわ。あなたはほかの学生より丁寧にデータを扱って説明していたのに」

わたしは壁に立てかけていた自転車を起こした。どうして足の感覚がないのだろう？

「大学が合わなかったみたいで」

「知らなかったわ」

胸が引きつりはじめた。「ええ、そのとおり。先生はご存じないことです」

ラマー教授は二度まばたきをした。「ええっと、ここは学生のための建物なの。どうやら、あなたにはもっといい場所があるようね」

わたしは背中にラマー教授の視線を感じながらよろよろと廊下のはしまで歩き、いちばん近い出口から外に出た。どうして、あんな無礼な態度をとってしまったのだろう？　ラマー教授に不満があったわけじゃないのに。彼女はとてもいい先生だった。ひどい悪寒が走り、吐き気に襲われた。

わたしは校舎の外の芝生で自転車をおろし、両手で顔を覆ってベンチにすわりこんだ。この半年、ホテルで女性が死んだときでさえ何も起きなかったのに、いま身体がおかしくなるなんてわけがわからない。

家にいるときなら、ひとりのときなら、だいじょうぶなのに。

胸が痛み、まるで小さな曲芸師がなかで手足を動かしているかのようだった。

一分ほど、痛くてもゆっくり深く呼吸することに集中した。空気を吸いこむと、枯れた植物の臭いがした。

わたしは顔をあげた。大学のシェイクスピア庭園だ。

高校時代『マクベス』や『オセロ』を読んでいるときは白昼夢にふけっていたけれど、シェイクスピアが言及するおいしいものや昔の花は大好きだった。だから科学部棟と古い礼拝堂のあいだにあるこの庭で、草取りや植物の植えかえをするボランティアにはよく参加していた。

頭がくらくらした。わたしはベンチで横になり、落ち着こうとした。わたしはいったいどうしたというのだろう？

考えないほうがいい。

ドクター・ジョンソンはまるで小説の構想か何かのように、花を眺めるとストレスや不安が軽減されることは科学的に証明されていると話し、わたしは思わず目を剝きそうになった。もちろん、うちのベランダが植物でいっぱいなのは、わたしが幸せになれるからだ。

いまは秋だが、まだ霜は降りていないので、アスターやバラやユリはまだ咲いているはずだ。わたしは視線をあげたが、そうした花は見えなかった。

それどころか、目のまえの花壇の雑草が伸びているせいで、花は何も見えなかった。長く暑い夏が続いたからだろうが、それでも——。

わたしは横向きになって、まわりをよく見た。遠くの花壇のバラの茂みは茶色くなり、デルフィニウムの枯れた茎に押しのけられている。見れば見るほど、最悪の状態が視界に入ってきた。

わたしは身体を起こして立ちあがった。ここはどうしたのだろう？

わたしの名前はボランティアの名簿に載っている。どうして誰も連絡してこないのだろうか？

植物は生きている。変わらずに注意を払いつづけることが必要なのに。急に涙が込みあげてきて目をしばたたいた。

飽きたり、たいへんになったりしたからといって、庭を放りだしてはだめだ。あのバラの茂みがもとの状態に戻るには数年かかるだろう。誰も気にしていないのだろうか？

わたしは枯れた草を土から――根っこごと――引きぬき、礼拝堂のまえの平らな芝生の向こうへ高く放り投げ、うしろによろけた。草は音を立てて地面に落ちた。

よし。きっと誰かが気づくだろう。わたしは小さなナシの木に寄りかかってあえいだ。

「ナイススロー」右側の雑草の向こうから穏やかな声がした。

わたしは凍りついた。誰かがさっきから気づいていたのだ。わたしはすぐに気持ちを落ち着けて、少なくとも落ち着いたふりをして、声のほうを向いた。

ホテルに泊まっている三十代のカマキリ男が植物の墓場の向こうにかすかに見えた。アッシジの聖フランチェスコの小さな彫像の横にある平らな石にすわっている。

聖フランチェスコはシェイクスピアと何も関係がないという事実はいまは見逃して、咳ばらいをした。「ええっと、こんにちは。ちょっと……草取りをしていました」

彼はカマキリのような長い脚を伸ばして、まっすぐにすわった。「ここではそう呼ぶのかい？　この町でやっている草投げ競争か何かの練習をしているのかと思ったよ」

わたしは微笑んで、思いきり息を吐いた。胸が沈みこんで痛んだ。「お国では……枯れ草投げ大会はないんですか？」

「インディアナ州で？　いや、ないよ」

彼がすわっている場所まで歩いていって握手をするほど回復していなかったが、手はふった。「アイヴィーといいます。ホテルで働いています」

「ああ、覚えているよ。ゆうべホテルにいた顔はすべて、一生頭にこびりついて離れないだろうから。でも、きみは制服を着ていないとまったくちがう。だいじょうぶかい？」

「ええ。だいじょうぶです」やっと、きちんと呼吸することができた。「どうして、この町にいらしたんですか？」

「仕事の面接を受けにきたんだ。フォートウッドで」

フォートウッドは大学の敷地にぴったり寄りそっている地域だ。あるいは、大学が寄りそっているのかもしれないが。フォートウッドはホテルが建てられるまえからあったのだから。

「面接はどうでした？」

「あまりうまくいかなかった」彼は頭を下に向けて左右にふったが、顔は笑っていた。決して二枚目ではないけれど、誠実そうな顔だ。

わたしは詳しく話を聞こうとして口を開きかけたが、バッグのなかで携帯電話が鳴った。ベアなら取り損ねたくない。「すみません」わたしは彼に詫びて、必死になって携帯電話を手探りした。やはりベアからだったので、電話に出た。

「アイヴィー？　どうしたの？」洗濯機に腰まで浸かっているような声だ。

「いま、大学？　話したいことがあるのよ」わたしは声をひそめた。カマ――だめ、こうして話をした以上、もう虫の名前でなんか呼べない――この男性に聞こえないように。「科学に関することで」

「大学じゃないの。川でサンプルをとっているのよ」

「あとどのくらいかかりそう？」わたしは必死になって訊いた。

「一時間くらいかな」

「よかった。住所か何かをメッセージで送って。そっちに行くわ」とりあえず、行けることを願った。症状はやわらいでいる気がした。わたしは芝生に置いてあった自転車を持ちあげて、新しい友人のほうを向いた。「ごめんなさい、行かないと。お名前をうかがっても？」

「ケリー・パーソンだ」

「ああ、あなたがケリーでしたか。ビザンチンの間にお泊りですね。女性かと思っていました」

「ぼくもよくそう思うよ。うちの両親は少し……何というか、姉の名前はトニーなんだ」

わたしは笑った。「うちも風変わりな名前をつける家なんです」わたしはドアに近づいた。

「それじゃあ……」

ケリーは手をふったが、悲しそうな顔が気になった。

「だいじょうぶですか？　この町は発展していますから。きっとまたいいお仕事がありますよ」

「仕事のことじゃないんだ」ケリーは立ちあがって両手をポケットに入れた。

「ああ。亡くなった女性のことですか？」わたしは動揺しなかったけれど、ケリーはミズ・スウェインに謁見するという光栄に浴さなかったのかもしれない。

「ある意味では」ケリーは口を開けてまた閉じたあと、ドアを開けてくれた。

うん？「とても残念なことです。本当にびっくりしました」

「本当に」ケリーは廊下を戻り、わたしから離れていった。

「それじゃあ、またホテルで」

「はい、またあとで」わたしはケリーを追っていきたかった。彼にはまだ何か言ってないことがありそうだったが、本人は会話を終わらせたつもりのようだったし、川にいるベアとすれちがいたくなかった。

ひとつに絞らなければ。まず、毒物の可能性があるかどうかを調べなければならない。そのあと容疑者について考えればいい。ケリーと話すのはいまでなくても、居場所を知っているのだから。

わたしはすでに落ち着いており、静かに自転車を道路に置いた。

ベアが送ってきた目的地をめざして風と闘いながら南へ向かうと、モロー家の祖先が少なくとも数人は埋葬されている、緑地がなだらかに起伏する国立共同墓地を通りすぎた。そのあと高祖父のおかげで存在している鉄道の線路を渡った。鉄の線路を通ると自転車のフレームが揺れ、一緒にわたしの骨も揺れた。まるで時を超えてマードック・モローがわたしを揺さぶっているかのようだ。

わたしの家族の歴史はすべて町の歴史と結びついている。たとえホテルから離れても、家族を考えずにはいられなかった。

わたしは身震いし、やや東に進路を向けて、平らにまっすぐ延びているハイウェイに入った。ハイウェイはさまざまなものが混在している地帯を通っていく。道沿いには商業地区が延び、そのうしろには住宅、未開発地域、そして工業地帯がある。渋滞はなく、スマートフォンによれば、ベアはほんの五、六キロ先にいる。質問が頭に次々と浮かんできた。答えてもらうのが待ち遠しくてならない質問だ。

錆びついた緑色の小型トラックが同じ車線のうしろで速度を下げた。二車線どちらも空いているのに追い越していかない。わたしをつけているのだろうか？　それともまた、わたしの妄想だろうか？　年老いたミスター・ウルストンのように、偏執症はこうしてはじまるのだ。

小型トラックがわたしを追い越し、速度を落として右車線で止まり、わたしは路肩に寄らざるを得なくなった。そしてガラスや砂利を踏んでタイヤに穴が開かないように強くブレーキをかけて足をついた。

トラックから、わたしの名前を呼ぶ声が聞こえた。フランネルのボタンダウンを着たブロンドの男が手をふり、運転席から降りてきた。

妄想なんかじゃなかった。トラックのうしろの窓で反射している日光に目をすがめると、愛想のいい日焼けした顔が見えた。二日まえに会った直売農場の男だ。

「やあ。うしろから気づいていたんだ」わたしがまだうしろにいるかのように、親指で肩のうしろを指した。「どこへ行くんだい？」

「チャタヌーガ川よ。すぐ――」

「ああ、知っている。農場のすぐ裏を流れているから。これから戻るところなんだ。乗っていきなよ。送っていく」わたしが答えるまえに、彼はテールゲートを下げ、自転車を頭上にかつぎあげてトラックの荷台にそっと載せた。おそらく作物でいっぱいになっているにちがいない段ボール箱の横にちょうどいい隙間があったのだ。

「オーガニックじゃないものを載せてもいいの？」

「場所をそれほどふさがなければね」彼はウインクをして、運転席に滑りこんだ。

わたしをじろじろ見る様子から、利他主義以上の動機があるのだろう。わたしはジョークが、とりわけ会話にさりげなく入れたジョークが大好きだった。ヒッチハイクで時間が少し節約できるだけでなく、ここからデートにつながるかもしれない。わたしはヘルメットのクリップをはずして助手席に乗った。「また配達に行ったの？」

「いや、残念ながら」彼は親指で荷台を指した。「返品されたものだ」

ドアを閉めると、ギーと鳴った。「野菜を返品できるなんて知らなかったわ。みんな、ニンジンが嫌いなわけじゃないでしょう？」

「いい出来なのに」彼は怒って言った。「たいていの農場は返品を受けつけないけど、マロリーはやさしいから」

「何が悪かったの？」

「ああ、みんな、期待しすぎるんだ。食料品店のような規格を求めるけど、オーガニックはそんなわけにはいかない。マロリーはたいてい良質の土と自然の捕食動物で虫に食われないようにしているけど……」

「わたしが言ったのは、野菜の何が悪かったのという意味だったんだけど」

「ああ、あちこち虫に食われていた。味も何も変わらないんだけどね」

「返品されたら経営に影響する?」

「たぶんね。返品は断るべきなんだけど、マロリーは農場をやっていければ、どのくらい儲かっているかなんて気にしない。マロリーは本当にすごいんだ。農場がなくなったら、おれはどこへ行けばいいのかわからない」

なるほど。わたしがトラックに乗ってから、彼がマロリーの名前を出したのは三度目だ。彼はわたしを口説こうとしているのではなく、本当によきサマリア人らしい。

わたしはバックミラーを見て、自転車が見捨てられた船のようになっていないかどうか確認した。〈シュウィン〉はこんな扱いに慣れていないので、もし心があったら、ほかの乗り物に乗せられることに異議を唱えただろう。スマートフォンのナビゲーションはチャタヌーガ川まであと一五〇〇メートルと表示している。まだ自転車モードのままであり、ナビゲーションはわたしが空を飛んでいると思っているにちがいない。

トラックはイタリア料理店風の寂れたレストランがある角でハイウェイからブッシュ・アベニューと呼ばれる道に入り、建築中の建物がある側と、〝立入禁止〟と書かれた大きな看板がかかっている門で閉ざされた砂利敷きの私道がある側のあいだを通りすぎた。こうした看板はいつもわたしには全く興味がない不動産に掲げられている気がする。たとえば、ここには草が生い茂った原っぱが広がり、遠くに崩れそうな建物がある。この看板のせいで、このなかには侵入する価値があるものが何かあるにちがいないと考えることに思いあたらないとしたら、所有者にはその皮肉が利いていないことになる。

　土が掘り起こされた建築現場と草が生い茂った土地ではあるものの、この道はなだらかに傾斜する原っぱと影をつくるオークの古木に囲まれ、ハイウェイよりきれいだった。

「チャタヌーガ川に何の用があるんだい？」オーウェンが訊いた。

「天才の友だちがいるの。何と、あなたの知っているひとよ。ベアってわかる？　ホテルで働いているの。ゆうべホテルで亡くなったひとのことで、ベアならわかることがあるんじゃないかと思って」

　ハンドルを握るオーウェンの手がわずかに動いたが、古いトラックは動きが鈍く、反応しなかった。「誰か、死んだの？」

　農場で働くひとは命の扱い方に敏感であることに、わたしは気づいていなかったのだろうか？　マロリーの農場で動物を殺さないことは知っていたけれど、それでも農場で働くひとたちはわたしより図太いと思っていた。わたしは晩春の霜で植物が枯れても泣いてしまうのに。

　その一方で、ホテルでひとが亡くなったことをオーウェンがこれまで耳にしなかったのはよい知らせだった。オーウェンはレストラン業界と関わりがある仕事をしているのだからなおさらだ。気の毒なジョージの評判はまだ町じゅうで台なしになったわけじゃない。地元のニュースに取りあげられていないのかもしれない。「ひどい話なの。亡くなったひとの息子はホテルの責任だと言っているんだけど、ぜったいにホテルの手落ちなんかじゃない」

「その息子は誰かがしくじったせいだと思っているわけ？　きみじゃないといいけど」

「ううん、わたしではないけど、わたしにはただの事故だと思えないの。殺人事件だと思う」

「殺人？」オーウェンはにっこり笑ってハンドルを叩いた。

「ええ、そうよね。まるで少女探偵のナンシー・ドリューみたいなことを言っているんだから」

「いや、悪かった。続けて。きみの言う女性の息子というのは……」

「そう、会社も何もかもを継ぐ跡取り息子。彼なら容疑者を何人か思いつきそうだけど……」

「協力してくれない？　ということは、その息子が犯人なんじゃない？　その女性についてインターネットで調べてみた？　近頃じゃ、老人でもフェイスブックくらいはやっているだろう」

「名案ね。それに、天才の友人ベアとも話をしないと。毒でもアレルギー反応で死んだように見えるのかどうかも知らないから」

「それじゃあ、ベアを見つけないとな。ちょっとだけ農場に寄ってもかまわない？　途中にあるから。野菜に日があたらないようにしたいんだ」

「ええ、いいわよ」

「よかった。マロリーに紹介するよ。売れなくなった野菜をただでもらえるかもしれない」

マロリー、マロリー、マロリー。

もう正午近く、これ以上遅くなりたくなかったが、農場の泥道で方向転換した瞬間に、渋々だった気持ちが消えうせた。つる草に覆われた木製のミツバチの巣箱や鳥小屋が大きなオレンジ色の納屋を囲んでいた。これはただ生産するための場所ではなく、芸術だ。創作されたものには必ず創作者の本質が表れる。だから、わたしはもうマロリーを好きになっていた。

わたしはトラックから降りると、土と酸素と木と草のにおいを吸いこんだ。気温二十度の晴れた秋の朝は天国だった。

オーウェンを手伝って荷台から箱をおろして納屋へ運んでいくと、農場の経営者が晩生《おくて》のトマトを成熟度で選りわけていた。むき出しの細い褐色の腕が切り取ったTシャツの袖から伸びている。オーバーオールにTシャツを着た姿がかっこいい。

オーウェンがわたしたちを引きあわせると、マロリーは別のトラックの点検を彼に頼んだ。そしてオーウェンが出ていくと、わたしのほうを見てトマトを指さした。「あなたも農場で働いてみたい？」

わたしは明らかに熟れすぎたトマトを別の山に移した。「こちらの農場の野菜がおいしい理由がわかりました」

「すべて手作業でやっているからという意味？」

かがわかったから」

「ええ、それもあるし、ここにきて、あなたが自分のやっていることをどれだけ愛している
「野菜畑を持っているの？」

「いいえ。わたしたちが――父とわたしが住んでいるのはアパートメントだから。でも、ベランダでできるものを育てています」

「それじゃあ、庭仕事のことはわかるわね。もしやる気になったら、うちは春の植えつけと秋の収穫のときはいつも人手を探しているから」マロリーが笑うと、きれいに並んだ歯が見えた。日焼けした肌のうえで白さが輝いている。

「ありがとうございます」いまはベアのところへ行きたい。オーウェンはどのくらい時間がかかるのだろうか。見まわしたが、ほかにはひとがいないようだった。「常勤で雇っているのはオーウェンだけなんですか？」

「経理とかをやってくれる業務マネージャーはいるけど、一年じゅう常勤で働いている手伝いはオーウェンだけ」マロリーはため息をついた。「正直いって、冬はオーウェンも必要ないんだけど、そんなに長くぶらぶらさせたくないから」

「ぶらぶら？」

「初めてここにきたとき、オーウェンは問題のある子だったの――父親に置いていかれたわけ」

「まあ」わたしと同じようなものだ。

「いまは立派じゃないわけじゃないけど……もし、あなたが……」

マロリーの視線を追い、開いている納屋のドアの向こうを見ると、オーウェンがこちらに戻ってくるところだった。難しい顔をしている。

オーウェンはマロリーのほうを向いた。「ラジエーターだと思う。戻ったら直すよ」

わたしは最後の青いトマトを熟していない山に転がした。「そろそろ行きます。友だちと会うことになっているので」

「送るよ」オーウェンが言った。

「もしよければ、自転車で行くわ。そんなに遠くなさそうだから」

「ああ。でも、ここからは舗装されていない道だから。さあ、行こう。マロリー、すぐに戻ってくるから」

「それじゃあ、またね、アイヴィー」マロリーは別れの挨拶として、わたしを抱きしめてくれた。

オーウェンがマロリーを好きになった理由がわかる気がした。

チャタヌーガ川までは一分しかかからなかった。

ふたりの学生が瓶と探針を持ってぶらぶらと歩きまわっていた。ふたりの話によると、ベアは川で何かを見つけて興奮し、すぐに研究室に持ってかえったらしい。

遅かった。なかなか捕まらない不思議な生き物のように、またベアに逃げられてしまった。

わたしは石をひろって川に投げた。

オーウェンはわたしのために、隣でがっかりしてくれた。「まいったな。ベアと会えなくて残念だ」

午前中が終わり、わたしの成果は？　自転車で長距離を走り、トマトの汁を靴につけただけ。

7　化学反応

オーウェンは次の配達先の途中にあるダウンタウンまで乗せていくと言ってくれた。そこから数キロ北にあるホテルまで自転車をこいでいくのに、わたしは自分にガソリンを入れる必要があった。

わたしはサウスサイドのカフェでサンドイッチと紅茶を口にしながら、オーウェンに提案されたように、殺された大物についてインターネットで調べてみた。きっと普段の無礼さに加えて、誰かが殺したくなる理由があるはずで、それを探るつもりだった。

紅茶が冷める頃にはフェイスブックのミズ・スウェインのページをむさぼり読み、彼女の会社やシカゴのすばらしい家に関するネット記事もいくつか読み終わった。だが、ミズ・スウェインが公開している写真――ニューヨークの慈善ダンスパーティーでポーズをとっていたり、ブダペストの往来のカフェで食事をしていたり、プリンスエドワード島沖でヨットに乗っていたりする写真――に問題はなく、背景で妬ましげに映っている顔もなければ、脅すようなコメントもついていなかった。

わたしはナプキンを丸めた。何を見つけるつもりだったのかもわからない。

画面をスクロールしていく。誰かが私立の女子校の一九六四年のクラス写真にミズ・スウェインの名前をタグ付けしていた。ここチャタヌーガにある私立校だ。これは何かある。確か、ミズ・スウェインは息子にあなたのためだからここにきたと言っていたが、この町との個人的な関わりについては何も口にしていなかった。この町で育ったか、この町の学校に通ったはずなのに。

わたしはミズ・スウェインの顔を探した。少女たち全員が制服を着ていた。短いスカートの制服だ。このむき出しになっている若い脚が、あの皺が寄った老婦人のものだとは想像しづらい。だが二列目に、彼女はいた。膝のうえで両手をきちんと組み、ブロンドの髪が肩の先ではねている。幸せそうで、それがとても……かわいかった。とりわけ、右側で心から笑っているようには見えない女の子と比べると――しかも、それはただの女の子じゃない！

わたしは写真を拡大して、その女の子をじっくり見た。信じられない。アメリア・スウェインが不動産を見るために故郷に戻ってきたとき、昔の同級生もここに戻っていたのだ。長く豊かな髪で、彼女だとわかった。その女の子に年を五十歳とらせたら、ローズ・ジューエットになるはずだ。

お茶を飲んだからなのか、この発見のおかげなのか、わたしはすっかり元気になった。ホテルに戻らなければ。絵を描いてくれるというローズの誘いを受けるのだ。

それに、もう一度ミズ・スウェインの部屋をのぞくことが役に立ちそうな気もしていた。今回の件を殺人事件として扱っていないなら、警察はミズ・スウェインの持ち物を押収していないだろう。彼女の荷物が家に送られるまえに、ホテルに戻りたい。

マーケット・ストリートを走っているときに温かい雨が降りだし、バッテリー・プレイスに着いたときにはびしょ濡れになっていた。

濡れた急坂をのぼれるようにペダルに立って自転車をこいでいると、いつもはきれいな側溝に落ちはじめた枯れ葉が積もり、そのなかを小さな川ヘビが這っていった。道路から少し引っこんだところでは、誇らしげに歴史的な衣装をまとった家々が雨で暗くなっている町とキーキーと音をたてて走るわたしの自転車を見つめていた。

わたしはそうした家々をホテルの栄光と比べ、まだ格下だと結論を下した。

そして従業員用駐車場の砂利で横滑りさせて自転車を止めて、チェーンで木につないだ。これが勤務日だったら、雨のなかを自転車でホテルに行かせたことで、父はまるで自分が天候を左右できるかのように、自らを責めるだろう。

そろそろ、バスを利用することを父に話したほうがいいだろう。あるいは、どうにかしてお金を貯めて二台目の車を買うことを。父は気に入らないだろうが、わたしはもっと自立すべきなのだ。どんな植物も生長させて大きな植木鉢に移さないと、しおれるか枯れるかしてしまう。わたしの根ももっと強くしなければ。

そろそろ午後二時になる。まもなくベアの勤務時間になるので、ここにいれば一石二鳥だ。それがすんだら、まっすぐ家に帰って昼寝をする。それだけの働きはした。

わたしは従業員入口からホテルに入った。ミスター・フィグは休日にわたしがホテルをうろつくことによい顔はしないだろう。だが、もしもホテルに入ったところを見られても、正しい入口から入っていれば、多少は甘く見てくれるはずだ。

勤務時間外なので、いつもは立ち寄る更衣室を通りすぎ、場ちがいだと思いながら、ミスター・フィグが〝ストリート着〟と呼ぶ格好で階段をのぼった。その言葉の意味はいまでもわからない――まるで、わたしが街娼《ストリートウオーカー》か、スケートボードをする女の子みたいだ。

一階に着いたときには、お昼に飲んだ紅茶はもう昨夜の睡眠不足に負けていた。こんな日はジョージにこっそりコーヒーをもらったほうがいいのだろうが、厨房の扉は閉まったままで、下の隙間からは明かりも音も漏れてこない。

殺人があった夜、デ・ルナ警部によれば、ジョージは料理を提供するまで厨房を離れなかったらしい。誰かが何らかの方法でこっそり厨房に入ることは可能だろうか？

ロビーはフロントデスクに係の者がいるだけで、ほかは誰もいなかった。週末まで続く勤務シフトは木曜日からはじまり、ホテルがいちばん忙しい日なので、常勤の雇用が保証されている最もベテランの従業員が割りあてられている。別にそのシフトに就きたいわけではないけれど、彼女たちの制服は好きだ。なぜ自分のものよりよく見えるのだろう？――生地に光沢があるから？　あれはシルクだろうか？

わたしは礼儀正しく微笑んで通りすぎ、二階へ行く階段をのぼりはじめた。彼女はわたしの教育を担当したフロント係ではない。それどころか、これまで会ったこともなく、好都合だった。彼女がフロントデスクから離れたときにアキレスの間の鍵を借りているところを見とがめられたら、素性を知られていないほうがいいだろうから。まず二階にあがって、鍵がかかっていないかどうか確かめよう。

計画がうまくいきそうなことに気をよくして階段の三段目に足をついたとき、かすかな咳ばらいが聞こえた。わたしにはミスター・フィグの言葉にはならない声と、その短い音に込められた疑問がわかった。そこでミスター・フィグをふり返った。「こんにちは。いま、探していたんです」

「わたしはここにいる。運がいい」黒いスーツはいつものように染みひとつなく、顔はこれまでの経験がにじみ出てはいるものの、ひげはまったく見えない。

いっぽう、わたしは自転車に乗って半日冒険していたせいで、汗をかき、風で髪が乱れている。わたしは階段を三つおりてミスター・フィグに近づいて声をひそめた。「ミズ・スウェインのお部屋の荷物を片づけて掃除するのを手伝えないかなと思ったんです。息子さんがミズ・スウェインの荷物を返してほしそうだったので」

「きみには珍しく、親切だ」ミスター・フィグはかすかににやりと笑った。「もうベアトリスがやっているはずだ。手伝ってもらえたら喜ぶだろう。ここにくるまえにタイムカードを押したかね？」

「いいえ」

「よろしい」ミスター・フィグは部屋に入ることは許すが、金は払わないことを示すと、背を向けて離れていった。

有利に交渉を進める男は大好き。

わたしは共時性《シンクロニシティー》にわくわくして、飛ぶように階段をのぼった。

カール・ユングが残した輝かしい数多の宝石のなかで最も不確かなもの、シンクロニシティーは説明できないものを説明する方法だ。ユングは生涯にわたってこの概念と格闘しながら、自らがつくった言葉をさまざまな表現で定義しているが、わたしが気に入っている表現は因果関係のないふたつの出来事が〝同時にともに降りる〟というものだ。ユングは行きあたりばったりの出来事の繋がりではなく、根底にある目に見えない秩序〝一なる世界《ウヌス・ムンドゥス》〟の表れとしての人生に魅了されていたのだ。

わたしはベアと話し、ミズ・スウェインの部屋をもう一度見る必要があり、そのふたつがシンクロナイズした。

わたしがノックすると、ベアがアキレスの間のドアを開けた。しわくちゃの衣服を腕にかけ、青い目を輝かせている。引きだしに閉じ込められたティンカー・ベルのようだ。「あのひとったら一カ月分の荷物を持ってきて、二十四時間でそのほとんどを家具にかけたのよ。いったい、誰が片づけると思っていたのかしら」

「あなたでしょ。明らかに。で、彼女の思うとおりになった」少しくらいベアを怒らせてもかまわなかった。裏切ったのはベアのほうなのだから。

ベアは片手を腰にあてた。「手伝いにきたの？　それとも、笑いものにしにきたの？」

「罪悪感を与えにきたのよ。町じゅう、あなたを追いかけたんだから。脚がどれだけ疲れたかわかる？」ベアの横を通って部屋に入った。「たっぷり反省してもらったあとは、だいじな質問があるの」

ベアはドアを閉めて荷物台のうえの開いたスーツケースまですばやく戻り、持っていた服を放り投げて、暖炉近くの藤色のひじ掛け椅子二脚のうち、一脚に積まれている服の山を身ぶりで示した。「これをたたんで、このなかに入れてくれる？」

「報酬として科学について見事な答えを与えてくれるなら」わたしは空いているほうの椅子にすわって話しはじめた。

ベアがナイトスタンドの花瓶と花を片づけてきれいに拭くと、わたしは床に落ちていた詩が書かれた紙を思い出した。ミズ・スウェインの死で、詩はたんなる好奇心をそそられる私的なものから手がかりの可能性のあるものに変身したのだ。

ベアは掃除しながら話した。「何も言わずにチャタヌーガ川から帰ったのは悪かったわ。サンプルを急いで研究室に持っていく必要があったから。下水からの人為起源DOM流入増加による川の蛍光たんぱく質の増加を測定しているの——最高におもしろくて——」

わたしは眉を吊りあげた。「そうでしょうね」

「でも、川と下水の蛍光物質を測定して急激な汚染を監視する分野で、携行型の発光光度計が使えるのかどうか知りたくて……」ベアはやっと視線を向けた。

わたしはわざとあくびをした。「ふーん。最高におもしろそう。だから、そのことにすごく近いことを質問させて。致命的なアレルギー反応を起こしたのではなく、毒物で死んだのだとしたら、どうやって見分けるの？」

「携行型発光光度計とはまったく関係ない――」

「やだ。わたしったら、ばかね。でも、もうその話題に移っちゃったから……」

「彼女の件なんでしょ？」ベアは部屋を見まわして、ミズ・スウェインのことを示唆した。

わたしはうなずいた。

「わたしはそういう分野の専門家じゃないけど、アレルギー反応はアナフィラキーショックを引き起こす場合があるの。それが実際の死因。症状は肌の紅潮やじんましん、口のなかの痛みやかゆみ、重度の咳や呼吸困難、意識不明、舌や口や喉や顔の腫れ。こうした症状はすべてアレルギーの原因物質に接触した数分後から二時間以内に現れる」ベアは花瓶敷きを持ちあげて、その下を拭いた。「一般的な毒への反応はというと、吐き気、下痢、高熱、頭痛、そして唾液」

専門家じゃない？　なるほど。ベアには写真記憶のような能力があるのかもしれない。

ドアをノックする音がして、ベアは話を続けながらドアまで歩いていった。「もちろん、どんなものでも摂取しすぎると毒になるから、摂取した薬やその量によって、もっといろいろな症状が出る可能性はあるけど」

きっと偉大なるシーザーの幽霊だ。わたしが期待していたのはもっと簡単な答えだった。ミズ・スウェインが意識を失うまえの症状でわたしが確かに知っているのは、呼吸困難とじんましんだけで、どちらもアレルゲンによって起こる可能性がある。吐き気や高熱があったのか、唾液が出たり頭痛がしたりしたのかはわからない。

ベアがドアを開けるとすぐに、ジェフリー・スウェインの嘲るような声が聞こえてきた。

「ここはもう終わったのか？　きょうじゅうに母のスーツケースを家に送りたいんだ」

わたしは反対側の壁際にある衣装戸棚まで後ずさった。残念ながらこれまで二度言い争ったあととなってはジェフリーと顔をあわせたくないが、話を聞いていれば何かわかるかもしれない。ユングがここにいたら、わたしが立ち聞きすることについて何か言うだろうか？　必要性と立派な動機があると主張できる自信はある。

ドレッサーの鏡を見て、ベアが開けた戸口に立っているのが見えた。「ああ、こんにちは。お気の毒なご婦人の息子さんですね」

ジェフリーの口調が実務的で理屈っぽいものから南部特有ののんびりしたものに変わった。ベアは制服の衿もとを指先でなでている。「お母さまのことはご愁傷さまでした。とてもやさしい方でしたのに」

「ありがとう。ぼくは……」ジェフリーの声がやわらかくなった。「いや、本当は母はやさしいひとじゃなかった。でも、ここから母の荷物を出さないといけないから。一時間でできるかい？」部屋の真ん中の開いたスーツケースに目をやった。

やだ。チェックアウトするつもりなの？

ベアはうなずいた。「承知しました。荷造りが終わり次第、わたしたちが残らずカートに積んでおきます。大急ぎで」

「わたしたち？」

「ええ……はい。ミスター・フィグに手伝ってもらいませんと。わたしひとりでは下に運べませんから」

ジェフリーは咳ばらいをした。「それなら問題ない。一時間後に戻ってきて、自分でカートに載せるから」

「まあ、ありがとうございます！　ご親切に。じつはお目にかかってすぐに、ひそかにとても有能な方だと思っていました。とても――」

これ以上、聞いていられなかった。わたしは空っぽの衣装戸棚を蹴って、きれいな音をたてた。

ベアは急に話をやめた。「そろそろ失礼して荷造りに戻ります」

ドアを閉めてドレッサーに戻り、鏡を磨く布を手にした。

わたしは暖炉の近くの椅子に戻った。「正直いって、とても耐えられなかったわ」

「愛想がいいほうが望みの結果が得られるのよ。酢よりハチミツのほうが多くのハエを捕まえられるって言うでしょ」ベアはウインクをした。「それに、相手が求めているものをあげたほうがずっと楽しいじゃない」

「で、相手が求めているのは脳みそがスープになっている、部屋を片づけてくれるセクシーな女の子ってわけね」

「そのとおり」ベアはにっこり笑い、ドレッサーにあった化粧用品を手ですくい、化粧バッグに落とした。

口紅がドレッサーの黒っぽい表面を転がると、わたしはミズ・スウェインがチェックインの際にフロントデスクに身を乗りだしていたときのことを思い出した。どぎつかった唇。ぴかぴかだった靴。人間の命は大切だけれど、もう二度とミズ・スウェインがわたしを――そして、ほかの誰をも――煩わさないことにはほっとしていた。「ねえ、さっきの質問に戻るけど――毒とアレルギー反応に共通点はないってこと？」

「ちょっとちがう。つまり〝毒〟というのは科学用語ではないの。つまりイブプロフェンの過剰摂取がアナフィラキシーを引き起こしたら、それは〝有毒〟だと言えるかもしれない」

「つまり、たとえミズ・スウェインがアレルギー反応を示すアナフィラキシーで死亡したとしても、アレルゲン以外のものが引き起こした可能性があるということ？」

「アナフィラキシーを引き起こした可能性？　そうね、可能性はある」

「すばらしい。ありがとう！」モノポリーなら、スタート地点の〝GO〟、二百ドルをもらうだ。わたしは最後のパンツをスーツケースに放ってファスナーを閉め、ほかのかばんと一緒にドアの近くに置いた。丸一日かかったけれど、とうとう進展があった。

「もちろん、ミズ・スウェインの料理にアレルゲンが含まれていたかどうかを調べる方法はあるわよ」

「どうやって？」

「警察はもうミズ・スウェインの料理からサンプルを取って検査していると思うけど。新しい試薬をふたつ使うことで、百万分率の濃度でもアレルゲンを検出できるの」

わたしはデ・ルナ警部が検査について言ったことを思い出そうとした。「警察はその検査について知っていると思う？」

「おそらく」だから、時間がかかっているのだ。

胃がすーっと下がった気がした。時間はとても貴重だ。月曜日になったら、ジョージは刑務所送りになる可能性がある犯罪で告発されるかもしれない。裁判になったら、疑いが晴れるかもしれないが、スキャンダルの影はずっとつきまとうだろう。デ・ルナ警部が求めていたのは決定的な証拠で、検査結果によって得られるかもしれないけれど、あてにはできない。必要なのは動機と手段と機会だ。

ベアはスーツケースをあごで指した。「助かったわ。ミズ・スウェインの部屋がひどかったせいで、プラスマイナスゼロになったかな。彼の部屋はチェックインしてから一度も掃除していないから」

「ジェフリー・スウェインの部屋？　〝起こさないでください〟カードが下がっていたの？このあいだの夜のターンダウンのときも下がっていたの。ベッドメイクをさせたがらないって、どういう男？」

「さあ」

秘密を抱えている男だ。ベアに話しかけたとき、口調が変わったのを思い出した。「彼はあなたが気に入っているみたい」

「当然ね」

「何かを隠しているお金持ちの大きなハエを捕まえるために、あなたの壺にもっとハチミツを入れてみない？」

「いやよ。ぜったいに、わたしを巻き込まないで」

「五分だけ注意をそらしてくれたら、彼の部屋に何があるのかわかるのよ」

「だめ、だめ。片づけがすんだら、すぐにこの部屋から出ていくわ。明日までのレポートと中間試験があるんだから」ベアはほかの道具と一緒に雑巾を用具入れにしまった。「集中しないと」

確かに、そうだろう。専攻をふたつもち、そのかたわらで仕事をしていれば、失敗できる余地はない。

瞼が重くなってきたし、ホテルにきた目的はほとんど果たしたけれど、ベアに教えを請うのが忙しすぎて、ミズ・スウェインの部屋で手がかりを探すのを忘れていた。

わたしはドアのまえで足を止めた。「ねえ、あとひとつだけ。この部屋を片づけはじめたとき、ナイトテーブルに紙がのっていた？」

「いいえ。何と、ナイトテーブルは唯一ものがのっていなかったのよ」

「ミズ・スウェインのものを片づけているときに、詩か手紙のようなものを見なかった？」

「領収書が二枚」ベアは肩をすくめた。

「うーん。わかった。助けてくれてありがとう」わたしは部屋を横切って温室に通じているフレンチドアまで歩いた。勤務時間中はゆっくり雰囲気を味わったことがないので、せっかくの機会を利用して、なかを通ることにした。

「どういたしまして。ねえ、ミズ・スウェインは泡を吹いていなかったのよね？」ベアが訊いた。

「ええ、たぶん」

「それなら、シアン化合物は除いて」

わたしは笑顔で部屋を出た。シアン化合物の反応は探偵が知っておくべきことのひとつだ。ベアが忙しすぎるのが残念だ。彼女ほどの美しい容姿と稀に見る聡明さがあれば、最強の探偵になれるのに。あるいは、最強の悪党か。温室のらせん階段をおりていくと、ふいに階段が終わって一階に着いた。

モロー家は先祖代々世界じゅうを旅して珍しい植物を集め、南部の極端な暑さや霜から守ってきた。温室は四隅に巨大なプランターがあり、真ん中が丸く空いていて、噴水で水の精であるナイアスたちが踊っている。ほとんどの大陸からもってきた珍しい植物が鉄のプランターから這いでたり、天井からぶら下がったりしている。カナリヤやムラサキマシコ、ほかにも名前のわからない数種の鳥がドーム形の天井近くで鳴いたり、色鮮やかな葉の陰で飛びはねたりしている。

わたしは古い鉄のベンチに腰をおろし、ヤシの葉が発したばかりの酸素を吸いこんだ。アナフィラキシーは甲殻類以外のものが原因で起こった可能性もある。たとえば、イブプロフェンとベアは言っていた。わたしはギャビー・モレッティーのことを思い出した。ギャビーは病院でボランティアをしていると話しており、たいていの人々より、そうしたことについて詳しいにちがいない。彼女がずっとしゃべりつづけているのは、人格における欠陥、神経質な反応、そしてもっと悪意があるものの表れで——自らをおひとよしで無垢な存在に見せる方法なのだろうか？

そして、ミズ・スウェインの部屋のナイトテーブルから消えてしまった紙は、何らかの役割を果たしているのだろうか？　わたしは詩に何と書いてあったか、正確に思い出そうとした。

紙がひとりでに消えるはずはない。ひょっとして、書いた人物が持ち去ったのだろうか？その人物はミズ・スウェイン殺害について、何か知っているのだろうか？ミズ・スウェインについてもっと知る必要がある。彼女を知っている人物と話をしなければ。

最初の夜、ディナーの席でミズ・スウェインとローズ・ジューエットが言い争ったのは、互いに反目しあっていたからだ。ローズはミズ・スウェインについて喜んでしゃべってくれるかもしれない。

ローズに頼まれた絵のモデルを引き受けて、情報を聞きだそう。ひどく疲れているし、まっすぐ家に帰って寝たいけれど、知らなければならないことがある。

ローズは裏のテラスの古い鉄のテーブルにすわっていた。目のまえに雑誌か何かを開き、コーヒーを飲みながら、川の向こうを見つめている。運がよければ、新鮮な空気がバラ園の香りをホテルのはしまで運んでくるこの場所で絵を描いてくれるかもしれない。

「ミズ・ジューエット？」

ローズが雑誌をぴしゃりと閉じ、空気が変わった。「ローズと呼んで」

「わかりました、ローズ」

ローズは視線を崖に戻した。「あててみましょうか。わたしの頼みを引き受けることにしたのね？」

わたしは歯を食いしばった。そのとおりだと認めざるを得ない。人並み程度の容姿だと言われて以来、ローズに対して引っかかりを感じていたが、言われたことはあたっていた。

「いつでもできます」

「積極的なのね。それじゃあ、土曜日はどう? 午前中に」

そんな先になるとは思っていなかった。二日後ということは欲しい情報を入手できるのが遅れることになるが、その一方でローズが急いで逃げるつもりはないということは、それ自体が手がかりになる。

うしろでドアが閉まる音がしてふり向くと、ミスター・フィグがうなずいて、わたしを呼んだ。

わたしはローズに断って、ミスター・フィグのほうへ歩いていった。

「ミス・ニコルズ、じゃまをして申し訳ない。今夜のフロント係から病気で休むと連絡があったのだが、きみが熱心に手伝いを申し出ていたので……」

「まあ」全身の筋肉は明らかに断れと言っている。ジョージが心配なだけでなく、町じゅうを自転車で走りまわったし、あまり寝ていないのだ。「ミスター・スウェインはもうチェックアウトされたんですか？」

「まだだと思うが」

でも、明日には出発するだろう。今夜の勤務を引き受ければ、大きな危険を冒さずにターンダウンのときに、ジェフリーの部屋を調べられる。見とがめられたら、〝起こさないでください〟の札がドアに下がっていることに気づかなかったと言えばいい。「ひとつだけ条件を呑んでいただければ引き受けます」

「言ってごらん」

「まえに入口が見つからない秘密の通路がもうひとつあるとおっしゃっていましたよね」

ミスター・フィグは片方の眉を吊りあげた。

「その話を残らず聞かせてください」

8　嘘

ミスター・フィグはこのホテルの秘密の通路について教えてくれると約束したが、いまはだめだと言われた。きょうは勤務時刻の開始まで時間がないからだ。それでも別にかまわなかった。まだ何を探しているのか、わからなかったから。

殺人犯が秘密の通路を使うのを映画で見たことがあった。絵が蝶番《ちょうつがい》で開くとか、そういうやつだ。非現実的なのはわかっているけれど、もしも発見できたら、秘密の通路が家族のことだけでなく、殺人犯がどうやってジョージに気づかれずに厨房に入れたのかも教えてくれるといいのに。

でも、いったい誰が秘密の通路の存在を知っているだろう？　たんに以前ホテルに泊まったことがある客ではないはずだ。

わたしの祖先がなぜこんなふうに屋敷を建てたのか想像もつかないが、ミスター・フィグは〝シーク・イートゥル・アド・アストラ〟と言うだけで助けにはならない。昨夜、その言葉を調べてみた。どうやら『かくして、ひとは星に至る』という意味らしい。

宿泊客が地元のあちらこちらのレストランで夕食をとっているあいだ、ミスター・フィグは遅くまで残ってターンダウンを手伝ってくれ、それでまたジョージがいないことを実感した。ミスター・フィグが手伝ってくれたおかげで、少しだけエネルギーを節約できたけれど、同時にジェフリー・スウェインの部屋を探れなくなった。ジェフリーはまだチェックアウトしておらず、それでますます怪しくなった。

ターンダウンを終えて、ミスター・フィグが最後の仕上げをしにロビーへ行くと（すでにぴかぴかだが）、わたしはフロントデスクの裏の小さな事務室へ戻った。

今夜は規則を破り、携帯電話を地下の更衣室に置かずに一階に持ってきていた。わたしはシフトに多く就いたのだから優遇されてもいいだろうと考えていたが、どちらにしても、見えていなければミスター・フィグの気分を害することもない。丸一日ジョージと話していないのだ。午前中に交わした短文のメッセージを勘定に入れなければ。そして、わたしは入れていなかった。

ミスター・フィグがエレベーターで駐車場に降りていくとすぐに、わたしは電話をかけて、ジョージが出るのを待った。どうやって事態に対処しているのか知りたかったし、声の調子ですべてがわかるだろう。

だが、ジョージは応答せず、わたしは唸って携帯電話をポケットにしまい、宿泊客全員が――何より重要なのは、ジェフリー・スウェインが――夕食をとりに外に出かけている隙に、時間を有効に使って、二階へあがった。

ジェフリーが泊まっているアレクサンドロスの間に着くとすぐに、上の階段から足音が聞こえた。

誰かが三階からおりてくるのだ。

誰がディナーに行かなかったのだろう？　それが誰だろうが、すぐに二階を通って、わたしに目をとめるだろう。

わたしはアレクサンドロスの間に忍びこんでドアをすばやく静かに閉め、いざというときのために鍵をかけずにおいた。

最初、標準的な家具以外は何もないように見えた――精巧な彫刻が施された机、暖炉近くの布張り椅子二脚、両側にサイドテーブルがついた四柱式ベッド、衣装戸棚、ドレッサー。ジェフリーはもう母親のスーツケースと一緒に、自分の荷物も車に積んでしまったのだろうか。朝早くチェックアウトするつもりなのかもしれない。

ドレッサーを覆っているブロケードの布が正面の床にかかっていた。いかにも、うんざりするほど想像力の乏しい人間がものを隠しそうな場所だ。ジェフリー・スウェインは少しばかり想像力の乏しい男だが、うんざりするほどだったろうか？　ドレッサーに近づいて布をめくると――何もなかった。上等よ。そんなにわかりやすく隠しているものなんて、見つける価値はない。

母親とはちがい、ジェフリーの服は衣装戸棚にすべてかけてあった。数着のスーツはスラックスやボタンダウンのシャツと一緒に着ているのを目にしたものだ。服の下にはかばんが並んでいる。つまり、ジェフリーはもう荷造りを終えたのではなく、たんに整頓してあるだけなのだ。きっと乳母がいて、きちんと片づけるよう教えられて育ったにちがいない。母親が手本を示したはずはないから。

ハンガーにかかっている服の隣の引きだしには、きちんとたたんだブリーフとパジャマ（モノグラム入り）とシャツが入っていた。男親に育てられ、こうしたものを目にするのは慣れているものの、他人の下着を漁るのは妙な気分だった。

部屋の外でかすかな音と低い声がした。

わたしは音がよく聞こえるようにドアの反対側にそっと近づいた。

「もう終わったことだと思っていた。どうして、また戻ろうと思ったの？」ジェフリーだ。珍しくやわらかく、訴えかけるような声だ。

「いまでも一緒に過ごした時間のことを思っているわ」ローズの声だ。「わたしには何よりもすばらしい時間だったから」

一緒に。いいいいいい、ローズとジェフリーが？

「もうはるか昔だ」ジェフリーが言った。

「だから、戻ってくる価値があると思ったのよ。わかってくれるでしょう？　わたしは年老いて賢くなったけど、気持ちは変わらない」ローズの声は低い音で鳴るしつこいベルのようだった。

しばらく何も聞こえなかった。えええ？　もしかして、抱きあっているの？　わたしには実際に見えなかったし、想像もできなかった。少なくとも二十歳は離れているし、おまけに性格もライフスタイルもまったくちがう。

「それにもう、父もじゃましない」ジェフリーが言った。

「そうね。いまはもう事情がちがう」

「たぶんね」

また沈黙が続き、ふた組の足音は廊下を戻っていった。

ジェフリーはこれからディナーに行くのだろうか？　それとも帰ってきたのだろうか？

わたしはバスルームに駆けこんで、ドアをぎりぎりまで閉めた。ジョージの言葉を借りれば、寝室の配色であるグレーを分解した、白黒の大理石が床と壁の半分までを覆い、じつに壮観だ。ざっと見たところでは、ここもすべてがきちんとしている。なぜ、ジェフリーはいつも〝起こさないでください〟カードを下げているのだろう？

ドアが閉まる音がして、わたしは息を呑んだ。現代的なホテルとちがい、この古いホテルの頑丈な壁は音が漏れてこない。近くで音がしたということは、アレクサンドロスの間のドアということだ。

ジェフリーがこの部屋にいるのだ。

ここで見つかったら、わたしの短いフロント係人生は終わりだ。ジェフリーはすでにホテルに過失があったと激怒しており、何のためらいもなく、わたしを解雇させるだろう。

もう逃げられない。

引きだしを開けて、閉めた。何か、忘れものをして——財布とか、上着とか？——またすぐに出ていくのかもしれないけれど、もしバスルームに入ってきたら、終わりだ。

バスルームの角には見事な石壁があり、その奥がドアのないシャワー室になっている。わたしはそのシャワー室に逃げこみ、冷たい大理石の壁にぴったり張りついて、目をぎゅっと閉じ、ジェフリーが夜遅くに入浴するタイプでないことを祈った。

バスルームのドアの外で床が鳴り、わたしは目を開けた。すると、足もとに段ボール箱がふたつ積まれているのが目に入った。

きっと、これだ。わたしが探している秘密は。

段ボールのふたの合わせ目に沿ってテープがすでに切ってあるのはわかった。シャワー室には頭上に電灯があるが、点ける危険は冒せない。できるだけ息をしないで、ゆっくり膝をついて、ふたを開けた。なかは細かく仕切られ、数十個の小さな青いガラス瓶を守っていた。瓶をひとつ取りだして、てのひらに置き、シャワー室の壁がないほうへ向けた。

でも、完璧な光の下でもラベルは読めなかったろう。韓国語か中国語なのか、外国の文字らしきものが印刷されている。

ジェフリーはなぜこれを隠したいのだろう？　違法薬物？　それとも、はげ頭とかばつの悪い皮膚の状態を直すのに必要な薬？　でも、どうして段ボール箱ふたつも必要なのだろう？　アジアの文字が書いてあるのはなぜ？

このラベルを解読すれば、ジェフリー・スウェインについて多くのことがわかる気がしたけれど、それが母親の殺害についても何か教えてくれるとしても、いったい何を教えてくれるのか見当もつかない。わたしはあとでよく見るために瓶をポケットに入れて、ジェフリーの足音が部屋を出ていってくれることを願って待った。

すると、思いもよらないことが起きた。

コットンの制服の深いポケットで、携帯電話が鳴ったのだ。

わたしはいい加減に手探りして携帯電話を落としそうになりながらボタンを押して呼び出し音を止めた。ジョージだ。よりにもよって、こんなときにかけ直してくるなんて……。

「誰かいるの?」寝室から女性の小さな声が聞こえた。

彼女にはわたしと同様にこの部屋にいる正当な理由はなく、わたしは大理石の隠れ場所から出た。

バスルームの戸口にはローズが立っており、後光のような白髪に縁取られた顔が油断なく微笑んだ。

わたしは息を吐いた。おもしろい。「ここで何をしているのですか?」

「まず、あなたから教えて」

「ターンダウン・サービスです」

「シャワーにターンダウンが必要だとは知らなかったわ」

わたしは口もとがゆるみそうになるのをこらえて、まるで親友同士かのように近づいた。

「わたしがここにいたことは彼に言わないでもらえますか?」

ローズは首をかしげた。「秘密は守るわ。とにかく、ここであなたに会えてよかった。あなたは正しい方向に進んでいるのかもしれないから」ローズが寝室のほうに向き直ると、わたしはあとを追いながら、ポケットのこの青い小瓶は何だと思うか、死ぬほど訊きたいと思い、ローズを信用してもいいものだろうかと考えた。

ローズはゆっくりベッドに腰をおろした。

わたしはローズに話をさせたいという思いと、ふたりとも見つかるまえにこの部屋から出たいという思いに引き裂かれた。

「きょうの午後、あの支配人があなたを引っぱっていってから考えたの。あなたはアメリアが死んだのは事故ではないと思っているのでしょう？」

「どうしてわかったんですか？」ローズがミズ・スウェインを親しげにファーストネームで呼んだことに気がついた。

「何となく気づいたのよ」ローズは片方の眉を吊りあげた。「あなたの手助けができそうなことがあるの。スウェイン親子がチェックインした夜、ふたりが温室で話しているのを――言い争っていたと言うべきかしら――聞いてしまった」

ローズは話しながら、大げさな身ぶりをした。「わたしは温室のバルコニーにいて、ふたりは下にいたの――ばかよね、誰かに聞かれるかもしれないって気づかないなんて。とにかく、ふたりとも興奮していたわ」ローズはそこで言葉を切った。

わたしは黙っていたほうが続きをもっと聞けるだろうと期待して待った。

「ふたりはどこかの不動産を見るためにこの町にきたらしいの。鳥の鳴き声と噴水の音であまり聞きとれなかったけれど、ジェフリーがここに土地を持っていて、アメリアが見にきたようなことを言っていた。アメリアが〈スウェイン・フーズ〉を経営していることは知っている?」

「はい。そうじゃないかと思っていました」

「アメリアはとんでもなく気難しい女だった。わたしの知っているアメリアなら、息子にだめだと言うためだけに、遠路はるばるここまでやってきたわね」

「土地の評価はミズ・スウェインのような立場のひとがやることではないのでは?」

「アメリアは何でも自分がやらないと気がすまないたちだったの。引退する年齢はとっくにすぎているのに、会社の主導権をジェフリーに譲ろうとしなかった」

ちょっと待って——ローズはジェフリーが怪しいと言っているの?

わたしはドアに近づいた。「ここは出ましょう。話はどこか別の——」

「もう話すことはないわ」ローズはドアを開け、スカートを身体に巻きつけて、わたしの横を通りすぎた。

ローズは誰の味方なのかわからない。部屋から出てドアを閉めたとき、わたしの頭には疑念がこびりついていた。わたしは階段に着くまえにローズに追いつき、小声でぶつけてみた。

「どうして、わたしに情報をくれたんですか?」

ローズは口角をあげて寂しそうに微笑んだ。「このあいだの夜のディナーのあと、あなたがシェフと一緒にいるところを見かけたの。愛に突き動かされるのがどんな気持ちか、わたしにもわかるから」

何も答えられず、わたしはローズが三階に戻っていくのを見送った。彼女がジョージとわたしの仲を恋愛関係だと思ったのなら、それは勘ちがいだけれど、そう、わたしたちのあいだにあるのは愛だ。それは強い原動力になる。

ローズは本当のことを話しているように見えた。

ローズの見方が正しければ、ジェフリーは大きな投資を失うところだった。アイデンティティーすべてがお金と成功でできているひとにはかなりの痛手にちがいない。アメリアの唯一の相続人ということもあるけれど。

ジェフリーがお金のためだけに母親を殺したというのは非現実的だが、土地の開発を認めないというのが、長年にわたって続いてきた軽視と失望のひとつでしかなかったとしたら？長年の恨みは動機になるにちがいない。

わたしが耳にしたローズとジェフリーの会話からは何が導きだせるだろう？　ふたりはなんらかの形で結託していた？　ジェフリーに約束を反故にされたせいで、ローズは彼を裏切ったのかもしれない。

ふたりが付きあっていたなら、ローズとミズ・スウェインが反目しあっていたのもわかる。息子が自分と同じ歳の女と恋愛関係にあるなんて考えたくもなかったにちがいない。

デ・ルナ警部は警察署で何と言っていたっけ？　最も妥当なシナリオがたいてい真実。でも、わたしは『あらゆる手段を尽くす』ほうが好きだ。ローズは情報を与えてくれたが、彼女のことはよく知らないし、自分への疑いを晴らしたかっただけかもしれない。ローズがミズ・スウェインを嫌っていたのは明らかであり、容疑者候補からはずすつもりはない。

フロントに戻ると、ゆっくりと静かな夜間勤務がはじまった。午後九時頃、父からのメッセージを受信した。

わたしは隣の机を叩いた。シフトに就くことにしたのを父に言い忘れていた。これもひとり暮らしをしたら対処しなくてすむ厄介事のひとつだ。わたしは〝ごめんなさい〟と送ったが、父の返信は〝オーケー〟という短いもので、決して本当に〝オーケー〟ではないことはわかっていた。

直接もっときちんとあやまらないと。

午前二時に勤務を終えると、駐車場にボルボが停まっていた。連絡するのを忘れていたのに、父が置いていってくれたのだ。

家に着くまでずっと罪悪感にさいなまれ、ドアを開けて静かなアパートメントに入った。父は起きて待つことはせず、もうベッドに入っていた。

どちらにとってもこれでよかったのだと、自分に言い聞かせた。父がわたしの行動にいら立ったのなら、ついにわたしが家を出たとしても、楽な気持ちで受け止められるだろう。

モーニングルームに従業員が集まると、クラリスタは紙ばさみを片手に持って、わたしたちのまえをゆっくり歩いた。その姿は色をあわせたクリーム色のハイヒールとスーツと相まって、彼女が発した言葉よりずっとまとまっているように見えた。

きのうはさまざまなことがあったので、毎週金曜日にスタッフ会議があることを忘れていた。わたしは吸血鬼のようなスケジュールで暮らしているので、午前十一時にこの場所にくるのはいつもつらい。けれども、きょうは寝不足が二日続いたあとであり、さらにきつかった。わたしは午前十時にツートーンカラーのナメクジのようにベッドから這いだした。

最近までは疲れるとあっという間にパニック発作が起こっていた。でも、きょうはほかのことに気がいっていた。

モーニングルームの朝食用テーブルにすわったわたしたち十一人はなんとかクラリスタのめちゃくちゃな議題を理解しようとした。わたしの目はクラリスタのうしろのガラス戸の向こうにある温室に引きよせられた。陽光が透明な天井から射して、ヤシの葉やランの萼《がく》をくすぐっている。

いちばん近くのテーブルでは、ドイルが週末だけ勤務するフロント係のふたりとふざけあっていた。ひとりはきのうわたしが立ちよったときにフロントにいた女の子だ。ジョージの助手と、週末だけのメイドと、週末だけの給仕係はふたつ先のテーブル、テレンスとベアはわたしと同じテーブルだった。ミスター・フィグはひとりで全員が見わたせるうしろに立っていた。

わたしたちのテーブルの四つ目の席はジョージが埋めるはずだったが、昨夜やっと話せたとき、ジョージはクラリスタに出勤するなと命じられたと言っていた。

ジョージはミズ・スウェインが死亡した話さえ避けられれば持ちこたえられるかのように、わたしが容疑者や動機について話そうとするのを避けつづけた。わたしはデ・ルナ警部から聞いた、おそらく数年まえに起きたアレルギー物質の汚染について尋ねたかったけれど、ジョージを苦しませることはできなかった。

ジョージがなぜその件について話してくれなかったのか興味はあったが、ほかのひとに説明してもらいたいとまでは思わなかった。ジョージに対する裏切りになる気がしたし、何があったにせよ、その答えでジョージに対する見方が変わるとは思えなかったからだ。ジョージの慎重で潔癖とも言える性格は、一度犯した過ちをくり返すことはほぼないことを示している。けれどもデ・ルナ警部はジョージは同じ過ちを二度くり返すと思っているようで、そのデ・ルナ警部こそがジョージの運命を握っているのだ。

わたしは秘密で頭が重くなり、テーブルに片ひじをついてあごを支えた。天気がいい日の会議はいびき大会になるものだけれど、わたしは眠気でクラリスタにほとんど注意を払えなかった。どちらにしても、わたしたちを日々評価しているのはミスター・フィグの物差しであり、ここでクラリスタが話すことはあまり関係なかった。最終的な決定権はクラリスタにあるものの、ホテルの運営の詳細はすべてミスター・フィグが指示しているのだ。

各テーブルにはミスター・フィグが会議まえに置いておいた、淹れたてのコーヒーが入ったポットがあり、ベアが飲んでいるのを目にすると、わたしはとうとうこの場にいて飲まないよう言ってくれないジョージに腹を立てた。

わたしはひと口目を味わい、カフェインがきょう一日に及ぼす影響に対する不安を無視した。きっと次々とひらめき、まだ抱いてもいない疑問に対しても答えが出るはずだ。いまだに誰かがミズ・スウェインを殺そうとする理由も方法もわかっていないのだから。

今朝アパートメントを出るまえに、ジェフリーの部屋から取ってきた青い小瓶をポケットに滑りこませ、助けを借りるべき相手がホテルにいることに気がついた。ミスター・チェンは中国系アメリカ人で少し中国なまりがあるけれど、だからといって小瓶のラベルを必ずしも訳せるわけではない。あまり打ち解けず態度も曖昧なので、ミスター・チェンが英語以外の言葉を話せたり読めたりするのかはもちろん、ファーストネームさえ知らなかった。ジョージのようにこの国に移住してきた両親のもとに生まれたのかもしれないし、たとえ中国語の文字が読めたとしても、小瓶に書いてあるのは日本語か韓国語かもしれない。

ミスター・チェンを早く見つけなければ。小瓶がひとつなくなったことをジェフリーに気づかれたくない。

ジョージを除けば、会議に出席していない常勤スタッフはミスター・チェンだけで、水やりや草取りを理由にいつも欠席を許されるのが心からうらやましかった。どちらにしてもミスター・チェンは一匹狼のような働き方をしており、クラリスタは会議はミスター・チェンにとって、はげ頭にする散髪のようなものだと理解しているのではないかと、わたしは心の底で思っていた。

クラリスタの話は続いており、わたしはメモを取っているはずのノートを見おろした。真っ白だ。

なにか重要なことを聞き逃しただろうか？　横目でベアのノートを見ると、複雑な数学の問題を解いて楽しんでいるようだ。わたしはクラリスタの声に耳を傾け、必死に注意を払おうとした。

「もちろん、残念ながら当ホテルの厨房は現在は使用できず……」クラリスタは最後まで言わず、紙ばさみから顔をあげて、まずハンカチでペンを磨いているミスター・フィグに、次に指のあいだにペンを隠す練習をしているドイルのほうに、意味ありげにうなずいた。

クラリスタは続けた。「こんなときだからこそ、当ホテルの歴史ある雰囲気に力を注ぐべきです」ペンで紙ばさみを叩いて強調した。「言葉遣いについて考えてみましょう。いろいろなものを読んでください。辞書を引いてください。テレビドラマの『ダウントン・アビー』や『アップステアーズ・ダウンステアーズ』を見て……」

ドイルのペンが袖から滑り落ちて、床で音をたてた。

クラリスタは話を中断して、ドイルがペンをひろうのを見つめた。「ミスター・フィグ、いろいろ考えたのですけれど」

これは鋭すぎるわたしの直感のせいだろうか？　それとも名前を呼ばれたときに、ミスター・フィグは聞こえるようにため息をついたのだろうか？　ミスター・フィグはハンカチをたたんでポケットに入れて、クラリスタを見た。「何でしょうか、ミズ・キング」

「いま使っているボールペンより万年筆のほうが歴史を感じないかしら」

「ええ、そうかもしれません。ボールペンが広く使われだしたのは第二次世界大戦後ですから。しかしながら、スタッフは——この点に関してはお客さまもですが——万年筆を使い慣れていないので、思わぬことが起こるかもしれません。とりわけ、わたくしたちが白いドレスシャツを着ていることを考えますと」

「でも、しっかり教えれば……万年筆講座を開きましょう。このモーニングルームで！　セーラ、土曜の午後の予定を確認して……。空いている時間はない？」

ミスター・フィグが咳ばらいをした。「ミズ・キング、とても残念ではありますが、スタッフに研修を課すことはできても、お客さまに万年筆の使い方を覚えていただくための時間をかけさせるわけにはいきません。となると、ペンをすべて交換するのは費用対効果がかなり低くなると思われます」

「ええ、そうね。セーラ、さっきのことは忘れて。みなさん、正直に言うと、予約が……」クラリスタは自分が意図することをわたしたちが正確にわかっているかのように、片手を空中でうねらせた。「しばらく休みを取るスタッフの代わりは……」彼女が頭をふると、丸いきれいな顔の両側で金色のイヤリングが揺れた。

わたしはいま何が起きているのか知ろうとして目をあわせようとしたが、ミスター・フィグはいまは熱心にメモをとっている。

ベアが顔をあげたので、わたしはナプキンの内側の仕組みを勉強しているらしいテレンスを越えて、いったいどういう意味？　という顔をした。ベアは肩をすくめ、わたしのうしろにある開けっ放しのドアから廊下を鋭く見た。

深紫色が目に入って視線を向けると、ミスター・サンディープがまたちがう宝石のような色のスーツを着てドアの外に立ち、ギリシアの壺をじっと見つめていた。あまりにも詩的すぎる。ミスター・サンディープはわたしが見ていることに気づくと、眼鏡をはずしてポケットチーフで拭いた。彼は立ち聞きをしていたのだろうか？　眼鏡店でもっとおもしろい素材を見つけられたようだけれど。

ミスター・フィグがモーニングルームを出て、ドアを閉めた。わたしは誰かが——すなわち、わたしが——この会議を抜けだして宿泊客に対応すべきだと日頃から言ってきたが、今回わたしの主張を完璧に実行した例を見た。スタッフ全員を同時に集めるのは無責任ではないだろうか？　安全を脅かされたばかりなのだから、とりあえず全員を見張るべきでは？

その一方で、このホテル内に狡猾な犯人がいると疑っているのはわたしだけだ。ほかのみんなはミズ・スウェインの死を〝事故〟だと言っている。

さらに数分、句読点を打たずに崖を越えたり暗い森に入ったりしながら話が続いたあと、クラリスタはやっとわたしたちを解放してくれた。

わたしはモーニングルームのうしろに置いてあるトレーにコーヒーカップを片づけると、ミスター・チェンを探すことにした。しかしながらドイルもわたしも数日休みが続くことを考えると、いまを逃したら、妙な友人について訊けなくなってしまう。

まず、だいじなことからはじめよう。わたしはドイルにそっと近づいた。「水曜の夜、ピエロがあなたを探しにきていたわよ」

「知ってる」ドイルはそっけなく言った。

「ここで会うつもりだったの？」

「いや」

あ、そう。「彼とは長い付きあいなの？」

ドイルはポケットから携帯電話を出して確認した。「さあ、一、二年かな」

「携帯電話を出すのは禁止よ」

「勤務時間外だ」

「オーケー。ねえ、あのピエロの友だち……落ち着きがないとか、乱暴だとか思ったことはない？」

「あの夜、初めて思った」

「本当に？」やっと、どこかにたどり着きそうだ。

「第一に、ここでは会えないとぼくが言わなかったことで、彼はひどく怒った。でも、ここで会うなんて、ひとことも言っていなかった」

「なるほど……」

「そして彼は自分も毒殺されるのではないかと、ひどく心配していた」

「はあ？　でも、彼は何も食べていなかったのよ」

ドイルは肩をすくめた。「彼もひどい甲殻類アレルギーなんだ」

「まあ。確かなの？」

「ああ。一時期、彼と一緒に……パーティーを開いていたことがあったんだ。すごく気取ったやつ。で、彼がエビを食べていた女の子に近づいた。その子にさわられただけだったのに、彼の顔がものすごく腫れあがってさ。ぼくがエピペンを注射するはめになったんだ」

なるほど、それはそれだ。「なるほどね、ありがとう、ドイル。またね」

ドイルは携帯電話から顔もあげずに手をふった。

次はミスター・チェンを探さないと。

けれどもドアのほうへ歩きかけたとき、まだテーブルにいたテレンスが妙な顔でテーブルクロスを見つめて片手で額をぬぐっているのが見えた。顔色がクリームのように白い。

わたしはテレンスに近づいた。「だいじょうぶ？」

「平気だけど……ずっと考えているんだ……ジョージの代わりにくるのが……一時的な補充じゃなかったらどうしよう。ジョージが二度と戻ってこなかったら？」

「補充？」

「ジョージみたいなパストラミサンドをつくれるひとなんていない」

「クラリスタはジョージの代わりを入れるつもりなの？」まさか。あのまわりくどい話を翻訳するとそうなるの？

「ああ、聞いていなかったのかい……？　これからジョージの代わりをするシェフの面接をはじめるから、意見を聞かせてほしいって――」

「そんなのは不実だし、裏切りよ。クラリスタの首をはねてやる！」わたしはクラリスタを探したが、部屋に姿はなかった。きっと、ジョージに忠実なわたしたちに責められるのを避けたにちがいない。包丁使いでもメニューづくりでも、ジョージの半分でもできる人間が見つかると思っているなら、クラリスタは見かけより愚かだ。シェフをふたり雇っても、ジョージの代わりなんてつとまらないのに。

けれど、挑戦したがるシェフは十人を超えるだろう。

地元のライバルたち、それにホテルの開業当時にジョージといまの地位を争った地元以外のシェフもいるかもしれない。

直感が背筋を貫いた。ジョージと同じ野心を冷酷なほど抱いた人物、ジョージの失敗を願い、彼を追い落とすためなら何でもやる人物――それは殺人の充分な動機にならないだろうか？　今回の件について、わたしが誤った線を追っているとしたら？　ミズ・スウェインの事情はまったく関係ないとしたら？

もっと時間が必要だ。わたしには刑事のようなデータベースもなければ、助けてくれるチームもいない。わたしにできるのは、ゆっくり手がかりを集めることと、いまはホテルの宿泊客ほぼ全員が含まれている容疑者リストをつくることだけ。でも、クラリスタが連れてくる新しいシェフを残らず容疑者リストに入れるのはまちがいなく、彼女の手持ちのスーツをすべて賭けてもらってもいい。

優先順位をつけるのはとても難しい。家に帰って昼寝をするべきか、ミスター・チェンを見つけるべきか、それともミスター・サンディープにどうして立ち聞きしていたのか理由を訊くべきか？

わたしは庭師からはじめることにした。小瓶のラベルを訳せるか否かの簡単な答えになるだろうから。もし訳せるなら、ジェフリー・スウェインに関する身上書の空欄をまたひとつ埋めることになる。

9　場所、場所、場所

　わたしは応接室につながっているドアからモーニングルームを出た。ミスター・サンディープが怪しげな行動をしていたほうの戸口であり、外に出るまえに、彼が興味を持っていた壺を確認することにした。いつもと変わらないように見えたけれど、ひょっとしてミスター・サンディープが何かを、おそらくはメッセージか犯罪を立証する証拠を入れたかもしれないと考えて、壺のふたを取って暗い空洞に手を入れた。

　指先があたったのは冷たい陶器の底だけで、ふたをもとに戻した。

　モーニングルームに響きわたる声がして、注意を向けた。ロビーの正面で、クラリスタとジェフリーが激しい口調で話をしている。

　わたしにはどうしても手がかりが必要で、会話を聞き逃すわけにはいかなかった――激しかろうが、冷ややかだろうが、誰であろうが。何を話しているにしろ、ミズ・スウェインに関係していることにちがいない。

　わたしはじわじわとふたりに近づいて、階段のうしろからふたりを見た。

　ジェフリーが無表情で茶封筒を渡し、クラリスタはそれをじっと見つめた。

ふたりから遠く、モーニングルームからまだ話し声が聞こえていたので、クラリスタが何と言ったのかはわからなかった。

「まだ探偵を続けるつもり？」ベアが聞こえよがしに言ってきた。

わたしは一瞬たじろぎ、すぐにバランスを取りもどした。「ああ。ええ、続けるつもりよ」

ベアは一緒にロビーの様子を見られるように、わたしの横に顔を突きだした。

ジェフリーは背を向けて正面玄関から出ていき、クラリスタはフロントまで歩いて、カーテンのうしろに消えた。

わたしはクラリスタが新しいシェフを探しているのが気に食わなかった。ジョージの腕と評判がホテルに大きな利益をもたらしたのに、感謝も誠実さもないのだろうか？　直談判しなければ。事務室から出てきたら、話すつもりだ。

「本気でジョージへの嫌疑を晴らすつもりなのね」クラリスタに対する戦略を練っていると、ベアが言った。

わたしはベアのほうを向いて顔をしかめた。「ええ、ジョージは親友だもの」

「本当に？」

事務椅子の車輪がきしむ音がして、クラリスタが腰をおろしたのがわかった。

「わからないわ」ベアに言った。「〝親友〟という言葉について話しあったことなんて――」

「そうじゃなくて」ベアはわたしの肩に手を置いた。「わたしが訊いているのは、あなたたちのあいだにあるのはそれだけなのかってこと。デートも何もしたことないの？」

「ミセス・アンゲレスクになる危険を冒すってこと？　あるわけない」

「真剣に話しているんだけど。まあ、前例がないわけじゃないけど。たぶん、ジョージと一緒にいると、オキシトシンが分泌されるのね。ドーパミンも一緒に。人体の化学作用は人間の絆に多大な影響をもたらすから」

狭い事務室から紙をめくる音が聞こえた気がして、軍服を着たクラリスタが机に戦略図を広げ、誰を殺して誰を生かすべきかを決めている様子を想像した。クラリスタにとって、ジョージは英雄からお荷物へと変わったのだ。

「じゃあ、ただの友だちってこと？」ベアが訊いた。

「そうよ。それでも、ジョージのことを心から大切に思っている」

「わかった。聞いてよかった」ベアがうなずくと、トウモロコシの毛のような巻き毛がおでこで跳ねた。「で、次は何をするつもり？」

「偵察よ」わたしは黒いカーテンに開いた穴からのぞくために、うしろをふり返った。クラリスタとわたしは荒野で相対している敵どうしで、わたしはジョージを救おうとしているし、クラリスタはジョージを破滅させようとしているのだ。

けれども事務室からロビーじゅうに響きわたった音で、厳密な戦線が曖昧になった。

クラリスタが洟をすすったのだ。

彼女が大胆にも一からこの事業を立ちあげた話は聞いていたし、幸せな結婚をしたあとに歩んだ道については驚いてもいた。小さな企業は木の枝でつくった家のようなものであることを無視して、美しいものをつくり、ミスター・フィグがいなければ、最初の年に破産していた可能性もあった。そして十年以上たったいま、大きな悪いオオカミがホテルを吹き飛ばそうとしているのだ。

クラリスタが洟をすする音を聞き、なじみのない義務感が恨みに取って代わった。少なくとも、クラリスタはわたしの家族の屋敷を大切に扱っている。

一方、ジェフリーは自分で起業したこともないのに、数百万ドルの価値がある会社を継ごうとしている。それなのにまだ足りず、クラリスタからもすべてを奪おうとしているのだ。

「そのうち、お昼でも食べましょう」ベアが言った。「今週で中間試験が終わるから」

「ええ、いいわね」わたしはドアのほうへ後ずさった。「でも、話はまたあとで。億万長者を追いかけないといけないから」

ベアは拳をうえに突きあげた。「そいつをやっつけろ」

わたしはロビーを突っ切るように進み、正面玄関を開けて、ジェフリー・スウェインを追って階段を駆けおりた。そしてホテルの角をまがり、駐車場におりていく途中で捕まえた。大混乱を起こしておいて、自分は出ていくのだ。

「ミスター・スウェイン」わたしは呼んだ。

ジェフリーはふり返り、わたしをじろじろと見た。「何か、用かい？」

「あなたがやろうとしていることはわかっています」

ジェフリーは肩をすくめた。「おめでとう。別に隠すつもりはないから。警察でじゃまをしたときに言ったはずだ。警察が誰も捕まえないなら、訴えるしかないって」

「ジョージですか？　それとも、ホテルですか？」

「もちろん、ホテルだ」

「お母さまに起きたことをホテルの責任にはできませんよ。お母さまを傷つけたいと思う理由があるひとはたくさんいるけど、ジョージはちがいます」

「失敗に理由はいらない」

血管が怒りでフィラメントのように熱くなった。「警察に話すべきことを隠していますね」

ジェフリーは両腕を広げて〝それがどうした〟という格好をした。「きみと何の関係がある？」

「あなたがやめてくれないと、ジョージは〈マクドナルド〉に勤めるのも難しくなってしまう――」

「ぼくがきみの立場なら、彼の仕事の心配なんかしないで、自分のことを心配するね。このホテルはミズ・キングの唯一の資産も同然だ。裁判が終わるときには、このホテルはぼくのものになっているだろう」ジェフリーはボタンを押して車庫を開けた。

一分後、ジェフリーの車が出ていく音がした。

それにしても、彼はそんなに急いでどこへ行ったのだろう？

車庫の扉が自動で下りてきた。そしてカチッと閉まったと同時に、わたしの頭のなかでも何かがカチッとはまった。

もしも、わたしが少女探偵ナンシー・ドリューでジェフリー・スウェインが第一容疑者だったら、わたしは彼が警察に秘密にしていることを知っていると話して、彼に情報を提供してしまったことになる。ジェフリーがホテルの部屋だけでなく、所有している不動産にも何かを置いているとしたら？　いま、まさにそれを隠すために向かったのだとしたら？

自転車で追っても無駄だが、この町で所有している不動産のことなら調べ方を知っている。父は仕事のノートを忘れたときに、ときおりハミルトン郡のウェブサイトで顧客の住所を調べているのだ。

駐車場に停めてある自転車まで歩きながら、わたしは検索を行った。

この町の住民ではないジェフリーがハミルトン郡で所有している不動産は一カ所だけで、住所が昨年支払った金額とともにポップアップされた――七十五万ドルだ。ジェフリーのような男にとっても、決して小さな投資ではないだろう。

グーグルで場所を調べる必要はなかった。不思議なことに、その土地はブッシュ・アベニューに入り、きのうベアを捕まえようとしてチャタヌーガ川に行くのに通った道だった。わたしはヘルメットのひもを締め、古い〈シュウィン〉の自転車を奮起させて出発した。

わたしはきのう使った道を走って墓地を通りすぎ、町から離れるためにハイウェイに乗った。きのうと同じ天気がなおさらデジャヴュ感を強くしていた――よく晴れていて、気温は二十度、テネシー州が毎年うだるような暑さの夏と、雨の多い冷たい冬のあいだで許された数少ない日々だ。

だが、きょうはぴかぴかのニッサン・クーペに危うく横からぶつけられそうになったし、いまは路肩のない道路の赤信号で止まり、排気ガスを出す車の列にはまってしまった。金曜日の午後の道は死にそうになるほど最悪だ。

そう思った瞬間にその言いまわしを撤回した——いま、死は二日まえより現実味を帯びている。

言葉に気をつけるようになったのは、ジョージにたびたび節度を守るよう促されてきたからで、なおさら彼が恋しくなった。こうして移動するのもジョージが一緒ならもっと楽しかっただろうけれど、昨夜の会話からジョージがわたしの調査に期待していないのはわかっていた。

ジョージは期待できることを注意深く選んでいた。心から欲しながら、自分にはどうしようもできないことが起きてくれるよう願って半ば信じ、期待を抱くのは苦しいこともある。母が家を出てから数年間、わたしは母が戻ってくるかもしれないと考えて、いつも片腕を伸ばし、手を広げて歩いていたような気がする。手を握って引っ込めるときが訪れたのを気づかせてくれたのがジョージだった。

信号が青に変わり、じりじりと進む車の列に続き、ブッシュ・アベニューに入る角をまがった。

わたしは郵便受けと不動産の看板を確かめながら坂をのぼり、左側にある建築中の分譲地を通りすぎた。そこから〇・五キロほど進むと、門のある砂利敷きの私道のまえに、探していた住所が記されている金属板があった。

きのう〝立入禁止〟の看板と遠くに見える廃屋のせいで侵入したくなった土地で、いまはその注意書きに抗いたい強い動機がある。これはただの偶然じゃない。

シンクロニシティーだ。

まちがえようのない予感をひりひりと感じ、わたしはヘルメットをぬいでストラップをハンドルにかけ、門の近くに自転車を隠した。人間が簡単にすり抜けられるほど横木の間隔が空いている門に何の意味があるのかわからなかったが、今回ばかりはありがたく通りぬけた。わたしは砂利道より少しは身を隠せる背の高い草のあいだを歩きはじめた。誰かに見つかったら、すぐに逃げるか戦うかしなければならない。

最初にいくつか知りたいことがあり、まずこの建物が見かけどおりの廃屋かどうかを調べはじめた。

ローズが話していたとおり、ミズ・スウェインがこの土地の開発に反対していたとしたら、何か理由があるはずだ。これまでのところ欠点はないように見えたが、わたしは豚肉工場の全国チェーンを所有しているわけではない。ここは比較的平坦で、主要道路と電源にも近い。ただ、それほど広くないかもしれない。

亡くなった女性に意見は聞けないので、ミズ・スウェインの立場に立って《イン・ハー・シューズ》考えなければ。もちろん、これは比喩だ。ミズ・スウェインの底が赤いピンヒールなんてはいていたら、この草が生い茂った原っぱでは一歩も動けない。地面はこの二日間の雨でまだやわらかく、わたしのテニスシューズでさえ少し沈んでしまうのだから。

建物に着く頃には、わたしの耳はあらゆる音をひろっていた。遠くで低いエンジン音が響き、トラクターが後退するときのようなピーッピーッという音がしている。鳥の群れが頭上を飛んでいった。すでに寒くなった北から南下してきたのだ。

見たところ車はなかったので、ジェフリーがホテルからここに駆けつけたというのはまちがいだったらしい。結局、ここには怪しいものなど何もないのかもしれない。

近づいてみると、建物自体はミズ・スウェインが開発しそうにないものだとわかった。いまにも壊れそうな納屋で、実際に金属の屋根には錆の筋がついている。

だが、なかで音がした気がする。

背丈のある草は建物から十メートルくらいのところでなくなり、幅の広い砂利の溝になっていた。わたしはかがんで、いちばん近い窓まで砂利の溝を走りぬけ、ほんの少し芝居がかった気持ちでしゃがみこんだ。

砂だらけの窓枠に手をかけ、なかが見えるまで身体を引きあげた。造りつけの業務用電灯一台が広い場所を不気味に照らしている。ふたつの長い壁に沿って、おそらく馬が入る金属で仕切られた区画が並び、真ん中の通路には根覆いか、飼料か、土あたりが入っていそうな袋を積んだ手押し車がある。

わたしは周囲を見まわし、原っぱと、遠くでまわりを囲んでいる木々をじっくり見た。誰かがうしろから近づいてきたら、砂利を踏む音で気づくだろうか？　耳の奥で血液がどくどくと流れる音が聞こえた。

だが、足音が聞こえてきたのはうしろからではなかった。建物のなかで響いたのだ。

やっぱり、廃屋ではなかった。

わたしはもう一度、窓枠のうえに顔を出した。

野球帽をかぶって作業服を着た男が、庭師が殺虫剤をまくときに使うような携行タンクを持ち、はっきりと目的を持った様子で区画のあいだを行き来しながら、こちらに近づいてくる。

家にある植物が頭にぱっと浮かんだ。ひどく疲れていたし、あまりにもいろいろなことが起こりすぎて、水曜日から植物のことを考えていなかった。きっと、この瞬間に潜在意識が思い出させようとしたのだろう。

わたしはまたしゃがみこみ、〝野球帽〟の視界に入らないように建物の正面にまわった。そして開いている戸口にもたれてのぞきこんだ。〝野球帽〟はスプレーボトルをいじっている。迎え水を入れているのかもしれない。もちろん、彼がこっちに戻ってきたら、わたしは終わりだ。

そのとき、各区画のドアに鍵が付いていることに気がついた。これは普通なのだろうか？　知りあいに馬を持っているひとはいない。馬泥棒はいまでもいるのだろうか？

いや、ちがう。ひとつひとつの区画は馬を入れるには狭すぎる。ここでは何か特別なことが行われているのだ。鍵のかかった向こうで、価値がある密かなことが。もしかしたら、ジェフリーはミズ・スウェインに知らせずにすでに事業をはじめていて、いまになって母親の投資なしでは立ちゆかないと気づいたのかもしれない。

わたしはにっこり笑った。尻尾をつかんだわよ、ジェフリー・スウェイン。

〝野球帽〟が通路のはしから、こちらへ向かって歩きはじめた。

わたしは建物の隅にある陰に隠れ、こっちを向かないように祈った。首で脈が激しく打っている。

〝野球帽〟の足音が反対側に消えると、わたしはその隙を突いて、開いている戸口から忍びこんだ。もちろん危険な賭けだが、ここまできた以上、ひとつひとつの区画に何が入っているのか確かめなければ。

戸口を入るとすぐに、においに襲われた。動物園のような獣臭だが、何かちがうにおいが、血のようなにおいが混じっている。

仕切りのドアの向こうで何かが動いているのを感じ、息をつめて、耳をそばだてた。この並びのどこかで唸るような声が金属の壁にあたって響いている。何かが鳴き、あえいでいる。

背筋がぞくぞくした。わたしはいちばん近い仕切りのドアにそっと近づき、蝶番の隙間からのぞきこんだ。

なかは暗かったが、黒くて毛に覆われたもののうえで、光が反射しているのは見えた。〈スウェイン・フーズ〉といえば、どういうわけか思い出すのは艶やかなピンク色のブタだが、家畜のことは何も知らない。黒ブタの肉だって、ピンクのブタと同じ味なのだろう。

楕円形の穴がふたつ開いた平たいグレーの鼻を、わたしの胸くらいの高さのひび割れに押しつけている。ブタが音をたててにおいを嗅ぐと、白い光が走った。このブタはどこか変だ。それに、わたしがここにいることを知っている。

丸々とした体が見えると、ブタはどういうわけかその体を持ちあげて、ライオンのような咆哮をとどろかせた。そして前足で金属の壁を叩いた。

わたしは驚いて飛びのいた。これはブタじゃない。頑丈なスチール製の仕切りのなかに閉じ込められていてよかった。

「おい!」〝野球帽〟がうしろで叫んだ。「何をしているんだ? ここは私有地だぞ」

仕切りのなかの生き物は危なくない。そして野球帽をかぶった生き物も、分別にほんの少しのごまかしを交えれば対処できるだろう。いや、目一杯のごまかしか。「ジョー?」

「いや」

「ええ、そうよね。ジョーは反対側の土地だった。彼に似ているものだから。背が高くて、肩幅が広くて」うわっ、まるでベアみたいな演技。

「それで、あんたは?」〝野球帽〟はまだ顔をしかめたまま、一二歩近づいた。

「ああ、わたしはマリー。ミスター・スウェインの個人的なアシスタントです」わたしはいかにも事務的に手を差しだした。ジェフリーにアシスタントがいて、この男がすでに会っていたら厄介なことになる。

「マリー？　ジェフリーが送りこんできたのか」

「はい、そうです。ジェフリーが——ミスター・スウェインがどんな様子か確認してきてほしいと」

「へえ？　今度はおれを見張ろうっていうのか。さっさとジェフリーのところに戻って、おれは話しあったとおりにやっているから、黙っていてほしければ、おれにまかせろと伝えるんだな」

いったい、何のこと？「かしこまりました。そのように伝えます」わたしは微笑んだ。

「でも、もう少し丁寧な口調で」

〝野球帽〟は笑った。「ああ、そうしてくれ」

「ジェフリーがお願いしたように、車も隠してくれていますか？」わたしは思いきって言った。

「ああ。並木の向こうにな」

「わかりました。それでは、おっしゃるとおりに、あとはおまかせしますね」わたしはゆっくり歩いて建物から出た。これ以上質問されないようにできるだけ遠くに、できるだけ速く行きたかったけれど、急ぐとばれてしまうだろう。

建物を出て、今度は道路に向かって歩いているときも、〝野球帽〟の視線は感じていた。そして十メートルほど離れると、原っぱの向こうから〝野球帽〟が呼ぶ声が聞こえた。

「ちょっと待てよ、あんたの車はどこなんだ？　もしかして、歩いてきたのか？」

まずい。彼は追いかけてくるだろうか？　わたしを捕まえる気なら、まず並木まで行って自分の車かトラックに乗らなければならない。わたしは力はないけれど、すばしこい。わたしは歩く速度をあげて安全な距離まで離れ、私道の角をまがるとすぐに全速力で走りだした。

そして私道の終わりまでくると、門をくぐり抜け、茂みから自転車を出した。自転車は折れた小枝がブレーキに絡みついていたほかは無事だった。わたしは枝を引き抜き、ヘルメットをかぶって自転車に飛びのり、必死にペダルをこいだ。

二分後、安全だと思えるところまできて、自転車をこぐのをやめた。

だが、うしろから耳障りなエンジン音が聞こえてきた。〝野球帽〟が追ってきたのだろうか？

わたしはまたペダルをこいでふり返った。丘のてっぺんの向こうは見えない。

すると、今度は道路のまえでエンジン音がした。

わたしはまたまえを向いたけれど、ほんの一瞬遅すぎた。

いつの間にか、ダンプカーがわたしと同じ車線の数メートル先にいた。

何もしなければ、土で汚れた巨大なタイヤにぶつかってしまう。

ハンドルを右に切ると、自転車は排水溝のほうへ傾いた。

自転車のタイヤが道路から浮きあがった。

わたしは空中を滑るように飛んだ。

前輪が硬い地面にぶつかった。

真っ逆さまになってハンドルを越えていったときは、時間がゆっくり進んでいるように感じた。空中に数分間浮いているように感じたあと、地面に叩きつけられた。右肩から腕にかけて痛みが走って動けず、岩の多い草地に寝ていた。どこか遠くで叫んでいる声が聞こえる。その声が近づいてきて言った。「何をやっているんだ」

「自分の命を救ったんです」わたしは息を切らしながら答えた。そして頭をもみながら起きあがった。あまりに呆然として立ちあがることはできなかった。

じれったい。排水溝で寝ている時間なんてないのに。〝野球帽〟が追いかけてくるかもしれない。こうして話しているあいだに、ジェフリー・スウェインはホテルから逃げだすだろう。彼から答えを聞きださなければならないのに。それに、ミスター・チェンからも。目のまえの男は深紫色のスーツを着て、草のうえに膝をついていた。顔ははっきり見えない。

「だいじょうぶかい？」男はやわらかくて上品なイギリス風の声で言った。

わたしは排水溝に落ちたのだろうか？　それともBBCの入口に飛ばされたのだろうか？　視線を定めて、男の顔を見あげた。ヘマル・サンディープだ。今朝見たときとほとんど同じ顔に見える。派手なスーツも同じだけれど、冷静な落ち着きはない。ミスター・サンディープはわたしのうしろにいる誰かをにらみつけ、手をふって追い払い、息を切らしながら、わたしを見た。「どうしたらいい？」

「ミスター・サンディープ」わたしは何とか彼の顔に焦点をあわせた。

「ヘマルと呼んで」彼はわたしから自転車へ視線を移し、額をもんだ。「すまなかった」

「だいじょうぶです。あなたのせいではありません」わたしも自転車のほうを見ようとしたけれど、できなかった。地面がぐるぐるまわっている。

わたしはできるだけ動かないようにした。頭を打ったのだろうか？ ヘルメットをぬごうとして手を伸ばしたけれど、肩が痛くてやめた。「ばかなトラックが」

ミスター・サンディープ――ヘマルが――わたしのあごのストラップに手を伸ばした。

「取ってもいいかい？」

わたしはうなずいた。

「じつは、ばかなトラックはわたしのものなんだ――運転手はわたしのところで働いている。いや、働いていた」

「クビになんてしないでください。わたしがもっと注意していればよかったんです」

わたしは頭をわずかに左に、次に右に動かした。痛くない。

ヘルメットはへこんでいないし、自転車もそのようだ。

ああ、もう！ ジェフリーの青い小瓶はポケットに入っている――ヘルメットや自転車より割れやすいにちがいない。わたしはポケットに手を入れて、小瓶に触れた。

鋭い破片もなければ、中身が漏れてもいなかった。ふう。

だが、下を向くと、腕に赤い筋がついているのが見えた。石か何かで切ったのだろう。

「ちょっと貸して」ヘマルは青いポケットチーフを出して、わたしの腕を結わいた。

ホテルで会ったひととは別人だった。見かけは同じだけれど、わたしに対する見方が全然ちがう。ヘマルはわたしと話すことも携帯電話を取りだすこともせず、ただじっとわたしの顔を見ていた。他人の世話をすることに慣れているようだ。

「少し血が出ている。立てるかい？」

「お子さんは何人ですか？」

「男の子と女の子がひとりずつ」

「ここで何をなさっているんですか？　トラックの運転手はどんな仕事をしているんですか？」

「おしゃべりのまえに歩こう」

ひじの下に手を入れられてヘマルに持ちあげられると、わたしはおぼつかない脚で立った。右膝が痛かったし、右肩も痛かった。そして、いまやっと草のうえに倒れている自転車を見た。自転車に一歩近づくと、膝に鈍い痛みが走り、歯を食いしばった。

ヘマルが片方のひじを支えてくれた。「気分は平気？」

わたしはヘマルの手をふりほどき、膝をついて車輪を点検した。後輪は問題なく回転した。でも、前輪はまわらなかった。

ここから乗って帰れないし、修理のために貯金を崩さなければならない。アパートメントを借りるための保証金として貯めていたお金だ。

「動かすのは難しいな」ヘマルは舌打ちした。「誰かに家まで送らせるから。心配しないで」

「ストリップ劇場に送ってもらったほうがいいかも。よけいに稼がないとならないから」

ヘマルは笑った。「頭は打ってないと思っていたけど、どうやら打っていたらしい」

わたしは自転車を蹴ってどかしたが、膝に新たな痛みが走って、すぐに後悔した。

「歩けないだろう?」

「ぴんぴんしているわ」

「でも、まだ帰らせるわけにはいかない。きみはこの敷地を見てまわっていたようだから、質問に答えよう」ヘマルは排水溝から自転車を出して、広くて新しい歩道に運んだ。

わたしはヘルメットをつかんで、ついていった。少なくとも、事故のおかげで同情を買い、ヘマルから情報を引きだせそうだ。どうしてホテルの壺に関心を抱いていたのか、わかるかもしれない。

排水溝から歩道に出ると、ヘマルが何をしていたのかわかった。ここはジェフリーの土地へ行く途中で通りすぎた建設中の分譲地だ。

わたしは普段から不動産に関心があまりないうえに、いまは動機と秘密で頭がいっぱいだが、この分譲住宅街が完成したら、とてもすてきになることはわかった。住宅は充分に間隔を置いて建てられ、デザインもさまざま、四面に同じ建材が使われていて、正面だけレンガなどという安普請とはちがう。「みんな、あなたのものなんですか?」

ヘマルはうなずいた。「わたしは八ヘクタールの土地を持っていて、ここはまだ第一期なんだが、家を建てたところに加えて、すでに六区画が売れている。どう思う?」

「すてきです」それは本心だったが、話題をヘマル自身に戻すまでに、あとどのくらい不動産に関心があるふりをしなければならないのだろう。

ヘマルについて両側を土ではさまれている歩道を歩くと、けがをした腕が腰をかすめた。ずきずきと痛み、横目で見ると、ポケットチーフの包帯がしっかり押さえている。薄い生地には血がにじんでおり、すでに小さな穴が開いていなければ、ポケットチーフを台なしにしたことでひどくばつの悪い思いをしただろう。

ヘマルはわたしの目のまえで足を止め、あたかも小さな通りの眺めを見つめるかのように、歩いてきた道をふり返った。

わたしも同じ方向を向くと、古いオレンジ色の軽トラックが路肩に止まった。

ヘマルは気づいていないようだった。きっと通りがかりのひとが分譲地に興味を抱くことに慣れているのだろう。「電線がまったくないことに気づいたかい? 全部、地中に埋めてあるんだ」

「すごい」

「ああ。美しい景色だろう? ここはこれまで誰も開発してこなかったから、とんでもない可能性があるんだ」

それほど遠くないハイウェイを走る金曜日の往来も、ここでは波の音のように聞こえた。

「不思議だと思いませんか? 商業地域にも農場にも近いところに、こんなすばらしい住宅街があるなんて」

「それほど不思議ではないよ。主要道路からは充分に距離があるし、防音のために木も植えたんだ」

ジェフリーの土地はこの道路の先にある。〈スウェイン・フーズ〉が土地を探していたことは聞いていたのだろうか。「木があっても、一・五キロ先にある豚肉工場のにおいは防いでくれないでしょう」

ヘマルは足を動かした。「そんな話は何も聞いていない」

「本当ですか？　びっくりしたひとの口ぶりとは思えませんけど。普通なら『誰が開発しているんだ？』とか『どこでそんな話を聞いたんだ？』とか言うものでしょう」そんなふうに言うのは自転車が大破したときかもしれない。

「誰かに家まで送らせよう。もう休んだほうがいい」ヘマルは数歩歩いてふり返った。「それに、自転車の修理代も払うから」ヘマルは大工が忙しなく出入りしている建築中の住宅のほうへ歩いていった。

ヘマルは戻ってこなかったが、赤毛の小柄な女性が太陽を見あげながら近づいてきた。そして一メートルほどの距離までくると、両手をフランネルのシャツで拭いた。「車で送るよう言われたの」

10　小さな声で鳴く子ブタ

ヘマルがじゃま者のわたしを追い返すために割りあてた赤毛の女性は、埃だらけのドアがないジープで、分譲地の入口まで迎えにきた。

そしてジープから飛び降りると、まるでおがくずがジーンズにこびりついているせいで足取りが遅くなるかのように、ぎこちなく歩いて近づいてきた。「自転車を載せられるかどうかわからないけど」

わたしは最後にもう一度、戦死した軍馬のように排水溝に横たわっている自転車に詫びるように目をやった。「また、あとで取りにきます」わたしは手を差しだした。「アイヴィーです」

「アニーよ」彼女はわたしの手を一瞬だけ握ると、すぐに尻ポケットから煙草を取りだした。「走るまえに吸ってもいいかしら」

「ええ、どうぞ」ヘマル・サンディープについてはチェックインのときからどこか妙なところがあると感じており、この機会を利用して、わたしよりはサンディープを知っているこの女性から情報を訊きだすことにした。「お仕事を中断させてしまってごめんなさい」

「かまわないわ。最近は基本的にはボランティアのようなものだから」

「はい？」

「三週間、給料をもらっていないの」

「まあ」ヘマルには豊富な資金があるのではないのか？

考えてみれば、高級だけれどすり切れていたポケットチーフも、新しいiPhoneの割れていた画面も、その推測を裏付けている。ヘマルはずっと順調だったが、iPhoneの発売時期から判断すると、この半年以内のどこかで資金が枯渇したらしい。

「それじゃあ、どうしてミスター・サンディープの下で働きつづけているんですか？」

「どうしてかしら。彼に同情しているんでしょうね」アニーはくわえた煙草に火をつけて、長々と吸いこんだ。

わたしはチェックインしたときにヘマルの指に日焼けの跡があったことを思い出し、離婚のせいもあって資金が乏しくなったのかもしれないと考えた。あるいは、別居手当も支払っているのかも。「奥さまが家を出て行かれたと聞きました」

「ううん、彼女は子どもたちとアトランタにいるわ。ヘマルは隔週でここにくるだけ」

離婚していないなら、結婚指輪をしない理由は明らかにひとつしかない。ヘマルはもっと肉欲的な本能を開発したいと思っているのだろうか？「ヘマルはここに女性を何人も連れてくるんですか？」

「お客になりそうなひとは、ときどきね」

うーん。この手の質問では何もわかりそうにない。ヘマルがどんな上司かわかれば、どんな性格なのかよくわかるかもしれない。

「アニー、ヘマルの下は働きやすい？」

「ええ。給料のことさえ考えなければ」アニーは袖をまくって腕をかいた。「どうしても、考えちゃうけど」

「当然よ。ヘマルはこれまで――」

「破産したことがあるか？　知らないわ」

「なるほど」

ヘマルが建てた住宅のうえを、かん高い鳴き声をあげながら鳥が飛んでいった。わたしたちはふたりで、鳥のほうを見た。

「とにかく、あと数区画は売らないとだめだと言っているわ」アニーは肩をすくめて、煙草の灰を落とした。「サンディープとはどういう知りあい？　見るからに、お客ではなさそうだけど」

見るからに？　ふん。「彼が泊っているホテルで働いているの。〈ホテル一九一一〉よ」

「ああ。からし色の館ね」

わたしは微笑んだ。その地元での呼び名はホテルと同じくらい古い。人々は悪口ではなく、自分のもののような気持ちでそう呼んでいるのだ。

アニーはわたしを見た。「高いのよね？」

「ええ。でも、アトランタの物価に慣れていれば、それほどではないかも」

錆びついた軽トラックが、わたしが少しまえにのぼってきた丘を走って、わたしたちが立っている原っぱへ向かってきた。オーウェンのトラックだ。

腹の底でひらめいた。

「どこからこようが、とんでもない話よ」アニーは言った。「あなたが働く高級ホテルで何泊かするだけで、きっとわたしの一週間分の給料になる」

「わたしだって泊まれないわ」わたしは言った。

トラックを運転しているのはオーウェンではなかった。マロリーだ。彼女はトラックをわたしたちの横の歩道に止めて、エンジンを切った。

わたしは手をふった。

「こんにちは、アイヴィー。どうしたの?」マロリーは言った。

わたしは親指を立てて、壊れた自転車のほうを指した。

マロリーは窓から身を乗りだして見た。「やだ！　だいじょうぶなの?」

「いくつか引っかき傷があるくらい。ありがとう」

「乗っていく?」

「こちらのアニーが送ってくれることになっていたんだけど——ダウンタウンへ行くの?」

「ええ。自転車も荷台に載せられるわよ」

わたしはアニーをちらりと見た。

「わたしもそのほうがありがたいわ」

わたしはトラックに乗りこみ、これは思っていたとおりオーウェンの車なのか、それともマロリーのものだろうかと思いながらシートベルトを締めた。

マロリーはどこから見ても都会の農場経営者という様子で、土の入りこんだ短い爪でハンドルを握り、髪はいい加減にまとめて、どういうわけか格好よく見えるポニーテールにしていた。トラックはヘマルの分譲地の近くから、ここ二日の調査ですっかり覚えたブッシュ・アベニューへ出た。

まだ答えより疑問のほうが多いけれど、いまは尋問する必要のないひとと一緒にいられることにほっとしていた。「配達の帰りですか？」

「配達にいく途中。自転車で転ぶまえは何をしていたの？」

〝どこまで本当のことを打ちあけるべきだろうか？〟わたしが正直な人間なら、新しい友人を信頼できるのだろう。めちゃくちゃな大学時代を過ごしたせいで、ひとを信じることが難しくなり、ホテルで会う人々もほとんどが通りすぎていくひとたちだ。「休みの日はよく自転車で町を走るんです」

「わたしもよく乗るのよ。いつか、一緒にリバーウォークでも走りましょう」

「いいですね。自転車を修理したらということですけど」いつか楽しみのためだけに自転車に乗るようなひとになりたい。いま、わたしにとって〈シュウィン〉は交通手段だった。これがなくなったら、どうすればいいのだろう？

「腕のいい修理工を知っているから」マロリーは訳知り顔でわたしを見た。「いまはわたしのトラックを直してくれているの」

オーウェンのことにちがいない。今度は縁結びをするつもりなのだろうか？「だから、きょうは彼のトラックを運転しているんですか？」

マロリーは微笑んだ。「彼は分かちあうのが得意だから」

わたしはうなずいたが、笑えなかった。わたしは分かちあうのが得意じゃない。恋愛に関するかぎり。オーウェンが見つめているのがマロリーなら、彼の関心を奪いあうつもりはない。

数キロ走ると、交差する線路にかかる高架道から、わたしが所属していた女子学生社交クラブ《ソロリティ》の宿舎を通りすぎ、信号で止まった。大学の友人を思い出すなんて珍しい。わたしは二度目に一学期を休学して以来、カッパ・デルタの誰とも連絡を取っていない。みんなには理解できないと思ったからだ。

「どこに送ればいい？」マロリーが訊いた。

わたしは肩の痛みと、まだヘマルのポケットチーフで縛られている腕と、おそらくジーンズの下ですりむけて痣《あざ》になっているだろう脚のことを考えた。家に帰って、気持ちよくゆっくり昼寝をするというのが、いちばん分別のある行動だろう。

でも、いまは分別なんてどうでもよかった。「〈ホテル一九一一〉へお願いします」

マロリーがかん高い音をさせてハンドルを切って、トラックをホテルの正門に入れると、わたしはミズ・スウェインが死んだ夜にダイニングルームから聞こえた悲鳴を思い出した。芝生のはしから見ると、石灰岩でできた広い正面が澄みきった空を背景にして扇形に広がり、このホテルが世界の終わりの最前線であるかのように、そのうしろに傾斜した敷地が広がっている。

背骨から指先に電気が走り、わたしは震えた。正面の私道をのぼってホテルに入ったのは初めてだ。

いいえ、初めてじゃない。

二十年以上まえに、両親の古いステーションワゴンの後部座席から、この建物を見たことがある。

たぶん、六歳くらい。あれはわざと遠まわりしたのだろう。どこかへ行く途中でもなければ、帰りでもなかった。バッテリー・プレイスは行き止まりにあるから。

そうだ。あれはホテルの少し川下にある水族館へ行った日だった。といっても、まだここはホテルではなかったけれど。

何日もそうしていたと思えるほどずっと、カメやウミヘビや魚がいる水槽を眺めた。帰るまえから脚が痛いと文句を言っていた覚えがある。

車までの最後の二ブロックは母が抱っこしてくれた。あの日の午後はとても暑く、わたしの手が触れた母の首は汗ばんでいた。だが、じめじめとした長い一日だったにもかかわらず、耳下までのボブにしていた栗色の髪は驚くほど乱れていなかった。

車のなかで、わたしはビニールの座席にもたれかかった。髪留めが頭のうしろに食いこみ、両親の声が張りつめてきた。雰囲気が変わったことはわかったけれど、理由はわからなかった。

「車から降りなくてもいいの」母が父に言った。

わたしにはそのほうがありがたかった。エアコンがやっと利いてきたところで、また暑い外に出るのはいやだった。

父は車をバッテリー・プレイスに入れ、丘をのぼっていった。

「どこへ行くの？」大きくなっていくエンジン音に負けないように、わたしは言った。

「あなたにおじいちゃんとおばあちゃんのおうちを見せたいのよ、ダイヴィー」母はよく『子羊のダイヴィー』という歌をうたってくれたのだ。「すごいんだから」

「おじいちゃんとおばあちゃん？」

「アルバムで写真を見たでしょう？　会えなかったのが残念だけど」

そう、写真。暗くてぼやけていたのを覚えている。祖父母はどちらも眼鏡をかけていた。

「おじいちゃんとおばあちゃんはどうしたの？」

運転席から大げさなため息が聞こえた。

「ああ、いまはもう天国にいるの」母が答えた。

父は草に覆われてほとんど見えない、そびえたつほど大きな鉄門のまえでステーションワゴンを止めた。「ほら、入ることさえできない」

わたしは悪い魔女の城のようなものを見ることへの興奮と不安で、シートベルトを握りしめた。

「鍵はかかっていないでしょう」母が助手席のドアを開けた。

母の言ったとおりだった。鉄の横棒のまわりには重い鎖が垂れさがっていた。

「車から降りないって言ったじゃないか」父が言った。

「門を押して開けてみる」

母が車に戻ると、わたしたちは門を支えている巨大な柱のあいだを通り、倒れている枝や芝生のうえにひっくり返った大きな噴水をよけながら、砂利の私道を進んだ。

屋敷で最初に目に入ったのは、正面に描かれた落書きで、わたしはまだ読めなかった。

父が車を止めると、わたしは頭を窓ガラスにくっつけて、割れたガラスの丸天井のてっぺんを見あげた。

雲が太陽のまえを通りすぎ、わたしの視界は暗い黄色の屋敷でいっぱいになった。マイケル・ネルソンが廊下でわたしを転ばせたときに着ていたセーターみたいな色だ。

「ここ、嫌い」わたしはぐずぐず言った。

「ほらな。いい思いつきじゃなかった」父が言った。

「もう少し待って」母が言った。「ダイヴィー、あそこの道が見える？　あの先を行くと、バラだけが咲いているお庭があるの。あなたのひいおばあさんのマリーゴールドはお偉い方々を招いてお茶会を開いていたのよ。有力な一家だったから。たくさんのお金と宝物を持って、ニューヨーク・シティーからこの町にきたの」

ふたたび太陽が現れて屋敷の正面を照らすと、敷地全体が炎のように輝いた。「わあ」テレビでしか見たことのない光景だった。わたしにとって、そこはお城で、祖父母は実際にはどんなひとであろうとも、そのお城の王さまと王妃さまだった。

あのときも、二十年後のいまと同様に、背筋に電気が走ったのだ。

「ここでいい？　それとも、もっと上までのぼったほうがいい？」マロリーがわたしを見ていた。

「ああ、ごめんなさい」わたしはシートベルトをはずした。「ここでいいです。ありがとうございました」

マロリーに手伝ってもらって荷台から自転車を降ろすと、従業員用の駐車場と東側の庭を隔てる林に隠した。車で帰る方法を考えなければならないけれど、最優先はミスター・チェンに会うことだ。これまでつかんだことが結びつく予感がするのだ。

いまはひどい格好をしていて場ちがいに見えるだろうけれど、化粧直しをしている暇はない。それよりもやるべきことがある。

ジェフリーの青い小瓶はデ・ルナ警部が欲しがっていた確固たる証拠だ。

けがをした膝のせいで敷地内を探し終えるまで、ひどく時間がかかった——裏庭、西側の庭、温室、そして屋敷の裏側にあるテラス。

温室ではミスター・フィグにばったり会った。ミスター・フィグはポケットチーフで縛った腕を怪しみ、汚れて破れているジーンズがまるで燃えているかのように見ると、ミスター・チェンならホテルのどこかにいると教えてくれた。

ミスター・フィグの言うとおりだ。謎めいた庭師のいそうな場所で、考えつくのはあと一カ所だけ。敷地の北東の角にある使っていない厩舎だ。

馬車を使わなくなってから数十年のあいだに、古い厩舎は伸びた木々にすっかり覆われていた。そして屋敷に電気が引かれたときも、厩舎は取り残された。

ミスター・チェンは堆肥をつくったり、造園道具をしまったり、クラリスタが大っぴらに見せたくないと考えている造園の汚れ仕事をする際に、この厩舎を使っていた。

このホテルで働きはじめた最初の週、夢でしか見たことのない場所だと思って（もちろん、温室と庭の次にだけれど）わざわざ厩舎へ行った。ミスター・チェンとは山ほど話すことがあり、きっと彼は造園に関する技術と知識において、わたしの師匠となるひとだと想像して。だが、ミスター・チェンはわたしに文句を言って、出ていけと命じたのだ。

開いた戸口のなかは暗く、奥の壁にかかっている腐敗した屋根からかすかに光が漏れているだけだった。陰になっている四隅から、かびた藁《わら》のにおいが漂っている。

「ミスター・チェン、ここですか？」

返事はない。

日光がわずかに射す場所に、ミスター・チェンがつくった冷床があり、格子状に小さな苗が植えられていた。おそらく、クリスマス用のポインセチアだろう。ミスター・チェンのおかげで植物にかかる経費は大幅に節約できているが、クラリスタはきっとわかっていない。

ここの雰囲気は好きではないけれど、寂しくはない。見知った植物と一緒にいるときは、決して寂しさを感じないから。ミスター・チェンが植えている挿し穂や、手当てをして健康に戻すために取ってきたものを見まわすと、わたしが育てたものもあった。こうしてふたたび目にできると、再会した気分になる。

でも、ここに長居はしていられない。ミスター・チェンが近くにいるなら、誘いだす方法がひとつある。

「あなたが育てたものをさわるわよ」わたしは大声で言った。

「ここだ」

わたしはふり返った。

数ヤード離れた場所で、ミスター・チェンが自作の肥料が入った容器にかがみこんでいた。やっと暗さに目が慣れたおかげで、姿が見えた。

わたしは髪をなでつけ、財布から青い小瓶を出した。「頼みがあるの」

ミスター・チェンは容器からコップ一杯分の肥料を噴霧器に入れて、それをテーブルへ持っていった。「植物はだめだ。まえにも言ったはずだぞ。ここの植物はこの敷地のためのものだ」

「ちがうわ。もちろん、それはわかっています」本当はわかっていないけれど。ここだろうがどこだろうか、挿し木をしたって悪くなくない？　「その件じゃないの」

ミスター・チェンは険しい目でわたしを見た。

不安に襲われ、冷たい手で握られたかのように、胃が引きつった。ミスター・チェンが助けてくれなかったらどうしよう。

わたしはラベルをミスター・チェンのほうに向けて、小瓶を持った。「ミスター・チェン、この言葉が何かわかる？」

ミスター・チェンはラベルをちらりと見てから、噴霧器に視線を戻した。

「お願い」

「関わりたくない」

この言葉が読めないかもしれないとは覚悟していたけれど、関わりたくないと言われることは予期していなかった。ミスター・チェンは噴霧器に水を入れた。「さがって」

ミスター・チェンはトリガーを引き、苗木の列のうえでノズルを左右に動かした。陽光に照らされ、しぶきが輝いている。

わたしはミズ・スウェインが死んだ夜に、東側の庭で話したことを思い出した。脅すのは好きじゃないけれど、わたしが頼んでいるのは簡単な翻訳で、道義に反することじゃない。

「キケロ像のまえで、根覆いで白いパイプを隠していたでしょ。あれは、なに？」

ミスター・チェンはわたしを見て、また噴霧器に視線を戻した。

「クラリスタは知らないんでしょう？」

「ただの用水路だ」

「でも、現代的よね」

「電気だって同じだろう」

「でも、電気はモロー家が引いたものよ」

ミスター・チェンはため息をついた。

「あなたの助けが必要なの」

ミスター・チェンが近づいてきて、わたしの手に彼の大きな耳の影が映った。彼はわたしの腕をつかんで持ちあげ、小瓶を光にかざした。「中国語だ」

「読めるの？」

「いや」ミスター・チェンは噴霧器を持ってテーブルまで戻った。

わたしはため息をついた。そうではないかと恐れていた。わたしは藁を敷いた床に腰をおろした。彼が中国人だからというだけで期待するなんて、わたしは何て――。

「ほら」ミスター・チェンは隣にすわって、携帯電話を差しだした。

「何をするつもり？」

「翻訳だ」

「でも、あなたは――」

「おれはここで育った。両親は中国語を話せた。だが、おれは中国語の読み書きを勉強したことはなかった」ミスター・チェンはわたしの手から小瓶を取った。「だが、アプリがある」

　わたしが笑うと、ミスター・チェンがちらりと見た。

　ミスター・チェンは数秒のあいだ画面をにらみつづけた。「なるほど」

「何だったの？」

「どこで手に入れた？」

「えっと……ホテルで見つけたの」

「アジア系の客が泊っているのか？」

「いいえ――その、ヘマルというひとだけど、実際はイギリス人」

「これはろくでもない代物だ。漢方薬だ」

「どんな効きめがあるの？」

「効果はないだろう、たぶん。喉の痛み、てんかん、その他何にでも効くと思っているひともいるけどな」

「高いの？」

「そうだな。これと同じ重さの金くらいの価値がある」

　ジェフリーは部屋に段ボール箱ひとつ分を隠していた。「どうして？　何が入っているの？」

「クマの胆汁。違法だ」

「クマの胆汁？」あの唸り声。黒い動物。あり得ない。「どのくらい大きいの？　それに使うクマは？」

「ああ。こっちの国のクマより小さいよ。マレーグマと呼ばれている」

「クマは痛い思いをする？」

「ああ、たぶんな。飼っているんだ。檻のなかで。ミルクをやってな」

「ミルクをやるの？」無表情のさもしいろくでなしめ。豚肉工場の増設を隠れみのにするつもりだったにちがいない。干し草のある豚小屋なら、クマ小屋を隠せていたはずだ。

そして、その事業に対する欲のせいで、ジェフリーはさらに卑劣になった。余分なお金なんて必要ないはずなのに。将来は特別な地位が約束されていたというのに……でも、今度はこっちがひどい目にあわせてやる。

「ありがとう」わたしはミスター・チェンの手に小瓶を残して厩舎を飛びだし、広い芝生を通りぬけて、テラス側の庭の明るい陽射しの下に出た。パズルのピースがきちんとはまったアドレナリンで、焼けるような膝の痛みが治っていた。

ジェフリーのことはよく知らないけれど、儲けるために動物を虐待できるほど残酷な人間はいかにも殺人を犯しそうだ。

ジェフリーは母親のアレルギーを知っていたし、殺人計画を練る時間はたっぷりあったし、おそらくミズ・スウェインの隣にすわっていた。自分の皿にあった甲殻類を、母の皿に入れるのは簡単にちがいない。

ミズ・スウェインはずっといばり散らしてきたはずなのに、なぜいまになって殺したのだろう？　工場建設を反対され、違法行為を隠せなくなったのが、とどめの一撃になったにちがいない。

それが正しくてもまちがっていても、デ・ルナ警部に渡すジェフリーに不利な証拠は充分に集まった。きっと、事件として扱ってくれるだろう。殺人罪で刑務所に放りこめるかどうかはわからないけれど、少なくとも違法な取引と製造で告発できるはずだ。

勝利の確信に心からわくわくして血が沸いた。庭に建つ大理石の彫像のまえを走りぬけ、敬礼されているところを想像した。〝ひざまずけ、ディアーナ、子ヤギとともに。わたしはおまえの庇護者なり！　お辞儀をせよ、ペガサス。サテュロス、頭《こうべ》を垂れよ〟

わたしはホテルの裏にあるテラスの階段を駆けあがった。やった！　わたしは英雄で、この城の救世主で、ジョージとクラリスタの庇護者なのだ。

ジェフリーはもう逃げられない。


わたしはまっすぐフロントへ行き、少しだけ息を整えた。勤務に就いているセーラが目を丸くしてわたしを見た。「びっくりした。どうしたの？」

「ジェフリー……スウェイン。まだ、ホテルにいる？」

「お母さんが亡くなったセクシーなひと？」セーラは予約簿を開いた。

セクシー？　つまり、セーラはぴかぴかに磨いた靴にスーツを着た男が好みなのか。ジェフリーは父親くらいの年齢だろうに。

「ええ、そう」

「まだチェックアウトはしてないわ」

「ありがとう」ジェフリーがまだ出発していないことを祈りながら、エレベーターに急ぎ、二階のボタンを押した。いずれ探しだせることはわかっていたが、二時間まえよりは少し増えた攻撃材料を持って、彼と対峙する喜びを得たかったのだ。ホテルにいるとわかったら、デ・ルナ警部に連絡すればいい。

エレベーターが着いてドアが開くときの音がするまえに、遠くからかん高い音が聞こえてきた——警察のサイレンだ。ダウンタウンでは珍しくないけれど、音は次第に大きくなって近づいてくる。

エレベーターの扉が開いたが乗りこまず、正面の車まわしがよく見えるように、フロントデスクのうしろにまわった。道をおりていった林の向こうで青い光が明滅しており、パトカーが一台か二台バッテリー・プレイスの坂をのぼってくる。デ・ルナ警部が自力でジェフリーの犯罪に気づき、逮捕しにきたのだろうか。

二台のパトカーが正門を入ってきて、私道で速度をあげた。クラリスタはまた警察沙汰が起こったというスキャンダルを気に入らないだろう。「サイレンは本当に必要だったんですか？」そう言いそうだ。

ミズ・スウェインが死んだ夜のように、警察は正面の階段をあがってロビーに入ってくるのだろうが、わたしはジェフリーがこのホテルのどこにいるのか知らない。ということは、警察はどうするのだろう？

警察がジェフリーに手錠をはめるなら、この目で見たい。

それでも……ジェフリーはごまかしがうまく、すばやく逃げるタイプだ。もし逃げだしたら、わたしが捕まえたい。

南側のバッテリー・プレイスに通じる正面は警察が固めるだろう。そして敷地の北側と西側は岩だらけの崖で囲まれていて、その真下は川だ。ジェフリーが崖をのぼって、川で待っているボートに乗りこむ計画でないかぎり――ジェームズ・ボンドではないので、まずあり得ない――隣の古い邸宅と接している従業員用の駐車場がある東側が、唯一の選択肢だ。

そう結論を下して正面玄関にたどり着くまえに、ギャビー・モレッティーが階段をのろのろとおりてきた。

わたしは急に光で照らされたネズミのように動きを止めた。

ギャビーはわたしのほうへまっすぐ近づいてくる。そして一階に着くまえにしゃべりだした。「ああ、アイヴィー！　あなたがいてくれてよかった。ディナーのまえに少しだけ昼寝をしてから着がえようと思っていたのに、サイレンが聞こえてきて――やだ、どんどん近づいているじゃない――だからジョンに、ちょっとのぞいて、ホテルのひとが何があったのか知っているかどうか訊いてくると言ったら、あなたがいたから。あなたはいつだって、このホテルで起きていることを知っているでしょ――」

「ええっと、いえ。今回のことは何も」わたしはギャビーに握られていた腕をふりほどいて、フロントへ向かった。

ギャビーはすぐうしろをついてきて、話しつづけた。「また誰かが死んだりしていないといいけど。このあいだの夜はあのご婦人がシーツに包まれたり、警察がきたり、質問に答えなければならなかったりして、ぞっとしたから。もちろん、わたしはホスピスで働いているからこの手のことには慣れているけど、またほかのひとが同じような目にあってほしくないでしょ……」

わたしたちがテラスの階段の下に着くまえに、サイレンが止まった。ホテルの正面を周回する車まわしには二台のパトカーが止まっている。一台は空っぽだった。二台目から警察官がふたり降りてきて角をまがり、屋敷の東側へ向かった。

わたしは安全な距離を置いて警察官のあとを追い、車まわしから二股に分かれ、車庫へ向かう道をたどり、ギャビーは安全な距離を置かず、わたしについてきた。

車庫の外には救急車が止まり、うしろのドアが開いていた。

胃から酸っぱいものが込みあげてきた。誰もけがをしていないのに、どうしてここに救急車がいるのだろう？　ミズ・スウェインが死んだ夜と同じく、最悪のシナリオが頭に浮かんだが、ジョージはここにはいない。

完璧なデュプレ一家が家族写真を撮影するかのように、東側の庭のベンチにすわっていた。アイロンをかけたばかりのポロシャツとチノパンツを着て、母親は娘のうしろに、父親は息子のうしろに立っている。誰ひとり、皺の寄った服は着ていない。しかしながら、家族写真用の笑顔はなく、四人はクリスマス村で祝歌をうたうプラスチックの人形のように大きく口を開けたまま凍りついていた。

救急車がこの子どもたちのためではなかったと知り、わたしは少しほっとした。ふたりを子どもと呼んでもいいのであれば。どちらかといえば、ふたりは小さな大人のように見えるからだ。

ふたりの救急救命士が救急車のうしろのドアを開けてストレッチャーを出すと、車庫の扉が少しずつ開いて、ミスター・フィグのものだとわかる磨きあげられた黒い靴が見えた。救急救命士は扉の下をくぐり、車輪が付いたストレッチャーの脚を広げた。そして頭上まで扉があがると、ミスター・フィグは外に出て、警察官に近づいた。

ふたりの警察官がミスター・フィグに質問をしているあいだ、ほかのふたりは黄色い犯罪現場用のテープを車まわしに張っていた。

わたしは身体を近づけ、耳をそばだてて、ミスター・フィグが警察官に話していることを聞こうとしたが、ギャビーの絶え間ないおしゃべりで無理だった。わたしはギャビーのほうを向いてにらみつけたが、彼女は気にしないで話しつづけた。「もちろん、あなたにはどきどきする出来事でしょうけど、言ったとおり、わたしはホスピスでボランティアをしているから、この手のことはいつも見ているの。いつも同じよ、ストレッチャーと白いシーツ、救急救命士、酸素マスク――」

「もしかしたら、デュプレ家の方々が、わたしたちの知らないことを何かご存じかもしれませんね。訊いてみたらいかがですか？」

手短に何かを言ったあと、勧めたとおりにギャビーがすると、わたしは誰も見ていないと思い、警察のテープをくぐって車庫に入った。

救急救命士はストレッチャーの横に立ち、死体にたかるハエのように、警察官たちがジェフリーの車を取り囲んでいるのを見ていた。ひとりの警察官は写真を撮っている。そして、もうひとりはクリップボードに何かを書きつけていた。

ここで何があったのだろう？　わたしは黒のセダンにこっそり近づいて、なかをのぞこうとした。着色フィルムを貼った窓のせいで車のなかは暗かったが、警察官が運転席のドアを開けた。

「おい、ここに入ったらだめだ。テープが見えなかったのか？」警察官が近づいてきて、両手で追い払われた。

開いたドアから見えたのは、黒いズボンをはいた脚、ぴくりとも動かない脚だけだった。

わたしは車庫の外の車まわしを見まわしてミスター・フィグを探した。そして、すぐさま駆けよった。

「ミス・ニコルズ、ここにいてはいけない」ミスター・フィグはわたしを見るとすぐに言った。

でも、わたしは動かず、ミスター・フィグもわたしを追い払わなかった。「ジェフリーですか？　あなたがあんなふうになっているジェフリーを発見したんですか？」

「ミスター・ウルストンの車を出しにきたら、ミスター・スウェインの車のエンジンがかかっていた。なかにはミスター・スウェインがいた」

「亡くなったんですか？」

「ああ」

エンジンがかかっていた。一酸化炭素中毒？　自殺？

悲しみが原因だろうか？　それとも、秘密が明るみに出ることへの恐怖？　母親を殺したことに警察が気づくのは時間の問題でしかないと悟ったのかもしれない。

ジェフリーが母親を殺したのであれば。

車庫から警察官が出てきて、わたしたちを両腕で追い払った。「みなさん、わたしたちに少しばかり時間をください」

ミスター・フィグは東の庭にいるギャビー・モレッティーとデュプレ一家を見て、正面の芝生へ引き返した。

わたしは指示に反し、ジェフリーの身体を見るために近づいた。

車がもう一台車まわしに止まり、大きくふくらんだトレンチコートのベネット刑事とデ・ルナ警部が出てきた。

デ・ルナ警部は顔をあげて真剣な表情で、ゆっくり近づいてきた。誇り高く、自信がありそうだった。

わたしは胸が締めつけられた。そんなに仕事ができるなら、どうしてこうなることがわからなかったの？　どうしてわたしを信じて、もっときちんと事件に向き合ってくれなかったの？

ベネット刑事は帽子を取り、葉巻に火をつけ、正面玄関の外の階段をおりてきたクラリスタにふんぞり返って近づいていった。

デ・ルナ警部は制服を着た警察官に近づいて質問をした。

何の手助けもなしに二日間調べたけれど、わたしにはまだ手段も動機も犯人もわからず、またひとり死人が出てしまった。

わたしは呼吸を落ち着かせようとした。口もとをゆるめ、二十から逆に数をかぞえた。でも、罪悪感と怒りが胸にあふれ、ここ数日の疲れから抑制することができなかった。

自分が何をしようとしているのか気づかないうちに、靴が歩道を蹴っていた。わたしは全速力でデ・ルナ警部に飛びかかった。

ひとりの警察官がわたしの腰を捕まえて引きはがした。

わたしは抵抗したが、警察官の腕にしっかり抱えこまれていた。

デ・ルナ警部は下を向き、心配そうに額に皺を寄せて、わたしを見つめた。「アイヴィー？いったい、どうしたの？」

「これで信じてくれた？」わたしはそう叫んで、デ・ルナ警部に体当たりしたした。

デ・ルナ警部は両手をあげた。「落ち着いて」

首筋で脈がどくどくと打っている。「自分にまかせろと言ったじゃない。それなのに、何もしなかった。いろんなひとが関わっていることなのに。ちゃんと……」わたしはあえぎながら続けた。「ちゃんと発見すべきひとたちを見つけたら?」

デ・ルナ警部の顔がこわばった。わたしが怒っている理由を、彼女はわかっていた。母を見つけるのにあまりにも長い時間がかかっているからだ。

ミスター・フィグが近づいてきた。

わたしはうしろの警察官の足を踏みつけて、腕をふり払った。そして車庫を駆けぬけて地下の廊下に入った。

クラリスタが叫んだ。「あの子を追いだして」

脚がこわばり、震えてきた。

倒れるまえにすわらなきゃ。

また、これだ。これで、すべて終わり。

11　はるか遠いわが家へ

貯蔵室がいちばん近い隠れ場所だった。わたしはドアにもたれかかった。
ドアが開いた。
腕がドアの側柱にぶつかった。膝から力が抜けた。床に倒れて、丸くなった。
寒さと、どくどくと襲ってくる不安しか感じない。
考えられない。理屈なんてない。
何とか、呼吸をしようとする。
できない。
肋骨が痛い。
コルセットで締めつけられている。足で背中を蹴られた。
ぎゅっと身体を縮める。
ぎゅっと。
もっと、ぎゅっと。

心臓が大きな音をたてている。

汗が流れる。

神経がかっと熱くなる。

わたしは死ぬんだ。


どのくらい時間がたったのか、わからなかった。数分が数時間のように感じられるから。腕と脚がぴりぴり熱いということは、発作が終わったということだ。死ななかった。ほっとする気持ちが全身を駆けぬけた。恥ずかしさも。

わたしは自らを意地悪く笑った。〝また、わたしを思うままにしたわね。死んでしまうと思わせた。あなたの勝ちよ〟

ドクター・ジョンソンはわたしの闘争・逃走反応が血中にアドレナリンを放出し、筋肉にエネルギーを送るために心臓が通常より激しく速く鼓動したのだと言うだろう。そして大学の教授は、わたしの神経が自分を守るために過剰に用心深くなり、前庭神経が混乱したのだと説明するにちがいない。

そんな説明は何の役にも立たず、わたしは船のデッキのように傾いたり上下したりする部屋で横になっていた。

そして目のまえにある棚をじっと見つめた。ビートのピクルスが入った瓶や赤いワックスでコーティングされたチーズやぶら下がっているソーセージに神経を集中させようとした。何とか、自分の頭から抜けだそうとして。

起きあがって指で髪を梳くと、自分の感覚が戻っていた。

ジョージは一階の食品庫の予備として、ここに大量の材料を保管していた。棚にはパール大麦や外国産のコメが入った大袋や、手作りのジャムを詰めた缶が並んでいる。床に置かれた箱や樽は根菜――ニンジン、ジャガイモ、ビートだ。

いつもは清々しい土のにおいがしたが、きょうは空気に腐臭がこびりつき、まるで鼻の孔に魚を突っ込まれているかのようだった。

すべては材料を管理するジョージがいないからだ。ジョージは食品を腐らせたりしない。ジョージがいないことで、すべてが悪化していた。すべてが腐りつつあるのだ。

でも、いま膿《う》んでいるのは、わたしの傷だ。

もしもパニック障害が再発したのなら、どうやって調査を続ければいいのか？　どうやってジョージを救えばいいのだろうか？　ジョージはいつも頼れるひとで、最悪な時期を乗り越えるよう説得してくれるひとで、冷静なひとだった。

わたしは顔にかかっていた髪を乱暴にかきあげた。

多くの痕跡がジェフリーを指さしている。怪しい青い小瓶、遺産相続、母親の引退拒否や投資の否定。でも、いまになってわたしは自分の結論に疑問を抱いていた。

それに、デ・ルナ警部との関係をめちゃくちゃにしてしまった。でも、わたしが言ったことはまちがっていた？　三日間でふたりの死人が出た。偶然なんかじゃない。

クラリスタはわたしをホテルから追いだしたがっている。

わたしはジョージを救えないことと、職そして家族とのつながりを失うことの、どちらの打撃がひどいのか、判断できなかった。まだ、家族の秘密が見えはじめたばかりなのだ。もうこれ以上、家族に近づけないのだろうか？　家族はスケッチのまま、星座のように遠いままなのだろうか？　ユングについては好きなだけ学べるけれど、家族についての情報をもっと入手できなければ、ユングの理論をあてはめることはできない。ということは、自分への理解も限られることになる。

湿っぽい腐臭に辟易し、脚の感覚も戻ってきたので、わたしは立ちあがってドアを開けた。そして廊下へ出た。ミスター・フィグのもとへ。

わたしの呼吸はすすり泣きに変わった。

ミスター・フィグは後ずさりして、ベストの皺を伸ばした。「ミス・ニコルズ、ここだと思ったよ。隠れても無駄だ」

わたしはドアを閉めた。「隠れていたんじゃなくて、わたしは――」

めまいに襲われ、頭がくらくらした。急いで立ちあがりすぎた。壁に寄りかかり、目を閉じて、汗ばんだ額を冷たくてざらざらとした漆喰の壁にくっつけた。「平気です」

「もう家に帰って休みなさい。きみにできることは何も――」ミスター・フィグはとつぜんうしろのドアに目をやった。「この貯蔵室のドアは鍵がかかっていなかったのかい？」

わたしはうなずいた。

ミスター・フィグは顔をしかめた。「すべてをよく考える必要があるな。きみはデ・ルナ警部にかなりの衝撃を与えたようだ」

「ああやって伝えるしかなかったんです。でも、聞いた感じだと、クラリスタにも衝撃を与えたようですね」

「ふたりの死で、みんなが影響を受けている。確かに、プレッシャーは感情に負ける言い訳にはならない。だが、きみは何日も無理をしつづけた」ミスター・フィグがわたしの腕に触れた。「それ故に、きみはもう帰ったほうがいい」

ミスター・フィグがわたしに触れたのは初めてだった。ここ数日の出来事がミスター・フィグに影響したのか、わたしに同情したからなのかはわからない。

同情はされたくなかった。わたしはミスター・フィグのくすんだ青い目と、しっかり結んだ唇をじっと見た。「それ故に？　会話でそんな言葉を使うひとがいるなんて。あなたはわたしをホテルから追いだそうとしているのでしょ？」

「わたしはきみを家に帰らせようとしている。いま、わたしにわかっているのはそれだけだ」

わたしはミスター・フィグの横を通りすぎたが、廊下のはしにたどり着かないうちに、無礼な態度を後悔していた。不安と、それに伴うつらさで、暴言を吐いてしまった。きのう科学部棟でラマー教授に会ったときと同じように。

わたしはミスター・フィグが廊下から出るまえに追いついた。「ごめんなさい」彼の背中に言った。

ミスター・フィグは足を止めてふり返り、大きく息を吸った。「わかっている。きみは途方に暮れているだけだ」

わたしは頭をふった。「ジェフリーがどうして自殺したのかわからないんです」

「わたしは自殺だと思っていない」

「はい？」頭がしゃきっとした。

「確かにエンジンはかかっていたが、あんな新しい車がひとを死なせるほどの一酸化炭素を排出するのは普通ではない。あの広さの車庫ならなおさらだ」

「でも……」ジェフリーくらいの年齢で、医療もきちんと受けられるひとが急死するとは思えない。自殺じゃないとなると……。

「警察ならきちんと調べられるだろうから、死因は別にあると結論づけるだろう。今回は殺人のように見える」

殺人？　また？

顔が熱くなり、目を閉じた。

次々と浮かんできた質問が流れでないように、片手で口を押さえた。ジェフリーが自殺でないなら、誰が殺したのだろうか？　なぜ？　どうやって？　母親を殺した犯人と同一人物だろうか？　一酸化炭素中毒で死んだのでなければ、どうして車のエンジンがかかっていたのだろう？

どの疑問が正しいのか、考える必要がある。口から手をはずしたとき、出てきた言葉はこれだけだった。「疲れました」

ミスター・フィグの言うとおりだ。家に帰ったほうがいい。

足を引きずって駐車場へ行くと、背の低い枝のなかに隠した自転車のシーグリーンが目に飛びこんできた。傷ついてしまった、わたしの〈シュウィン〉。

家に帰る手段がない。

わたしは木の幹に寄りかかり、草のうえにへたりこんだが、けがをした脚の痛みにたじろいだ。

ジョージに電話をかけることはできるが、この場所にはきたくないだろう。

この近くに住んでいる人々を思い浮かべたけれど、真っ昼間に出てこられる人物はひとりも考えつかなかった。昼の仕事を続けている友人のなかで、わたしが異質なのだ。

普段であれば、時間はかかっても歩いて帰ればいい。だが、体重がかかるたびに泣きごとをいうこの脚の状態を考えると、それは選択肢にない。

父の勤務時間が終わるまで二時間待ち、車で迎えにきてくれるよう電話することもできる。だが、そうなったら、父はいろいろ尋ねるだろう。嘘をつくのはますます難しくなっていた。

嘘は拒絶とそれほど変わらない。わたしはずっと自分に嘘をつき、パニック発作は克服したと自らに言っていた。結局、ポジティブ・シンキングはほとんど役に立たなかった。この事件に関わるとすぐに、不安はわたしのにおいを嗅ぎつけた。最初の日は警察署でデ・ルナ警部と会って帰ったとき……そして、きょうも……デ・ルナ警部と会ったときだ。

どうしてだろう？　これは偶然だろうか？　それとも、デ・ルナ警部にパニック発作を引き起こす理由があるのだろうか？

楽観的な見方をすると、ジェフリーの殺害はもうひとつの手がかりであり、わたしを刺激する手がかりだった。ジョージを救えるのだ。

だが、わたしがたどる道筋がまたデ・ルナ警部のもとにつながったり、目に見えない引き金が塹壕《ざんごう》のなかにあったりするなら、きっとまたパニック発作が起きるにちがいない。そして、今度はそう簡単に治まらなかったら？

わたしはカサカサいう落ち葉のうえで横になり、目を閉じた。車庫にいる警察官たちの声が、ただの雑音になって伝わってきた。

目を開けると、うしろから太陽に照らされた黒っぽい影がそばに立っていた。

わたしは慌てて身体を起こした。「何か、ご用でしょうか？」

正しい接客が無意識まで染みこんでいたにちがいない。クラリスタは誇りに思ってくれるだろう。

痩せた男が並木のなかに入ってきて、顔が見えた。

肩から力が抜けた。

ケリー・パーソンだった。大学の花壇で会って以来、顔を見ていなかった。「ああ、ごめん……きみというか、具体的な何かを見ていたわけじゃないんだ。ただ――」

「変質者みたいに、わたしが眠っているそばで、ただ立っていたかっただけ？」

ケリーは笑った。「また誰か死んだわけじゃないってことを確かめたかったんだ」

「わかった。信じるわ」今回もまたケリーの誠実そうな顔で気持ちが落ち着いた。わたしは立ちあがって、ジーンズについた葉を払った。どのくらい眠っていたのだろう？　マツの枝の隙間から翳《かげ》りつつある光がわずかに漏れてくる。

ケリーの目が一メートルほど離れたカバノキにチェーンでつないだままの自転車を見つけた。

「脈があることを確かめてくれてありがとう」わたしはさようならの代わりに言ったつもりだった。

だが、ケリーは自転車に近づいて膝をついた。そして前輪をまわしたが、わたしがやったときと同じく、タイヤが泥よけを擦って止まってしまった。「曲がっちゃったのか。車で送ろうか？」

「ああ、いいえ。だいじょうぶよ。でも、ありがとう」

ケリーは立ちあがり、わたしのジーンズについた草の染みに目をやった。「本当に？　ぼくのホンダには自転車は積めないけど、きみなら乗せられる」

わたしは携帯電話を引っぱりだして、時間を確かめた。父の仕事が終わるまで、まだ一時間ある。ケリーの申し出を受けたら、家に帰って着がえられるから、父に自転車が壊れたことを知られなくてすむ。でも、このひとは何者なんだろう？　よく知らないけれど、彼がミズ・スウェインとジェフリーを殺したのかもしれない。

「信用して」ケリーはウインクした。「ぼくは牧師だから」

その点についてはどうだろう？　カマキリというあだ名は撤回したけど、やっぱり〝祈る《プレイング》〟というところは正しかった（カマキリは英語でプレイング・マンティス。威嚇姿勢が祈るときの格好に似ているから）。だからといって、ケリーを信用する理由にはならない。「迎えにきてくれるひとがいるの。でも、ありがとう」

「わかった。きみが本当にいいのなら……」ケリーは長い脚で車庫まで歩いていった。車庫の扉にはまだ立入禁止のテープが張ってあるだろうか？　警察はケリーに車を取りにいかせてくれるだろうか？

右側で枯れ葉ががさがさいう音がした。

横を見ると、黒っぽい影が従業員用駐車場のほうへ戻っていくところだった。目についたのは動いていくオレンジ色の線だ。

十月の木々は葉がまばらになっており、駐車場の所々が見えた。わたしが立っている場所からだと、ちょうどオレンジ色のトラックだけが見える。これまでに見たことがあれば、覚えているはずだ。誰かが勝手に従業員用の駐車場を使っているのだろうか？　それとも、クラリスタが新しく誰かを雇ったのだろうか？

説明できない不気味な予感がお尻に走り、わたしは足を引きずりながらケリーを追いかけた。林に殺人者が潜んでいる可能性に比べたら、親切な牧師のほうが安全そうだ。

警察は車庫での作業を終え、テープははずされていた。

わたしはホンダの小型車を走らせようとしていたケリーを捕まえて、窓を叩いた。

車で送ってもらおう。

いつでも降りられるように、片手はドアに置いたまま。

数分で、車は橋のまえの交差点で止まった。ケリーの青いシビックは約二十年まえの車だった。うちのホテルに泊まれるだけのお金があるなら、どうしてこんな車に乗っているのだろうか。

だが、ケリー宛の請求書がとても低い金額だったことを思い出した。クーポンか何かを使ったのだろうか？

車内はきれいで、きちんと整った髪やきれいにひげをそっている顔から想像したとおりだった。着ている服は新しくはないが、ボタンダウンのシャツはきちんとアイロンをかけて折り目をつけているし、ジーンズも同じだ。

「あなたは牧師さんなのね？　教会がうちのホテルに泊めてくれたの？」

ケリーは微笑んだ。「きみの考えていることはわかる。ぼくにはお金がありそうもない、なぜ教会は高い宿泊費を払うのだろう、だろ？」

「ええ、まあ」

　バックミラーを見ると、ずっとうしろにオレンジ色の軽トラックがいるのが目に入った。あまりにも目立つので、ほんの少しまえに駐車場で見かけたトラックとちがうとは思えない。

　マリーゴールドやユリの鮮やかなオレンジ色は好きだけれど、あんな色のトラックを運転したいひとなんて、コーンフレークのキャラクター、トニー・ザ・タイガーくらいだろう。

「数年まえに、おじとホテルに泊まったんだ」ケリーは言った。「宿泊代はおじが払った。それで滞在中にいろいろあって、オーナーのミズ・キングが次回のときに使えるクーポンをくれたってわけ」

「彼女がそんなことをするなんて、かなりのことがあったんでしょうね」

「うん、まあね」ケリーは洟をすすり、指でかいた。

　明らかに、これ以上は話したくないようだ。ホテルの批判になるからだろうか？　それとも、個人的にばつの悪いことだからなのか。

「アイヴィー、あやまりたいことがあるんだ。このあいだ会ったときは、自分の問題で精一杯だった」

「ああ、いいのよ。余裕がなくなるのは自分だけじゃないとわかってうれしかったし」

「見ず知らずの人間がこんなことを尋ねたりしないのはわかっているけど、さっき言ったように、ぼくは牧師だし、ぼくたちはこんなふうに不思議な縁がある。つまり、誰かに話したいことがあるなら……」

「ええ、感謝するわ。ありがとう」それで終わらせるつもりだった。こんな行きずりの男に言い訳をする必要はなかったけれど、どういうわけか話したくなった。「あれはただ……誰も世話をしなかったから」

わたしの言葉とは思えなかった。まるでジョージだ。「つまり、みんながあの花壇をほったらかしにしていたから」

「この先はどっち？」橋の終わりに近づき、ケリーが訊いた。

「フレージャー方面へ左に曲がって」

ケリーはハンドルをすばやく切って左にまがり、車は両側にこぢんまりとした店が並ぶ往来をゆっくり進んだ。

バックミラーにトニー・ザ・タイガー色のトラックがふたたび現れ、ひとつうしろの信号を走っている。

偶然とは思えない。わたしたちはアメリカで人気のシリアルのマスコットに追われているのだろうか？

グゥレイトォ！

「自分で考えても、どうして腹が立ったのかわからない。最近少しストレスを感じていて、自分じゃないみたい」

ケリーは首をかしげた。「ぼくのところにも説明できない怒りを覚えるひとが訪ねてくるけど、たいていはそのひとに起きたことか、そのひとが直視したくないことが理由なんだ」

きたきた。ケリーはドクター・ジョンソンのような口ぶりで、自分の過去に対する感情を探らせようとしている。牧師だからって、わたしを治そうとする権利なんてないのに。

わたしはその話題を終わらせた。

沈黙が続き、明らかにひとと話すのが好きそうな様子から、ケリーはホテルのほかの宿泊客からも話を聞きだしているかもしれないと思いついた。わたしが知らない事実を見つけているかもしれない。「ホテルのほかのお客さまたちは、あなたが牧師だって知っているの？」

「ああ、たぶん。お母さんが亡くなったあと、ミスター・スウェインに一緒に祈ってもいいかと訊いたから」

「祈らせてくれた？」

「もちろん」

「驚きだわ」

「うーん、ぼくはそうは思わない。心から祈りたがっているひとは多い。ただ、自分には祈る資格がないと思いこんでいるんだ。あるいは、神は自分の祈りには耳を傾けてくれないと思っているか。誰かがそのひとのために祈りたいと申し出たら、ある意味では自分とはちがって祈る資格があると思っているひとが祈りたいと言ってくれたら、抱えていることに気づいてもいない問題も解決できる」

渋滞が解消されはじめて、ストリンジャーズ・リッジに出るトンネルが見えてきた。その向こうの角をまがればアパートメントで、わたしは痛む身体をソファで休めたくてたまらなかった。

「ジェフリーは罪悪感に苦しんでいたと思う?」

「ぼくらはたいてい苦しんでいる。でも、彼と話したことは言えない。告白の秘密だから」

「そうね——ちょっと待って、あなたはカトリックなの?」

「いまはちがう。でも、カトリックの家で育った」

「亡くなるまえに、ジェフリーのお母さんと話した?」

「いや……彼女は少し……遠慮がちだったから」

「やさしいのね」もっと焚きつけたら何と言うだろう。「本当にそんなふうに思っているの?」

「うーん、彼女は自分のことが見えなくなっているようだった」ケリーは口もとを引き締めて、通気口を調整した。

緊張しているのだろうか? ミズ・スウェインが死んだ夜も見るからに動揺していたし、大学のシェイクスピア庭園にいたときもいら立っていた。ほかのことで頭がいっぱいだったから、ケリー自身がミズ・スウェインかジェフリーを痛めつけたいと思っていた可能性は検討していない。

でも、仮にそう思っていたとしたら、動機は何だろう? わたしが知っているかぎりでは、ミズ・スウェインと以前から関係があったのは息子とローズ・ジューエットだけだ。「ケリー、今週ホテルにチェックインする以前からミズ・スウェインのことは知っていた?」

ケリーは道路を見つめたまま首をふった。そしてトンネルに入ると、ケリーの顔は暗闇に包まれた。

信じたいとは思うけれど、ケリーはすべてを話しているわけじゃない。まわり道したほうが答えを得られるかもしれない。「インディアナ州のどの辺からきたの？」

「ミシガン・シティーだよ」

「そうなの」ミシガン・シティーがシカゴからどのくらいの場所にあるのかわからず、したがってケリーがミズ・スウェインと会っていても不思議がない場所なのかどうかもわからなかった。

「ミシガン湖岸にある」

「ああ、なるほど」それでも、シカゴに近いのかどうかはわからなかった。もう少し地図を見る時間を増やしたほうがよさそうだ。家に着いたら、グーグルで検索しよう。

一分後、アパートメントの駐車場で降ろしてもらうと、わたしはケリーにお礼を言った。オレンジ色のトラックを見てから五分たっていたが、わたしは急いでなかに入った。

ケリーはこの二日間でわたしを車に乗せてくれた三人目のひとだ。自立できていないせいで、いつも困ったことになる。

その一方で、誰にも疑われずに話を聞けた。ヘマルル・サンディープは経済的に苦境に立っているし、ケリーは人助けが好きだが、でしゃばりなことがわかった。

それに、ケリーの車に乗せてもらったおかげで、あのトラックを運転していた人間に危険な目にあわされる展開から救われたのかもしれない。

ひどく疲れていたにもかかわらず、階段をのぼってアパートメントに入っても、厄介な疑問は頭から離れなかった。

わたしをつけてきたのは誰だろう？　なぜ尾行したのだろう？


「いったい、どうしたんだ！」

父はいつもより早く帰っていた。ほとんど叫んでいるような声だったものの、怒ってはいない。父は決して誰とどこにいたのか詮索しないが、その言葉には心配が感じられた。いつだって気がかりなことを隠しているのだ。

わたしはどう説明していいかわからなかった。ホテルで働いていることも打ち明けていないのだからなおさらだ。手短に話すのが最善の策にちがいない。「排水溝に落ちちゃったの」

「どこで？　どうして」

「ブッシュ・アベニューで。大きなトラックがわたしを犠牲にしてもいいと思ったみたい」

わたしはソファへ行こうとしたが、父はわたしを抱きしめると、一歩さがって、わたしをじっくり見た。「どうして電話をしてこなかった」

「わたしをひと目見たら、こんなふうになるからよ」

「家まで車で連れて帰るくらいのことはできた」

「友だちがたまたま建築現場の近くを通りかかって送ってくれたの」これも嘘ではないが、

これ以上の質問を封じる説明だった。

父は唸って、わたしの腕を放した。「ちょっと待った。どこの建築現場だ？」

質問が出た。しくじった。

わたしは足を引きずりながらたどり着き、すりきれたコーデュロイのカバーがかかったソファに重みをかけた。「ブッシュ・アベニューよ。自転車で行ったの……探検しに」

父は険しい顔でわたしをにらみつけ、いら立たしそうに廊下を歩いていった。

「ごめんなさい」わたしはふり向かずに言った。首がまだ痛いのだ。

父は包帯と脱脂綿と――これで父がわたしに腹を立てているのがよくわかったのだが――消毒用のアルコールを持って戻ってきた。おそらく無意識に選んでいるのだろうが、父はわたしが不注意ですりむいたと思っているときだけ、アルコールを使うのだ。「別に、責めているわけじゃない」

父は脱脂綿を濡らして、ひじの切り傷にそっとあてた。「ただ、何かを決めるときにはほかの人間も考えに入れるべきだという話だ」

「いまだって、車に乗りたいときはいつもパパに電話をすることになっているでしょう？」

「そういうことを言っているんじゃないってことは、わかっているはずだ」

キッチンのカウンターに置いたバッグに入っている、わたしの携帯電話が鳴った。前のめりになって取ろうとしたが、父に目で警告され、また身体から力を抜いた。

腕の手当てが終わると、父はきれいなシャツと、膝を攻撃するためのショートパンツを持ってきて、わたしが着がえられるように部屋を出ていった。すでにかさぶたになっていた傷からジーンズを剝がすのは、アルコールで消毒するよりつらい罰だった。

父はわたしの汚れた服を洗濯機に放りこみ、手当てに戻ってきた。

そのあと、父はソファで膝を休めるようにと強く言った。そして、わたしに背を向けてコンロで夕食の準備をはじめたので、わたしは水曜日からジョージに会っていないことを思い出した。

この二日間は猛烈な勢いで町じゅうを走りまわったので、とても長く感じた。きょうだけを思い出してもめちゃくちゃだった――スタッフ会議があり、ジェフリーに脅されたあと、彼が買った土地を見つけ、ジェフリーの遺体が発見された――メッセージを送るだけでは伝えきれないほど、ジョージに話したいことがたくさんあった。たとえ、きょうのとんでもない出来事がジョージには関係なくても、とにかく話したかった。

次々と押し寄せてきて、わたしが埋もれそうになっている危険は残念ながら、すべてジョージと関係があったが。

今夜はすっかりくたびれ果てていたが、それでもどうしてもジョージと会いたかった。

「パパ、夕食のあと出かける予定があるの」

「何だって?」父は牛ひき肉が焼ける音に負けない声で訊いた。

「あとで、ジョージと話したいことがあるの」

「いや、だめだ。しっかり休まないと」

「パパ……」あーあ。これこそ、二十八歳の女が交渉することじゃない。わたしはもう大人なのだから。門限なんていらない。

父は片手でフライ返しを持って、カウンターのはしをふり返った。「話というのは、おまえが自分の部屋が欲しいということなのか……おれはできるだけ……」

「ちがうわ。わかってる。そうじゃない。別に……このまぬけな事故について話したいだけ」

父はフライ返しを置いた。「お気に入りのものを台なしにした、まぬけの事故のことか？」

「自転車はお気に入りなんかじゃないわ。気に入っているのはパパがつくってくれた植木鉢よ」

「それは、どうも」

わたしがうたた寝をしているあいだ、父は市販の夕食セットを手早く仕上げて、ピンクのレンズ豆に似た薬と一緒にトレーに載せて運んできた。

わたしはそのキャンディーを口に放りこんだ。

「その薬は小さいのに効きめがいいな」父は言った。

わたしは胃が引きつった。ユング自身は意思の力だけで神経症からくる失神発作を克服したが、わたしはユングではない。

父は自分の皿を持ってきて、ソファのはしのわたしの足の近くにすわった。

「このあいだ、職場で症状が出たの」

「ほう？　不安症の発作か？　聞いてないぞ」

「ああ、うん。別に〝カッコーの巣〟にしても何にしても逃げだすつもりはないけど、もしかしたらちがう医師にかかったほうがいいかもしれないと思って」

「いいんじゃないか、もちろん」

父は夕食を口にした。「じつは、おれもずっと考えていたことがある」

「へえ？」

「おまえは大学の成績がよかった」

「もう行かないから」

「でも、うまくやっていたじゃないか。たいへんになったからって、あきらめてほしくないんだ」

「たいへんになったからじゃないわ。わたしは障害を抱えているのよ、パパ。授業に出るたびにパニック発作が起こるようになったの」

「わかってるよ、アイヴィー。ちゃんとわかっている。ただ、もっと負担が軽い授業にするとか、方法があるんじゃないかと思ってな」

父の言うとおりだろうか？　きのう大学でラマー教授に会ったとき、無礼な態度をとるまでは、ほめられたのが誇らしかった。ラマー教授もわたしは大学を続けるべきだと考えていた。でも、アパートメントの家賃と大学の授業料の両方を払うほど稼げない。

「そうね、そうかもしれない」家を出ていくことを持ちださずにこの話を終わらせるには、そう答えるしかなかった。

父はテレビをつけたが、わたしにはジョージのことしか考えられなかった。みんなから休めと言われるのはうんざりだ。親友のシェフ人生が破滅寸前だというのに、のんびりなんてしていられない。

わたしは疲れたので、早めに自分の部屋に入ると父に伝えた。タイミングを待って、ジョージに会いにいこう。わたしはベッドで横になり、動機とアリバイで頭をいっぱいにしながら、キッチンで動きまわる父がたてる物音に耳を澄ましていた。

冷蔵庫のドアが開き、カトラリーの引きだしが開いた。コップがぶつかる音がして、キャビネットが閉まった。父というひとを知っていれば——わたしは知っている——ミルクシェークをつくっているのだと察しがつく。

ミキサーが回転すると、クラリスタとデ・ルナ警部がミキサーのボタンに指を置きながら、けたたましく笑っている姿が思い浮かんだ。ミキサーのなかでは、コックコートを着たミニサイズのジョージがガラスの壁に手をついて、刃のなかに落ちないよう踏んばっている。

わたしはその想像を消すかのように、目をつぶった。

父はわたしがこのまま寝ると思っているようだが、週に五日は午前三時まで眠れず、次の日は十時まで寝ている生活であることをわかっていない。

わたしはユングの本を読みながら、父が歯を磨く音がするのを待った。父は眠りが深いし、寝つきもいい。すぐにジョージのもとへ行けるだろう。

12　過去

目を開けると、陽光が部屋に満ちていた。わたしは父が膝に包帯を巻いてくれるまえに着がえた服のままだった。

目覚まし時計を見た。午前八時を過ぎている。しまった！

父がベッドに入るのを待っているうちに寝入ってしまったにちがいない。どれほど疲れていたのか見くびっていた。

起きあがるとすぐに、きのうの事故でどれだけひどい目にあったのかを実感した。頭は痛むし、身体はミスター・フィグの糊のきいた襟みたいにこわばっている。床に足を着いたときには、痛めた膝が文句を言った。

父はキッチンにいた。そしてパンケーキミックスの箱から顔をあげた。「おはよう、スタントマン。まだ、こいつをうまいと思えるかな」

「最高」何とか盛りあがっているふりをしたけれど、頭はずきずきと痛かった。ソファに倒れこむのは悪くないし、午前中は優等生の患者のふりをするのも難しくはない――パンケーキを食べて、ソファでアニメを見ながら父に包帯を換えてもらうのだ。

一日じゅう寝ているのは天国のように思えた。だが、ジョージを思うことで前進できた。いつだってそうだ。

正午になっても身体は痛んだけれど、B級の女優くらいには騙せるつもりだった。ジョージに会って、もっとさまざまなことを調べなければ。残り時間は刻々と減っているのだから。

父はしぶしぶながら出かけることを許し——ただし、ほんの二、三時間だと言っていたけれど——鍵を渡してくれた。「ジョージに会いにいくんだな?」

「そうよ。ありがとう」この週末、父は出勤するのだろうか?「パパは、何か予定があるの?」

「ああ。今夜はランスと出かける。それまでは植木鉢をつくる。色を塗るやつがあるんだ」

色を塗る。色を塗る。

ああ、もう。もう、もう、もう! きょうは土曜日で、ローズのモデルになる約束をしていた日だ。あまりにもいろんなことが起こりすぎて、すっかり忘れていた。ローズはわたしが朝から行くと思っていただろうけど、急げばまだ、ホテルで彼女を捕まえられるかもしれない……もしもジョージに会うのを少しだけ先に延ばせば。

もう行くしかない。ジェフリーが死んだことで、わたしの容疑者リストはひとり減った。ローズが犯人でないとしても、少なくともミズ・スウェインについても、彼女を殺したがっていそうな人物についても話してくれることがあるだろう。

きのう車庫で起こったことを思うと、クラリスタとは顔をあわせたくなかった。土曜日はクラリスタがいつも出勤している日だが、避けることはできる。ハイヒールがホテルの床をコツコツと鳴らす音が、クラリスタが近づいてくることをカウベルのように警告してくれるからだ。

わたしにはローズとどこで会えるのかも、ホテルにいるのかさえもわからなかった。ローズはテラスがお気に入りのようなので、最初に行ってみることにした。

大理石の階段のいちばん上までのぼってみると、いつもすわっている椅子とテーブルは空っぽだった。

だが、温室のひびが入った窓ガラスから、ささやき声が聞こえてきた。

熱帯樹の影のせいで温室は薄暗かったが、木洩れ日のせいでうつむいている頭が見えた。

ケリーだ。

言葉はとぎれとぎれにしか聞こえてこない。

「告白しなさい……全能の神よ……」

ケリーは祈っていた。

「大きな罪を……犯しました」

罪といえば、祈りの言葉を立ち聞きしているのはどのくらい悪いことなのだろうか。とりあえず、ケリーからは見えないはずで、わたしはもう少し近づいた。

「わたしの過失により」ケリーが言った。「わたしの由々しき過失により」

太陽を隠していた雲が動いた。わたしは向こうから見られたくなかった。だが、ケリーの声はこれまで聞いていたものより深く重厚だった。

「わが過ち《メア・クルパ》によりて、わが過ち《メア・クルパ》によりて」ケリーは言葉をくり返すたびに拳で胸を叩いている。その鈍く虚ろな音を聞いていると、まるで自分の肋骨を叩かれているかのようだった。

「わが大いなる過ち《メア・マキシマ・クルパ》なり」

わたしはその言葉に反応して拳を握った。彼はいったい何をしたのだろうか？　なぜ、そんなにも悲しんでいるのだろうか？

考えられることはふたつ。実際に大罪を犯した。あるいは、たんなる祈りの言葉。

もしいまケリーと対峙したら、神のまえと同じように、わたしに告白するだろうか？

温室のドアは反対側にあり、わたしはこっそりモーニングルームを通って、緑が茂る温室に入った。噴水の音が大きいおかげで、タイルを歩く足音を隠してくれる。

わたしの存在に気づいているにしろ、いないにしろ、ケリーは顔に出さずに下を向いたまま目を閉じていた。いつもは投げだすように伸ばしている腕と脚も、それぞれきちんと折りたたみ、腰をおろしているベンチの下に入れている。

わたしは告白の続きを待ったけれど、祈りは無言になった。もしかしたら、近くに誰かがいるのに気づいていることを仄《ほの》めかしているのかもしれない。

わたしは恐れではなく不安で、手を握ったままだった。ケリーはわたしが追っている殺人犯であってほしくなかった。一度ならず助けてもらったのだから。

「アイヴィー」頭上のどこかから呼ぶ声がした。

神さま？　ほんの一瞬だけ考えた。

「上よ」

見あげると、木の枝の隙間から、バルコニーのローズ・ジューエットが見えた。

最高のタイミングだ。わたしはもう一度ケリーを見た。

ケリーは立ちあがり、険しい目でわたしを見た。

その顔には、どこまで祈りを聞かれたのだろうかという疑問が表れていた。

わたしは自分が部屋まで行くと身ぶりで伝え、途中でミシガン・シティーがスウェイン親子の自宅と近いかどうかをグーグルで検索した。

そんな！　ミシガン・シティーはシカゴのすぐ近くで、車でわずか一時間で行ける。たとえ牧師でも、おそらく用事か何かで、風の町シカゴへ行くことはあるだろう。


ビロードの長椅子で優雅に寝そべるポーズをローズに求められることを想像していたとしたら、とんでもないまちがいだった。少しは不便もあるだろうし、多少は肌を見せることさえ覚悟していたが、そんなものではなかった。

わたしは紫色の豪華絢爛なガリアの間には場ちがいのいつもの服装で、地下室から持ってきた三本脚の硬いスツールにすわった。骨盤が硬い木の座面にあたり、足は低すぎて置きづらい横桟に伸ばしている。このポーズは調子がいい日でもつらいだろうが、ほぼ全身が痛い日はまるで地獄のようだった——つらくて、つらくて、たまらない。

いま、わたしは画家に背を向けてすわり、ローズはイーゼルのうしろから、わたしの横顔をじっと見つめている。ビロードの長椅子が似あうのはローズのほうだろう。

とりあえず、ここからは窓の外が眺められ、温室の向こうに目をやれば、裏の芝生にあるプールとノットガーデン（ツゲなどで結び目模様にした装飾庭園）もわずかに見える。それでも、こんなふうにすわっていられるのは三十分が限界で、そのあいだにローズから情報を、運がよければ動機を訊きだせることを願った。

「悪くないわね」ローズは眉根を寄せた。「今度はわたしを見て」

「はい？」

「脚の位置はそのままで、ふり返って、わたしを見て」

これは新手のホラーか何かなの？　わたしはもう少しだけ首をひねり、背骨をよじって、かろうじてローズのほうを向いた。ありがたいことに、いまは写生だけして、あとで仕上げるとローズは言った。

「だめね。あなたの顔に光があたりすぎている。目を細めちゃっているわ。反対側を向いてみて」

ああ、首が痙攣《けいれん》しそう。

自分の家族を拷問好きだと思ったことはなかったけれど、画家や彫刻家が数人いたということは、いまローズがわたしにさせているのと同じようなことを、モデルに要求したこともあったにちがいない。

だが、わたしの知るかぎり、ローズはホテルにいる誰よりも——まだ生きている誰よりもということだけど——ミズ・スウェインを知っていた。だから、ローズからもたらされる情報は拷問される価値がある。

わたしはぜったいに伸ばしたくないような方向に首を伸ばしながら、愛嬌を忘れないように自らに言い聞かせた。このローズと付きあうには愛嬌が必要だ。

ローズは表情をまったく出さない顔で、鉛筆を手にして写生をはじめた。

ミズ・スウェインが死んだ夜、ローズはこんなふうに無表情ではなかった。ジョージが心肺蘇生を試みていたとき、ローズが真っ赤な顔でダイニングルームから出ていったのを覚えている。でも、それ以降は起こったことに無頓着でいるように見える。

どちらの顔が多くを物語るのだろう——感情が出ている顔なのか、それともいまわたしに見せているような冷静でよそよそしい顔なのか？　このふたつの顔の不一致がしっくりこないので、わたしはローズにとってしっくりくるポーズをとるしかないのだ。

ローズは誇り高い女性だ。まちがいない。ローズを疑っていることを口にすることなく、その性格に合わせてふるまえばいい。ローズが本当に犯人で、わたしが知っていることに気づいたとしたら、すぐに探りを入れてくるだろう。彼女を黙らせておく方法はない。

わたしはひねったお腹でできるだけ大きく息を吸った。「月並みな言葉に聞こえるでしょうけど、以前から芸術家ってすばらしいと思っているんです」

「月並みね。わたしたちは別にほかのひとよりすばらしくなんてないわ」ローズはわたしを見ては描き、見ては描きをくり返している。「でも、わたしたちはほかのひとたちにほとんど理解されないかもしれない」

よし。「謎めいているということですか？」

「みんなは謎めいていると思いたいんでしょうけど。でも、ちがう。わたしが言いたいのは、芸術家は知るのも、一緒に暮らすのも、理解するのも難しいということ」

「あなたはずっと誰にも理解されなかったんですか？　わたしくらいの年のときには、どんな女性だったんですか？」

ローズの手が一瞬カンヴァスのうえで止まり、視線が床に向けられたが、口は堅く結んだままで、目もくつろいでいる。「あなたくらいの年齢のとき、わたしはアメリアを知っていた。あなたが言いたいのは、そういうことでしょう？」

ローズは直接的な方法が好みらしい。

「ジェフリーの部屋で見つかってしまったとき、あなたはミズ・スウェインをご存じのような口ぶりでした。それに、ミズ・スウェインを名前で呼ぶのはあなただけです」

「だから？」

「最初の夜、あなたたちは言い争いをしていました」わたしは言った。

「たいしたことじゃないわ。戦うのをやめて埋めておいたはずの武器につまずいただけ」

「若い頃、あなた方が同じ学校に通っていたことは知っています」

「もうけっこう」ローズが大声で言った。

「ミズ・スウェインを殺したがっていたひとを見つけるつもりです」

「知っているわ」

「ですから、ミズ・スウェインについて知っていることを話して、真相にたどり着けるよう助けてください」

「あなたの助けになるようなことなんて、何も知らないの」

わたしは膝を回転させて、ローズのほうを向いた。「もしかしたら、何も知らないかもしれないけど――」

「身体をもとに戻して」

「――何も話してくれないなら――」

「あっちを向いて」

「――あなたと被害者に接点があったことを警察に話します。こうして話しているあいだにも、警察は容疑者を絞っているはずです」あちらこちらに小さな嘘を混ぜるのは、肥料をやるようなものだ。

ローズはイーゼルの横桟に鉛筆を叩きつけるように置き、鼻から息をすばやく吐きだした。

「じっとすわっているなら、知っていることを話すわ」

わたしはうなずき、膝をベッドのほうへ戻し、顔がにやけるのを何とかこらえてから、ローズの顔のほうを向いた。「ふたりの出会いから話してください」

ローズはふたたび鉛筆を取り、腕を何度か大きく動かした。「もちろん、学校でよ」

「友だちだったんですか？」

「アイヴィー、あなたは私立校に通っていた？」ローズは写生を続けた。

「いいえ」配管工の娘のわたしが、私立校だなんて。父が聞いたら、管の継ぎ目を裂いてしまうにちがいない。

「うちの学校は競争することを勧めていたの。女の子って一番になれるなら、友だちにさえ、憎たらしいことができるのよ」

「あなたは公立校へ行ったことがないんですね」

ローズは顔をしかめた。「アメリアは友だちだったけど、好みが似ていたから、いつも同じものを追っていた」

「たとえば？」

「ああ、成績とか……全部よ」

「男の子も？」

「そうね」

「誰か特別なひとがいた？」

「いいえ」

「それじゃあ、大きなけんかはなかったんですか？　セリーナとヴィーナスみたいなのは？」

「何と何ですって？」

「ウッディとバスとか？　それより、ハートフィールド家とマッコイ家に近かった？」

「ええ、ライバルってことね。それはもう言ったでしょ」

ライバル。男をめぐるライバルで、アメリアが勝った？　でも、それが殺人の理由になるだろうか？　嫉妬が行き着くところまで行くのに、どうして何十年も待ったのだろう？

　わたしは作戦を変えた。「ご結婚は？」

　返事はない。

「アメリアはしましたよね」

　ローズの表情は変わらなかったが、ひじを脇に寄せた。「あなたも結婚していないでしょ」

　話をそらしたわね。「わたしはまだ二十八歳ですから。もちろん、本当に一九一一年だったら、オールドミスでしょうけど」

「あなたが言いたいことはわかっているけど、わたしは男を盗られたからって女を殺したりしない。ばかばかしい」

「でも、あなたはミズ・スウェインが亡くなったことに動揺していないように見えますけど」

「もちろん、動揺しているわ。誰であっても亡くなるところを目にしたら衝撃を受けるでしょう。たとえ、よい感情を抱いていない者どうしだとしても」

「このホテルにミズ・スウェインを憎んでいたひとはほかにいますか？」ここでまたナイトテーブルに置いてあった、詩が書かれた紙を思い出した。「あるいは、ミズ・スウェインを愛していたひととか？」

「ジェフリー以外では知らないわ」ローズはカンヴァスから目を離さずに答えた。

質問が底を突き、足の感覚もなくなってきた。わたしはスツールの横桟から足をあげてふった。

わたしの質問はローズの気持ちをほぐさず、けんか腰にさせてしまった。それでますます、わたしはローズを疑った。

ドアをノックする音が聞こえたが、わたしは無視した。

わたしはローズに食いさがった。「いらいらしているようですね。どうしてですか？　何を怖がっているのですか？」

「自分の気持ちをわたしに押しつけないで」

「わたしは——」

またノックの音が響いたが、今度はもっと大きくしつこかった。ローズは鉛筆をイーゼルに置き、ドアまで行って開けた。「何の用？」

「おじゃまいたしまして申し訳ありません」

姿は見えなかったが、ミスター・フィグの朗々たる声はまちがえようがない。

「モデルになってもらっていたのよ」ローズはドアをもう少し大きく開けて、部屋に入るようミスター・フィグに身ぶりで示した。

隠れる時間はない。

ミスター・フィグはわたしの姿が見えるところまで入ってきた。

わたしは遠慮がちにミスター・フィグを見た。

ミスター・フィグはわたしのほうを見ても態度を変えず、ローズに話しかけた。「今夜のディナーは七時にダイニングルームでご用意いたします。予約は必要ありません」

ディナー？　今夜？　ジョージが戻ったの？　彼からは連絡がないけれど。

「あら、そう。わかったわ。ありがとう。何が出るのかしら。甲殻類は出ないわよね」

ミスター・フィグはむせたかのような音を発した。「はい。シェフはチキン・コルドンブルーを準備していると思います」

チキン・コルドンブルー？　ぜんぜんジョージらしくない。

ローズは礼を言い、ミスター・フィグが通れるようにドアを押さえた。

ミスター・フィグは歩きかけて立ち止まった。「あと、もうひとつ」

「何かしら？」

ミスター・フィグはわたしを見てから、上着のなかから封筒を取りだしてローズに渡した。

「こちらはお客さまに宛てたものだと」

ローズは封筒を見おろした。住所はなく、ファーストネームしか書いてない。「どこにあったの？」

「ミスター・スウェインのお部屋で見つかりました」

ジェフリーはローズに宛てた手紙を残していたのだ。ローズはジェフリーが母親を排除したがっていると信じるに足る理由をわたしに教え、彼が犯人であるかのように見せかけた。それなのに、ジェフリーの部屋の外で親しげに会話を交わし、今度はラブレター？　わけがわからない。

ローズが封筒を手にしたまま立ち尽くしていると、ミスター・フィグは部屋を出てドアを閉めた。

「すべては――」

「もう帰っていいわ」ローズは手をふって、わたしを追いだした。

その断固たる口調からは異議を唱える余地がないことが伝わってきた。わたしはこんなにも早く帰されることに腹を立てる一方で、背筋を伸ばすことができ、脚に感覚が戻っていることを心からありがたく思いながら、スツールから飛びおりた。

ドアを閉めるまえに、ローズがベッドにすわり、封筒を開けているのが見えた。中身がどんなものであれ、とても重要なものにちがいない。

ローズに対する尋問が失速したことで、わたしは厨房に目を向けた。ジョージが戻ったのなら、ミスター・フィグはわたしに教えてくれたはずだ。もう代わりのシェフが見つかったのだろうか？　この目で確かめなければ。

わたしはいつものように事務室から入るつもりだったが、フロントデスクにはドイルがいて、門を守っていた。ドイルはこちらに背中を向けていた。正確に言えば、尻だ。フロントデスクに身を乗りだして、電話で話しているのだ。仕事の電話ではなさそうだ。「いや、すごいじゃないか。ぼくはもっと少ない人数でやったことがあるから。子どもは何人？」

遠まわりして、ダイニングルームから入らないと。

厨房の扉を開けると、創造力のかけらもなく、風味さえも感じない月並みなキャセロール料理のにおいが漂ってきた。コンロのそばのジョージがいるべき場所に、コックコートを着た大柄な男が立っていた。

わたしは悪意のこもった目で男を見た。「あなたは？」

男はわたしの声にびっくりしたかのようにフライ返しを落とし、染みだらけのコックコートのまえに、新たな染みを加えた。「やあ、今夜から働いているスクーターだ」

わたしはスクーターがかきまぜているものが、せめておいしそうに見えるかどうかを確かめるために、もう少し近づいた。わたしに言えるのは、すごく茶色いということだけだ。

「クラリスタに雇われたんですか？」

「わたしが理解している限りでは、購入選択権付きレンタルみたいなものかな。わたしの言っていることが伝わるなら」

臨時雇いだけれど、正規雇用の可能性もあるということか。そんなことにはならないけど。わたしが調査するかぎり、あり得ない。「ミスター・フィグを見かけた？」

「ああ。あそこだ」スクーターはモーニングルームのほうをあごでしゃくった。

すべてがジョージと正反対で、わたしはすでにスクーターが嫌いになった。「よかった。

ありがとう」

クラリスタは難しい選択をしなければならなかったし、望んでその立場に立たされたわけでもない。それでもジョージの厨房にほかのシェフを立たせるのは裏切りのように思えた。

わたしはモーニンググルームへ行きかけたが足を止め、殺人犯の目的はミズ・スウェインではなくてジョージだったのではないかとまた思った。犯人がジョージを無能に見せるために、ミズ・スウェインに毒を盛る方法を見つけたのだとしたら？　もしかしたら、犯人はミズ・スウェインを殺すつもりさえなかったのかもしれない。

「スクーター、この仕事はどうやって見つけたの？」

スクーターはかき混ぜている代物にコショウをひとつかみ投げこんだ。「ネットで見たんだ」

「なるほど。ジョージがどうしたのかは聞いた？」

「ジョージって？」スクーターが顔をあげた。

「前任のシェフ」

「いや、聞いていない。代わりのシェフが必要だとしか言っていなかったから。まえのシェフはどうしたのか、支配人に訊いてみたら？」

ふーむ。この男は本当に何も知らないし、次々と質問しても動じない。おまけに、もうひとつ。「スクーター、あなたのシェフとしての目標は？　成功者になること？」

「そんなこと、誰にわかる？　ここでうまくいかなかったら〈ビーンハウス〉をやっている友だちのところで働けることになっているんだ」

「いいわね」〈ビーンハウス〉はダウンタウンの汚い地区にある安料理屋だ。この〝シェフ〟には五年計画もなければ、ましてやよい仕事に就くために刑務所に入る危険を冒すほどの野心もない。

わたしはスクーターのそばを離れて、ミスター・フィグを探しはじめた。モーニングルームにはいなかったので、ロビーにつながっているドアから出たが、階段をまわりこんだとき、何かを思い出しそうになって立ち止まった。

何かがおかしい。でも、それが何なのかわからなかった。

一階のどこにもミスター・フィグはいなかったので、わたしは階段をおりてみた。執事兼支配人の特権のひとつは、スタッフでただひとり車庫に駐車するのを許されていることで、ミスター・フィグはその特権を堪能していた。

ミスター・フィグの車がまだ車庫にあるかどうか確かめると同時に、どの宿泊客（と書いて、容疑者と読む）がまだホテルにいるのかわかる。

どんな車に乗り、どんな停め方をするかで、その人物について多くのことがわかる。デュプレ家の傷ひとつないミニバンはどちらの区画線からも等間隔で停めている（完璧主義者）。ミスター・サンディープの黒のアウディはホイールが光っている（目立ちたがり屋）。そしてミスター・ウルストンは埃だらけの古いフォードをいちばんはしに停め、隣の車のドアに傷つけられる可能性を片側だけにしている（偏執症）。

牧師のケリーの古いシビックはなく、当然ながらジェフリー・スウェインが借りたメルセデスは警察のどこかに保管されている。

白のプリウスの持ち主は知らないが、かなり危険な行動をしている。

ミスター・フィグが私生活について仕事中に話したことがひとつだけある。ミスター・フィグには妻がいるが、彼女については口にしたことがない。

ミスター・フィグが唯一愛情を注いでいるのが、極上の状態を保っているマークⅡセダン六三年型だ。プリウスは危険なほどジャガーの近くに停めている。

「マークⅡ」と呼んで話をするとき、ミスター・フィグの目には崇拝の念がこもり、巡礼者でも距離を置きそうなほどだが、彼はモロー家について話すときも、同じ目をする。

ミスター・フィグを見つけたら、警告しておこう。

きのうジェフリーの車が停まっていた場所はまだ空っぽで、車庫の反対側から眺めると、エンジンオイルなのか、警察が作業したあとなのか、コンクリートに染みがついているのが見えた。

わたしはミスター・フィグがこの手のことに使っているネコ用トイレの吸湿剤を取ってきて少しかけた。すると吸湿剤をかけたところから数センチ離れた場所に、緑色の小さなチューブが落ちていた。駐車場をミスター・フィグの基準に近づけるために、それをひろった。見た覚えのある弾力のあるチューブで、真ん中が切れていたけれど、どこから落ちたものかわからない。

「表？　それとも裏？」

胃が絞めつけられ、声がしたほうをふり向いた。

緑色のチェックのシャツを着たオーウェンが、廊下へつながるアーチ形の戸口から手をふっていた。

「もう、やだ！」わたしは緑色の小さなチューブをポケットに入れて笑いかけ、オーウェンに近づいた――胃が口から飛び出しそうになったばかりにしては、かなり自信たっぷりに。

「びっくりさせないで」

「ああ、ごめん」オーウェンもこちらに近づいてきて、わたしたちはデュプレ家の茶色のミニバンの近くで会った。恋の誘いを思い出す場所としてはとてもロマンティックだ。

オーウェンは泥がこびりついた作業用の長靴の爪先を持ちあげた。「これをはいていると、こっそり近づけるって考えることに慣れていないんだ」

「わたしがぼんやりしていたからね。きょうは配達？」

オーウェンは顔をしかめて首をかしげた。「ああ、クラリスタに呼ばれたんだけど……ということは、ジョージが厄介なことになってるってことかな」

わたしはオーウェンのうしろのペンキが塗られた石壁を見つめながらうなずいた。もし何らかの言葉を発したら、オーウェンの目に同情の色が浮かんでいるのを見てしまったら、感情を抑えきれなくなりそうだけれど、オーウェンにはまだそんな弱いところは見せられない。

彼にはわたしは強いと——いいえ、無敵だと思われたいから。

「話さなくてもいい」

「ありがとう」地下室がこんなに静かなことに初めて気がついた。

「きょうは休み？　コーヒーでもどうだい？」

頭のてっぺんがぞくぞくして、わたしは微笑んだ。やっぱり、何かありそう。だが、ジョージや心にのしかかっている数々の疑問のことを考えると、デートする気にはならなかった。

「行きたいけど、やらなきゃいけないことがあるから。でも、もしかしたら……」いつならいい？

いつになったらデートする気になれるだろう？　月曜日までは殺人事件の陰にある真実を明らかにするために一秒たりとも無駄にできず、月曜日になったら、よくても疲れきっていて、悪ければ呆然としているだろう。「火曜日とか、どう？」

オーウェンの笑顔が消えた。「わかった」

「ちがうの、嘘じゃないのよ。いまは毎日がめちゃくちゃなの。電話番号を教えて。メッセージを送るわ」わたしはかばんから携帯電話を取りだし、オーウェンに近づいて携帯電話を渡した。

オーウェンは両手の親指を使って、画面を操作した。「きみは夜番だろう？」

「ええ。予定をあわせるのが難しいけど……いろんな約束の」

オーウェンが携帯電話を返してよこすと、わたしは意識して彼の指先に触れた。

「それじゃあ、火曜日に」オーウェンは背を向けて、廊下を歩いていった。

わたしは紛れもない希望をもって、オーウェンが去っていく姿を見つめていた。ここ数日、ジョージとホテルに起きるかもしれないことへの不安につきまとわれていたので、たとえ最悪の事態になろうとも、前進しつづける理由はあると思い出させてくれるのはとてもよかった。

わたしは地下の廊下と更衣室も探したけれど、働き者の支配人は見つからなかった。まだ見ていないのはシアターだけだ。


わずか二十席の黄昏《たそがれ》色をしたフラシ天の座席が面しているのは、ぼんやりとした明かりに照らされた部屋のはしにあるミッドナイトブルーのカーテンで、そのカーテンは舞台の背景幕があった場所にクラリスタが導入した現代的な映画のスクリーンを隠している。そのカーテンのうえでは、アポロが竪琴を奏で、太鼓やフルートを持った九人のムーサが踊っている。この新古典主義の浮彫細工は、コペンハーゲンのトーヴァルセン美術館にある十九世紀のオリジナルのコピーだ。このホテルに勤めはじめた最初の週に、わたしはその詳細を残らず覚えなければならなかった。映画を上映するまえに宿泊客たちに挨拶することがよくあるからだ。

わきの通路のなかほどで、ミスター・フィグは象牙の突き出し型電灯の電球を換えていた。

わたしはだらりと下げた指でビロードのひじ掛けをなでながら、ミスター・フィグに近づいた。

「やあ、ミス・ニコルズ。肖像画モデルの世界で衝撃的なデビューを果たすはずだったのに、じゃまをして申し訳なかった」ミスター・フィグは電球から目を離さずに言った。

わたしはにやりとした。「あれは浮彫細工用だったんです。家で休養すべきだったと思っているのでしょうけど、何日かまえに約束していたので」

いつもは言い訳はしないたちだが、ミスター・フィグのことは尊敬していた。

ミスター・フィグは電球に象牙の笠をかぶせて、わたしのほうを向いた。「ミスター・アンゲレスクの不在はわたしたち全員に影響を及ぼしているが、いちばん重くのしかかっているのがきみだ」

「ジョージが心配なんです」

ミスター・フィグはうなずいた。

「どうしてちがうシェフが厨房にいるんですか？」

ミスター・フィグは布を敷いておいた隣の座席から、使用済みの電球とドライバーを取った。「シェフを雇うことを強く主張したのはミズ・キングだが、正しい行動だ。お客さまには食事が必要だ。そのまま厨房を閉めておくことはできない」

わたしは腹が立ち、鼻から息を吐きだした。ミスター・フィグには反論できない。

ミスター・フィグは汚れを防止するための布を丸めて、上着のなかへしまった。「そうだ、通路のことを話すと約束していたね……」

「ああ……」いろいろなことが起きたので、木曜日の夜に勤務シフトを追加して引き受けたときに取り決めたことを忘れていた。「ええ、お願いします」

「食品貯蔵室までこられるかい？」

もちろん。わたしは殺人犯が厨房に忍び込んだ方法に一歩近づけることを願った。

エレベーターの線状細工が施された金色の扉が閉まって地下へおりていくと、わたしは息を止めていたことに気がついた。残された時間はあまりない。この時点で秘密の通路を見つけられたとしても、殺人犯が利用したのかどうかがわかるまで、どのくらいかかるのだろう？

ミスター・フィグはベストのポケットから鎖につながった小さなキーリングを引っぱりだし、これまで存在さえ気づかなかったエレベーターの壁にある戸棚の鍵を開けた。戸棚には鍵がぶら下がった小さなフックが二列並んでおり、フロントデスクにあるルームキーのパネルの小型版だ。ミスター・フィグはわたしを見ると、鍵をひとつ取りだして、また戸棚の鍵をかけた。

あそこにあった残りの鍵はどこのものなのだろう？　このホテルにはいったいいくつの秘密が隠されているの？　わたしはミスター・フィグがこの建物に対して育んできた所有者としての意識に感嘆した。だからこそ、この建物について偏執的なほどの知識があるのだろう。クラリスタより建物に詳しいのはまちがいないけれど、どうやって知ったのだろう？　わたしはこの屋敷との関わりを隠しているが、ミスター・フィグもそうにちがいない。「どうして、ここに鍵を隠しているんですか？」

「わたしはトナカイではないからね。歩いているときに、ずっとじゃらじゃら鳴っているなんて辛抱できない」

とりあえず、それも理由のひとつではあるのだろう。

エレベーターの扉が開き、わたしはミスター・フィグのあとから地下の廊下におりた。そして従業員用更衣室の向かいの〝倉庫〟と記されたドアのまえで足を止めた。がたついた椅子や上階では使えなくなった古い敷物などが詰まっている部屋だと思い、ずっと気にすることがなかったドアだ。

ミスター・フィグはエレベーターから取ってきた鍵で倉庫を開けた。

脈拍が速くなってきた。ついに、ふたつ目の秘密の通路を見られるのだ。

ミスター・フィグは電灯をつけ、わたしが入れるようにドアを押さえた。「さあ、早く」

窓のない部屋を裸電球が照らしていた。真ん中には何も置いてない長テーブル、壁には業務用のスチール製の棚が並んでいる。

ミスター・フィグはドアに鍵をかけると、緑色の金属の箱がきちんと収まっている、奥の壁に並んだ棚のほうへまっすぐ歩いていった。

緑色の箱の大半には経年で茶色くなった紙にローマ数字がタイプされたラベルが貼ってある。ミスター・フィグの正面にある箱には、MCMX-MCMXIXとある。

つまり、一九一〇年から一九一九年まで。高祖父がローマ数字に魅了されていたということは、ローマ数字がこのホテルで働く者すべての日常の一部になることだと理解するとすぐに、ローマ数字を勉強し直したのだ。階数の表示、エレベーターの数字――数字が必要な場所ならどこでもローマ数字が使われている。「この分別された書類は何ですか？」

「こういうものだ」

ミスター・フィグは箱をひとつ引きだして、まえのテーブルに置いた。短い側を部屋に向けてあったせいで、棚に並んでいたときよりずいぶん長かった。

「意味がわからない。通路はどこにあるんですか？」

「まあ、待ちなさい」ミスター・フィグはいったん言葉を切ると、両手を箱のふたに置き、厳粛な面持ちでまた口を開いた。「わたしはずっとホテルで働いていたわけではない」

「当然です。あなたは若くないもの」

ミスター・フィグは微笑み、身動きせずに立っている。「わたしが言っているのは、わたしがここで働きはじめたとき、この建物はホテルではなかったということだよ」

ミスター・フィグはわたしが考えていたことを言っているのだろうか？　わたしはあえて口をはさまなかった。指一本動かさなかった。

ミスター・フィグは箱のふたを開けて、きちんと綴じられた特大の紙束を取りだした。紙束の黒い表紙には、屋敷の輪郭が金色で華々しく浮きあがっている。「ここは家だった」

ミスター・フィグがまるで大型本のように紙束の表紙をそっと開くと、最初のページには建築家が描いた屋敷の完成見取図が載っていた。

家だ。背骨の根元がぞくぞくした。この建物を家と呼ぶ家族はひとつだけ。母の家族――そして、わたしの家族でもある。「モロー家で働いていたんですか？　ここが個人の住まいだったときに？」

「ああ」

「本当に、モロー家に仕えていたの？」モロー家についてよく知っているのは当然だ。「執事として？」

「いや。最初は従僕として勤め、その後ミスター・ホルテンシウスの従者になった。わたしが執事になるのに十分な経験を積んだ頃には――」ミスター・フィグは咳ばらいをした。「モロー家はこの屋敷を出ていかなければならなかった」

ホルテンシウスはわたしの祖父だ。「ホルテンシウスが屋敷をチャタヌーガ市に売ったんですよね？」

「ただでやったようなものだった。屋敷には第二抵当が付いていて、修繕が必要だった。チャタヌーガ市は屋敷を博物館にするつもりだったが、修繕にかかる費用を調達できなかった」

「それでクラリスタが買い取るまで、建物は荒れ、草木が生い茂ったというわけね」

「そのとおり。そんな状態の屋敷を見て、わたしは胸が張り裂けそうだった。資金さえあれば、わたしが買っただろう」

頭上の裸電球の明かりがちかちかと揺れた。

「それじゃあ、これは——この建物の原形の図面？」

ミスター・フィグはうなずいた。

「クラリスタはあなたがモロー家で働いていたことを知っているんですか？」

「いや。きみもミズ・キングには言わないでほしい。ミズ・キングはこの屋敷に個人的な思い入れがある。ホテルで働く人間が自分よりこの屋敷と強く結びついていると知ったら、おもしろくないだろう」

ミスター・フィグと屋敷のつながりで気分を害するなら、モロー家の子孫が自分の下で働いていると知ったら、クラリスタはまちがいなく動揺するだろう。だが、そのことを気にしている暇はない。わたしは建築家が描いた見取図に引きよせられた。

わざとらしい空を背景にして、屋敷は荘厳な輝きを放っていた。遠近画法で描かれているせいで、わたしは正面の芝生にいるヘビになったような気分だった。

ミスター・フィグの案内を聞いているおかげで、事実については知っていた。正面には形も大きさもさまざまな二十一個の窓が広がり、屋敷のてっぺんではガラスのドーム天井が光を反射している。屋根の外郭からは優雅な庇《ひさし》が突きでて、正面玄関と、屋敷に到着した車や馬車を雨から守っている。正面の両開きの扉のうえには上階があり、半月のような窓の両脇にはふたつの浮彫細工が施されている——旅人の神メルクリウスと、戦車に乗ったアポロだ。

喉の奥が疼《うず》き、唇が震えた。高祖父母が触れて以来、この紙に触れたひとはほとんどいないのだろう。

ミスター・フィグは続けた。「ミスター・マードックはご自身が亡くなるまえに、この図面が盗まれて売り払われないよう処分するようにとお命じになった。この屋敷を唯一のものにしたかったのだ。わたしたちは反抗的だったご子息のミスター・ブランダスが、お父上の願いに逆らって、とりあえず図面を保管しておいたことに感謝しなければ。その理由はわたしでさえ知らないが」

わたしが父に秘密にしていることも、わたしがついた嘘も、数世代後の誰かには理解できないだろうと思うと、ブランダスにも彼なりの理由があったにちがいない。

「一階から三階、そして地下室も、それぞれ別のページに描かれている。これが一階だ」ミスター・フィグは図面の二枚目をめくると、しみの浮きでた手で、まるで女王のケープであるかのように、薄くて古い紙をなでた。

「いまは拡張して化粧室となっている場所の裏にあるコート用クローゼットからはじまってロビーまで続いている通路は、点線とイタリックのVという文字で記されている。ここだ」ミスター・フィグはひとさし指で、シアターの裏の空間を指した。

「Vというのはローマ数字の五？」

「いや、ウィア（via）のVだ」

わたしのラテン語の知識は一般的な言葉と心理学用語に限られているが、〝ウィア〟は知っている。道。通路だ。

「さて、これからが巧妙な部分になる。この部分、モーニングルームの外側の壁に沿っている部分があるだろう？　ほかの通路と同じように点線になっているが、見分けるためのVの字がない。あるいは、年月とともに文字が消えたのかもしれないが。同じことがほかの言葉でもいくつか見受けられるから。ほら、ここと　ここ」ミスター・フィグはひとさし指のつるつるとした短い爪で、やはり不明瞭になっている温室と図書室の表示を指した。

「ということは、実際には何もないかもしれない」

「もしかしたら」ミスター・フィグはゆっくりうなずいた。「だが、建築家にスペースを無駄にさせるのはミスター・マードックらしくない。ホテル用に変えた部屋だって、すべて存在する理由があった――ほうき入れ、ご婦人用の私室、控えの間……」

「つまり、図面から考えると、通路はモーニングルームの近くからはじまって、いまはダイニングルームになっているあたりで終わっている可能性が高い」厨房を過ぎたあたりだ。

「そう見える。ただし残念ながら、通路の出口の場所はまだ確認できていない」ミスター・フィグは図面の表紙をゆっくり閉じて、箱にしまった。「改築中に壊されたのかもしれない」

「マードックが図面を処分したがったのは、その通路が理由ということはあるかしら」

「わたしも同じことを考えていた」ミスター・フィグは箱を既定の場所に戻した。

「でも、ほかにもあるのでしょう？　つまり、その通路は――」

「ミス・ニコルズ、話をさえぎるのは無礼だが、〝時は飛ぶ《テンプス・フギト》〟シフトの交替時刻だから、上に戻らなければ」ミスター・フィグはドアまで行って明かりを消し、わたしがついてくるのを待った。

「わかりました。そのことは訊きません。でも、またシフトを増やしてほしくなったら、そのときは洗いざらい打ち明ける覚悟をしてくださいね」

階段まで着くと、ミスター・フィグはのぼりはじめた。

わたしは脚が痛かったので、エレベーターがくるまで待つつもりだった。それに下りるときはエレベーターを使ったのだから、今回だけはミスター・フィグに許可されていると思ったのだ。

「ああ、ミスター・フィグ」わたしはプリウスの件を思い出した。

ミスター・フィグはふり返って、わたしの顔を探った。

「一度、車庫を点検したほうがいいと思いますよ」わたしははっきりとウインクをした。

エレベーターが一階に着くと、わたしはまだ欠けているピースについて考えた——秘密の通路の入口に関する手がかりで、それはミスター・フィグも探してみたが、まだ見つからないという。それでもパズルのピースをまたひとつ見つけられたことを誇りに思ったし、生身のモロー家の人間と実際に会って話したことのあるひとを知ったことで、また家族に近づけた気がした。

そしてエレベーターから降りたとき、初めてミスター・フィグに何も訊かれていないことに気がついた。どうして、わたしがそんなに屋敷を気にかけるのか、ミスター・フィグは疑問に思わないのだろうか？

13　苦労と苦難

新たな見識を得たことで高揚し、いまやクラリスタと顔をあわせることも心配していなかった。クラリスタにできるのは、またわたしを家に帰すことだけだ。

あるいは、駐車場での激情を理由に解雇するか。クラリスタがその気なら、いま現実と向きあったほうがいい。

エレベーターから降りてモーニングルームの外側のロビーに出ると、きょうの午後になって二度目だが、明白な感覚に襲われた――この場所の何かがおかしい。わたしはモーニングルームのなかで立ち止まり、あたりを見まわした。

朝食用の小さなテーブルが七台、各テーブル四脚ずつの椅子、白いテーブルクロス、バラが生けられた花瓶、皿、銀食器。何も場ちがいなものはない。

でも、何かおかしいという感覚はふり払えなかった。エレベーターに戻り、もう一度ゆっくり歩いてみた。

見つけた。階段の横の一脚テーブルだ。いつもは小さな壺が載っている。黒地に黄褐色のギリシア文字が並んでいる壺だ。何という様式なのかも、どのくらい古いのかも知らないけれど、アンティークだ。貴重な品だ。

そして、いまはない。

きのうのスタッフ会議のあと、わたしは壺のなかに手を入れた。ヘマル・サンディープがとても熱心に見ていたからだ。

わたしは空っぽのテーブルを見て、頭を回転させた。

ヘマルは経済的に困窮している。そしていま、貴重なものがなくなった。

わたしは頭がひとつの推論から別の推論に飛びつくのを止めようとした。ミスター・フィグが手入れをするために、花瓶を持っていった可能性もある。

あるいは、わたしがいないときに、花瓶を倒して割ってしまったのかも。

だが、ヘマルが開発している土地はジェフリーの敷地と同じ道路沿いにある。利益を出すために、ヘマルはもっと多くの区画を売る必要があった。同じ道沿いに豚肉工場の建設予定があるという噂が広がったら、ヘマルの事業はぜったいに成功しないだろう。

ヘマルには家を与えて食べさせなければならない子どもたちがいる。アトランタの私立学校は決して安くないだろう。

分別のある男は家族を飢えから守るために、どこまでやるのだろう？　たとえば金を支払うなど、最初はほかの方法でスウェイン親子を止めようとしていたのだとしたら？

ヘマルが破産しそうになった理由になるかもしれない。

ミズ・スウェインがジェフリーの買った土地に工場を建てないと決めた理由にも。

だが、ジェフリーは土地を利用しようとしていた。お金は取られたのに、どちらにしても工場建設は進めるつもりらしいと知ったら、ヘマルはどうしただろうか？

空っぽの預金通帳を見つめている男なら、捨てばちになるかもしれない。

あたってほしくない。ヘマルは本当に気立てがいいひとに見えた。だが、不動産にとって立地が最も重要であることは、広く知られている事実だ。

証拠にはならないが、動機にはなる。ヘマルには犯行の機会もあったのだろうか？

失われた通路についてこれ以上わからないとなると、ジョージが料理をつくっているか皿に盛りつけているあいだに殺人犯が厨房に忍び込んだのなら、ジョージが見ているはずだという結論になる。だが、ディナーでミズ・スウェインの隣にすわっていた人物なら、彼女の料理に何かを入れる機会はあったはずだ。

テレンスならあの夜に宿泊客がすわっていた場所を覚えているかもしれないし、いまならダイニングルームでテーブルの準備をしているだろう。

わたしはダイニングルームへ急いだ。

テレンスは途中まで準備が終わったテーブルにすわり、まるで食ってやると脅されたかのように、皿やナイフなどを見つめていた。

すぐに答えが欲しかったけれど、テレンスはときどき訪れる微妙な気分でいるようだった。急かすことはできない。わたしは椅子を引っぱり、腰をおろして痛む脚を休めた。「まいっちゃった？」

「ああ、うん――」テレンスは唇をかんだ。「――ジョージがいないのに、今夜のディナーはどうなるんだろうと思って」

「なるほど」正直に言えば、ディナーがうまくいくよう応援するつもりはなかった。テレンスに本音を言うことはできないので、せめて質問をして不安から気持ちをそらしてあげることにした。「ねえ、ミズ・スウェインが亡くなった夜のことを覚えているでしょう……」

「ああ」テレンスは片手でテーブルクロスをつかんだ。

いやだ、わたしの質問は気持ちをそらすより、さらに悩ませてしまったのかもしれない。でも、先に進めるしかない。「テレンス、ミズ・スウェインの隣に誰がすわっていたかわかる？」

「ミズ・スウェインの隣？」

「そう。ミズ・スウェインの料理に近づけたひとを探っているの」

「ジョージとぼくだ。でも、誰がミズ・スウェインの隣にすわっていたのかはわからない。ごめんよ」

「ミスター・サンディープはどう？　彼がすわっていた場所を覚えていない？」

テレンスは真っ青でいまにも吐きそうな顔で首をふった。そしてまもなく、テーブルクロスを放して立ちあがった。「ミスター・フィグを見つけなきゃ」

「わかった。協力してくれてありがとう」テレンスが去っていくと、わたしは椅子に頭をもたれかけた。取り乱していなければ、あとで何か思い出してくれるかもしれない。

足もとのほうから息をする音がする。いいえ、ちがう。ただ息をしているんじゃない――泣いているのだ。

わたしはテーブルクロスをめくって、その陰をのぞきこんだ。

子どもがいた。デュプレ家の女の子で、いつもより服装が乱れ、場ちがいな雰囲気だ。髪を結っているリボンはほどけて肩まで垂れさがり、ドレスはしわくちゃで、膝を抱えている。

女の子はわたしの顔を見ると、腕に顔をうずめた。

「ごめんね。驚かせるつもりはなかったの」わたしは言った。

女の子はしゃくりあげ、小さなくぐもった声で言った。「怖いの。死んじゃうような気がして」

わたしはテーブルの下に入って、女の子の隣であぐらをかいた。

彼女がどうしてこの場所を選んだのかわかった。ここは静かでこぢんまりとしている。

「そばにいてほしい？」

女の子はうなずいたが、まだ胸と膝のあいだに顔をうずめたままだ。呼吸は速くて浅い。

「お名前は？」

「デリア」

「デリア。まえにもそんな気持ちになったことがある？」

「ある」

「そう、よかった」

「よかった？」女の子はわたしが隣にすわってから初めて顔をあげた。

「そう、よかった。わたしもそういう気持ちを乗りきれたから、あなたも乗りきれる。わかった？」

「でも、心臓が破裂しちゃう気がするの」

彼女の家族がまとっている理想像の下にこうした不安やパニックが隠れていても意外ではない。家族にあわせて演じるプレッシャーに押しつぶされつつあるのだ。「それは怖いわね、デリア。とても——」

「ママが怒るの」

「だいじょうぶよ。きっと、ママもわかってくれる」

「ベッドをきれいにしなかったの」デリアは激しく息をしながら言った。「それに朝食のときにジュースをこぼしちゃった」

「なるほど。そういうのはよくある失敗よ。わたしもしょっちゅうやっている」

「わたしはやらない。失敗しないの」

デリアはジョージによく似ている。ジョージも融通がきかず、自分に厳しい子どもだった。

「デリア、勇気を出して、自分を助けることができる？」

「わからない」

「そっか。わたしが四つ数えるから、数えているあいだ、ゆっくり深く息をして。できそう？」

「わからない」

「できるわよ。きっと、できる。完璧じゃなくてもいいから」

「わかった」

「そのあとまた四つ数えるから、そのあいだずっと、その上手な呼吸を続けて。いい？　これがどういうことか、わかる？　あなたが胸のなかで感じている痛み――呼吸がその痛みを一緒に外に出してくれるの。用意はいい？」

デリアが小さな手をわたしの手にのせると、わたしはその手を包みこんだ。「一、二」

彼女はわたしの目をじっと見つめて、息を吸った。

「三、四」わたしは父が自分のために同じようにしてくれたことを思い出した。「上手よ、さあ吐いて。もう一度」

デリアくらいの年齢だったとき、わたしには効果があった。「一、二……」

彼女が目をつぶって息を吐くと、肩が耳の位置から下がった。

「三、四」

さらに二回、同じことを一緒にくり返した。

「いい子ね。気分はどう？」

デリアは微笑んだ。歯を見せてにっこり笑ったのではなく、弱々しく内気な笑みだ。それでも気持ちは上向いている。

「よかった。これでもうだいじょうぶ。いつ胸が苦しくなっても、きっとよくなるから」それが嘘でないことを祈った。最近は自分には効かなくなっているけれど、デリアには希望をあげたかった。

デリアが口を開いたので、わたしは追いはらわれるのだと思った。だが、デリアはこう言った。「ミスター・サンディープって、きらきらした腕時計をしているひと?」

「ええ。そうだと思うけど」わたしがミスター・サンディープのことをテレンスに尋ねていたのを聞いていたらしい。

「そのひとなら、あそこにすわっていたわ」わたしの頭の向こうのテーブルの下を指さした。

「まちがいない?」

「うん。ママの向かいだったから。わたしは、あの意地悪な女のひとのまえだった」

テーブルの下にいるので、わたしは身ぶりをまじえて話を整理した。「あなたはミズ・スウェインの向かい側のここにすわっていたのよね? そして、隣はママ?」

デリアはうなずいた。

ということは、ヘマルはミズ・スウェインの隣で、料理に手が届く。まえもって準備しておけば、ほんの一瞬注意をそらすだけでいい。ミズ・スウェインが顔をほかに向けているあいだに、自分の料理に入っていたザリガニをほんの少し彼女の皿に移せばいいのだ。

小さな子どもは大人がぼんやりしているときに、きちんと見ているからありがたい。わたしはデリアの頭にキスをした。

デリアはすばやく深く息を吸いこみ、そして吐いた。

「あと、もうひとつ。意地悪な女のひとの反対側は誰だったか覚えている？」

「いつも、その女のひとと一緒にいる男のひと」

「彼女の息子かしら？　ジェフリー?」

「たぶん。髪の毛があちこち薄くて、白い粘土をつぶしたみたいな顔のひと」

「ああ、ジェフリーだわ。いい子ね」

デリアは今度は本物の笑顔を見せた。

「ひと晩じゅう、ここにいたらだめよ。いい？　大人の巨大な足に踏みつぶされて、粘土みたいにぺったんこになってほしくないから」

「わかった」デリアは小声で言った。

わたしは側面のテラスに出るフレンチドアを通ってダイニングルームから出た。

ケリー・パーソンについてはさらなる情報がなく証拠は挙げられないが、ローズ・ジューエットは宿泊客のなかで最も長くミズ・スウェインと知りあいで恨みを抱いており、ヘマル・サンディープは事業の問題で対立していたうえにミズ・スウェインの料理に手が届くところにいた。わたしはすぐさまデ・ルナ警部に突撃して、見つけたことを残らず伝えたかった。

でも、わたしはこれまでもすでに突撃していた――ベアを探しに大学へ行き、ジェフリーの所有地へ行き、ジェフリーが死んだあとはデ・ルナ警部と対峙した。

今回はゆっくり、じっくり考えよう。

わたしは階段をおりて裏の芝生に出て、薄明かりで照らされた庭でひとりきりで考えられるベンチを探すつもりで、ホテルの側面沿いのテラスを歩いた。

モーニングルームの窓のまえを通りすぎた。波模様のガラスの内側では、ギャビー・モレッティーがテレンスをつかまえて話していた。立ち止まりたくはなかったけれど、どうにかしてテレンスを救うべきだろうかと考えた。

だが、いまのテレンスはギャビーの長話のおかげで心地いい白昼夢を見ているかのように、とてもくつろぎ、かすかに微笑みかけていた。

あのふたりの気があうなんて、誰が想像しただろう？　わたしは口を開きかけたあと、そのまま歩きつづけた。

急ぎ足で温室を通りすぎて、第二テラスと第三テラスに続く階段をおりた。そして芝生に着きそうになったとき、静かにすすり泣く声が聞こえた。

また、誰かが泣いているの？　ホテルの水に何か入れられたのだろうか？

わたしは冷たい石の手すりに手をかけ、鳥の鳴き声を人間の泣き声に聞きちがえたことを期待して、あたりを見まわした。また同情して足を止めたら、頭のなかで回転している考えが軌道をはずれ、永遠に失くしてしまいそうで怖かった。殺人事件の解決はすぐそこまできている気がするのだ。

だが、夕日でピンク色に輝く白髪が目に入った。泣き声の主であるローズはツバキの生垣に囲まれ、こちらに背を向けてすわっていた。ローズがすわっているベンチは生垣で四角く囲まれた場所の真ん中に建つ半裸像のほうを向いている。

一時間まえに部屋で会ったときは元気そうだったけれど、いまは明らかに取り乱している。ジェフリーの死に対する悲しみについに襲われたのだろうか？　それとも、悲しみを新たにすることが手紙に書かれていたのだろうか？

ローズのことは気にせず、自分ひとりになれる場所を探すこともできる。だが、理由はわからないものの、ローズはジェフリーの動機となりそうなことを教えてくれ、わたしを助けてくれた。少なくとも、助けようとしてくれた。ローズには話す相手が必要かもしれない。それに、まだ話していないことで、わたしが知らないことがあるはずだ。

生垣で囲まれている暗い広場の開口部を見つけて近づいていくと、ブーツが豆のような砂利を踏みつけて音がした。

ローズは顔をあげて赤くなった目を見開くと、また下を向いた。

いったいどんなことが起これば、一時間まえに話を聞いたときには刺々しかったひとが、目のまえでしおれている女性に変わるのだろうか？　これが悔悛した殺人者の顔という可能性はあるだろうか？

ローズがこの弱々しい様子で、月並みな犯人のひとり語りをはじめたら、わたしの調査はあっけなく終わる。そんな安易な終わりはいやだ。

「すわってもいいですか?」わたしは訊いた。

ローズは答えるかわりに、手を開いてベンチの隣の空いている場所を示した。

わたしは腰をおろして、ローズと同じように彫像のほうを向いた。

川を進むボートが物悲しい音を響かせている。すわっている場所から川は見えず、青い橋だけが見える。

あの手紙には何が書いてあったのだろう? ジェフリーが面と向かっては言えなかったが、ローズに伝えたかったこととは何だろう? ジェフリーは多くの点でうんざりする男だったが、手紙だけはロマンティックだったのかもしれない。

ここで悲しみに暮れている女性の隣にすわっているのに、本人の苦しみより秘密のほうが気になるなんて、何と自分勝手なのだろうと気がついた。自分でも驚いたけれど、ジョージとホテルの運命のために必要ならば、どんなことでもやるつもりだった。

ジェフリーが死亡したいま、訴えられる心配はなくなったが、スキャンダルになればホテルは営業できなくなる。ジェフリーが計画していたようにすぐに最期を迎えるのではなく、ゆっくり下降線をたどるのだ。

ローズがまたわたしを見た。

わたしはローズを見つめていたことに気がついた。「ごめんなさい」

ローズは咳ばらいをした。「すべての答えが欲しいのでしょ。でも、たとえ話したところで、どんなことなのか、あなたには理解できないでしょうね。わたしのような年の人間のことなんか」

「理解できるように努めます」右側でさっと何かが動いて注意がそれた。鳥がとまったかのように、木の枝が揺れている。でも、鳥の姿はない。

「わたしは自分が七十歳だなんて思えないの。そろそろ人生の終わりに近づいているのに、自分ではそんなふうに思わなかった。今週までは」

「ジェフリーの部屋にあった手紙が、このことすべての理由ですか？」

ローズは目を閉じて、袖で涙をぬぐった。「今回の件のあと、一緒にいられるかもしれないなんて思うのはあきらめていた。とても辛辣にあたってしまったし。でも、すべて――そう、あの手紙で――わたしがまちがっていたとわかった」

ジェフリーの部屋の外で、事情がちがうと話していたのをわたしが聞いていたことをローズは知らない。わたしはふたりが宿泊した最初の夜に、夕食の席ですばやく目を見かわしていたのを目撃していたのだ。

わたしの隣でローズはうつむき、肩を上下させている。いま、彼女はわたしにすべてをさらけだしている。

こうして告白したことで、ローズの気持ちが安らかになるといい。「今回のことはとても残念です。わたしも愛していたひとを失ったことがあります。きっと責めを負うべきひとを見つけますから」

ローズが顔をあげた。「死んだひとは戻らない」

「ええ。でも、少なくとも正義は行われます」

ローズは目のまえの彫像を見つめた。色のない石像は椅子にすわった女性の形に彫られ、その女性の髪は古代ギリシアのように巻きあげられている。静かに落胆し、永遠に地面を見つめている。

「ギリシア人は悲劇が得意で、悲劇にあっても落ち着いていられたのね」ローズが言った。

「竪琴には弦がないし、バラもしおれているでしょ」

いま、気づいた。「何かの象徴ですか？」

「破れた恋よ」

彼女が言っている意味がわかった。ローズはジェフリーを愛していたが、ふたりの恋は破れ、彼と一緒に死んでしまったのだ。

ローズはジェフリーの扱われ方を見てミズ・スウェインを恨んだかもしれないが、愛するひとの母親は殺さないだろう。ローズは殺人犯としての罪悪感ではなく、愛するひとを失った悲しみを抱いているのだ。ミズ・スウェインが死んだことで、ジェフリーと一緒になることを妨げる障害は消えた。ローズが切望していたことはすぐそこまで近づいたのに、奪われてしまった。

わたしはローズの腕に手を置いて立ちあがった。「こんなことをした犯人は絶対に罰せられるようにします」

ローズはもうわたしを見なかった。わたしは彼女を庭に残して駐車場へ向かった。

きっと、ヘマル・サンディープだ。彼はまちがいなく破産するところだった。事業の利害関係でミズ・スウェインと対立し、彼女の命を奪うことで土地の開発をやめさせたのだ。

じつを言えば、わたしはヘマルが好きで、ケリーの次に好意を抱いていた。派手な第一印象とは異なり、わたしが事故にあったときもヘマルはとても親切で、訴訟を避けるためではなく、心から心配してくれた。だが、チェックインした瞬間から、ヘマルは何か隠していることがあると感じていた。罪悪感は罪悪感なのだ。

確かな証拠はないけれど、ヘマルに動機と機会があるのはわかった。そろそろデ・ルナ警部に報告して、この先は警察にまかせよう。わたしはボルボのエンジンの回転速度をあげて、バッテリー・プレイスを出て丘を走った。

警察の鑑識がわたしが突きとめたことを確かめてくれるといいのだけれど。

きょうは土曜日で午後七時を過ぎていたが、デ・ルナ警部は事件の真っただなかにいる。わたしの知っているデ・ルナ警部であれば、きっと遅くまで仕事をしているはずだ。彼女は自分の優秀さを証明するために戦うひとだし、女性だからよけいに必死に戦うはずだから。

警察署のまえで車を止めると、いくつかの窓にまだ明かりが点いていた。駐車場に数台停まっている車のなかに、クリ色のフォード・トーラスがあった。ジェフリーの遺体が発見されたときにホテルに停まっていた車であり、デ・ルナ警部の車にちがいない。

わたしは入口まで歩いてドアを開け、アクリル板の向こうにイタチみたいな首をした警察官がすわっている机に近づいた。「すみません、デ・ルナ警部はいますか?」

「いいえ」警察官は顔をあげずに答えた。

昔ながらのひどい応対だが、わたしは警察官に猶予を与えることにした。受付係は一日じゅう山ほど質問されるし、次はどんな問題が舞い込んでくるのだろうという不安が消えず、神経がすり減る仕事だ。それはわかるし、わたしは犯罪の中心となる場所で働いたことさえなかったのだから。

最近までは。

わたしは咳ばらいをした。「確かですか? デ・ルナ警部の部屋はわかっています。ちょっと見てきても――」

「『CSI科学捜査班』でも見てきた?」

「はい? わたしは――」

「ああ、きみは『キャッスル』のほうが好き?」

「ちがいます、わたしは――」

「『ボーンズ』?」

「刑事ドラマについて話しにきたんじゃないわ」

「ここはテレビドラマの警察じゃない」

「わかっています」

「ここは本物の犯罪を扱っている本物の警察署です。事件の申し立てをしたいなら、ぼくたちがここにいる。でも、警部は必要ない」警察官は椅子をうしろに引いて、ほかの警察官に書類を渡し、その警察官はそのまたうしろの警察官に渡した。

警察官から見えないようにしゃがみこみ、自分でデ・ルナ警部の部屋を見てこようか。わたしは屈強なふたりの警察官に腋の下から持ちあげられ、脚を伸ばしたまま廊下をひきずられて、歩道に放りだされる姿を想像した。

デ・ルナ警部が車に乗るのを待つほうがよさそうだ。

わたしは警察署のまえの歩道沿いにある細長い花壇のはしまで戻った。安価な一年草は葉が縮れ、コンクリートの縁石を覆うメヒシバに場所をふさがれていた。わたしは植木に何日も水をやっていないことを思い出した。

日没とともに気温が下がったので、ボルボの居心地のいい暗がりに戻り、警察署のドアを見張った。

助手席にあった父の食べかけのピーナッツがとてもおいしそうに見えた。今朝、父が焼いてくれたパンケーキ以来、何か食べたか思い出せない。

父は早く帰ってくるようにと言っていた。特定の時刻は約束しなかったけれど、父が何時だと思っていたにしろ、その時刻はもう過ぎているだろう。携帯電話を見ると、十五分まえに父からのメッセージを受信していた。〝いつ帰ってくるんだ？〟

〝いま帰るところ。もうすぐ着く〟そう返信した。

これはわたしを放っておいてもらうための第一歩なのだ。わたしがひとり暮らしをしたら、父は門限を決めないことに慣れないといけないのだから。

わたしは手に取ったピーナッツを食べ、手についた塩をはらい、ジーンズをめくって膝の傷を見た。いい感じの黒いかさぶたが切り傷のまわりにできていたが、まだやわらかい。でも、心配はしていなかった。ばんそうこうを貼り直して、バックミラーで見ながらあごのすり傷を突っついた。こっちのほうが少し心配だった。最初から「人並み程度」の顔に傷が残らないといいけれど。

駐車場で声がして、わたしは座席にそっと隠れた。ぐずぐずしているときに、逃げられたらかなわない。

平服のふたりの警察官が車を出し——いま、わたしは警察官みたいな考え方をしているだろうか？——出入口へ向かった。

毎日、犯罪にどっぷり浸かっているというのはどんな気持ちなのだろう？　わたしはほんの少しかじっているだけだし、それもたまたま妙な展開でそうなっただけだ。いま、ジョージの仕事は——それを言えば、ホテルのすべての仕事もだが——わたしの調査にかかっている。でも、警察官の仕事はいつも自分たちの捜査にかかっているし、毎日とんでもない責任を負っているはずだ。

つねに危険と向かいあわせで事実をふるいにかけ、犯人を追い、手がかりを探るというのは、ひとりの人間にどんな影響を与えるのだろうか。

そして、事件を立件したあとも疑いに悩まされたりするのだろうか？

ミズ・スウェインが死んでからずっと、わたしはジョージの無実を確信しているけれど、不当な有罪判決が下される可能性に悩まされている。ジョージが刑務所に入れられるなんて考えるのは耐えられない。だから、アレルギー反応に関する裁判を調べるのを避けてきたのだ。

わたしはジョージが完全に無実だという結果しか耐えられない。ヘマル・サンディープが犯人だとデ・ルナ警部を説得しなければ。立件に必要な証拠はデ・ルナ警部が見つければいい。

午後七時四十五分、デ・ルナ警部がバッグを肩にかけ、鍵を手に持って警察署から出てきた。すでに何かが自分のところへやってくることを予期しているらしく、顔をあげて駐車場を見まわしているが、まさかわたしだとは思っていないだろう。

デ・ルナ警部がそばに近づいてきてから、車を降りることにした。驚かせたくはないけれど、わたしを避ける時間は与えたくない。

彼女がバンパーのまえを通りかかると、わたしは車から降りた。

デ・ルナ警部は歩きかけ、ふり返って、わたしを見た。「アイヴィー」ため息をついた。「ずっと待っていたの？　わたしのeメールのアドレスは警察署のサイトに載っているはずだけど」

「ええ、eメールは送れるけど……月曜日まで待ってくれると言ったでしょ。だから――」

「そんなこと言った？」デ・ルナ警部はバッグの重みがかかる位置をずらした。「それで、用件は？」

「ヘマル・サンディープ。ホテルの宿泊客です。彼は全財産を不動産の開発に投資していて、ディナーのときは――」

「ミズ・スウェインの隣だった」

「そのとおり！」

「アイヴィー、もうこの辺でやめて。こんなことはあなたに話すべきじゃないのだけど……」デ・ルナ警部は手で空気を切るような身ぶりをした。「友だちの疑いを晴らす方法を見つけようとしているのは知っているわ。でも、このままやらせるのはあなたに対してフェアじゃない」

「何ですって？　どうして？」

「鑑識の結果が出たの」

両手が腕の先についた二個の氷の塊になった。

「まずエライザ法で検査したら、何も出なかった。ミズ・スウェインの皿から取った食品のサンプルからは甲殻類のたんぱく質がまったく検出されなかった」

エライザ法って、何？　でも、口をはさんで説明は求めなかった。デ・ルナ警部の口調から、まだ話が終わっていないのはわかった。恐ろしいのはこれからだ。

「ただし、調理した食品の場合、エライザ法だと問題があるの。たんぱく質は変質するから」デ・ルナ警部は首をふった。「やれやれ。この一週間、こんな細かいことまで知らなくてもいいんだけど、あなたに訊かれる気がしたから。次はＰＣＲ——これはちがう種類の検査ね。これはアレルゲンのＤＮＡ分子を検出するわけ」

ずいぶん専門的だ。一瞬、ベアと話している気がした。「で、そのＰＣＲ検査でミズ・スウェインの食べ物から甲殻類のＤＮＡが見つかったの？」

「ええ。彼女の皿のジャガイモから。そしてエライザ法で見つからなかったものがＰＣＲで検出されたということは、ジャガイモは調理されるまえに汚染されていたということ」

「テーブルじゃなくて？」

「そのとおり」

「甲殻類がジャガイモと一緒に調理されたと言っているの？　そんなの——どうして、そんなことをするわけ？　ジョージはぜったいにそんなことはしない」

「わたしにはわからないことよ、アイヴィー。わたしはシェフじゃないから。ジャガイモに味をつけるのに、エビのストックスープか何かを使ったのかもしれない」

デ・ルナ警部にも、警察署にも、地面にもきちんと視線をあわせられなくなった。安らぎも、安全も見つからない。「ちがう……ジョージはミズ・スウェインにアレルギーがあると知っていた。ほかのお客のお皿はどうだったの？　検査した？　ミズ・スウェインのお皿との比較が必要でしょ？」

「ええ」

「それで？」

「すべて陽性だった」

どういう意味？　ヘマル・サンディープがたんにミズ・スウェインのお皿に手を伸ばしただけじゃなかった。「誰が料理をアレルゲンで汚染させたにしろ、厨房でやったということなのね」

「ベネット刑事は全員に事情聴取を行った。だから、明白よ。ジョージが料理を準備しているあいだ、ホテルの宿泊客も、疑わしい人物も、ひとりも厨房を出入りしなかった。給仕係のトレヴァーも――」

「テレンス――」

「テレンスね。何だっていいわ。たとえ彼がたまたま料理を汚染させてしまったのだとしても、あなたの友だちは告発される。彼の責任だから。わたしたちがほかの容疑者を探す必要がある？」

「だって、ほかにも疑わしい状況があるわ。ミズ・スウェインの息子の死は自殺でも事故でもなかった。ミズ・スウェインだって同じはず」ふたつの事件がどう関連しているのか、まだはっきりとはわからないけれど、はったりをかましても害はない。

「そっちの事件については、あなたとは話せない。でも、仮にあなたが正しいとする。仮に、それが殺人だったとする。ジョージが犯人じゃない証拠は？」デ・ルナ警部は腕を組んだ。

「まさにジョージを訴えようとしていた人物が都合よく消えたのよ」

仄めかされた言葉に衝撃を受け、胃が恐怖でひきつった。見えるのはデ・ルナ警部の目の真剣さであり、聞こえるのはデ・ルナ警部の言葉だけだった。ジェフリーが死んだ事件でもジョージが容疑者になるなんて、一瞬たりとも思わなかったのだ。

わたしは黙ったまま、デ・ルナ警部の顔を見つめていた。わたしがヘマルに対する証拠を集めていたとき、デ・ルナ警部はジョージに対する容疑を固めていたのだ。一瞬、また七歳に戻った気がした。

「残念だわ。お休みなさい、アイヴィー」デ・ルナ警部は自分の車へ歩きだした。

わたしは何も言葉にできず、小さくなっていくデ・ルナ警部の姿を見送った。わたしがここにやってきた任務はすっかり狂ってしまった。

デ・ルナ警部は車に乗りこんでエンジンをかけた。

このまま行かせてしまったら、デ・ルナ警部はジョージが殺人犯だと考えつづけるだろう。わたしは走っていってデ・ルナ警部の車をつかまえて、窓を叩いた。

デ・ルナ警部は窓を開けて、クエスチョンマークが浮かんだ目でわたしを見た。

わたしは息を吸い、今度はまっすぐにぶつけてみた。「ヘマル・サンディープはブッシュ・アベニューの新しい分譲地に多額の投資をしている。スウェイン親子が豚肉工場を建設するのと同じ道沿いよ。誰も見ていないときならヘマルは厨房に忍びこめるんじゃない？厨房にはカメラがないようだから」

「可能性はないわ。ジョージはディナーの準備をはじめたときから、ずっと厨房から離れなかったと言っているんだから」

「でも――」

デ・ルナ警部が片手をあげた。「ねえ、あなたは今後の展開の準備をしておくべきよ。問題はジョージが故意にお客の料理にアレルゲンを混入させたかどうかではなく、アレルゲンが混入しないように、正しい準備をしたかどうかなの。ジョージは甲殻類が接触した場所で、ジャガイモの準備をしたのかもしれない。同じナイフ、同じまな板を使ったのかもしれない……アイヴィー、罪状は殺人じゃないの。ジョージは一生は逃げられない」

熱くてしょっぱい涙が浮かんできたが、ぜったいにいやだった。あきらめるには早すぎるし、感傷的になるのも早すぎる。論理的な解決策を見つけなければ。

うしろに引っこむまえに、目が潤んでいるのを見られてしまった。「あなたの人生が理想どおりでなかったのは知っているわ。お母さんが出ていったあと、頼れるひとが少なかったことも。でも、ジョージを救えなかったとしても、それはあなたの失敗じゃない。あなたは探偵じゃないんだから。捜査にあなたの出る幕はないし、これから起きることを受け入れてもいい頃よ」

デ・ルナ警部の言うことは概ね正しい。この件ではジョージの友人であり擁護者という以外に、正式な役割はない。でも、だからといって何もないわけじゃない。

デ・ルナ警部は悲しそうに顔をしかめて、窓を閉めた。

わたしはその場に立ち尽くし、フォードのテールランプがハイウェイの赤い光の長い列に吸いこまれていくのを見つめていた。そしてミズ・スウェインが階段をのぼったとき、ハイヒールの真っ赤な底がちらちらと見えていたことを思い出した。

そのときは警告だとは思っていなかった。

たとえ思っていたとしても、それでもきっとここにいて、デ・ルナ警部の見通しを避けられないものとして受け入れるか、あるいはシーシュポスのように大岩を山頂まで押しあげようとするか、悩むことだろう。

14　あなたの事件

わたしは車で橋を渡りながら、デ・ルナ警部が駐車場で言ったことを頭で再生した。自分がもっとうまく言うべきだったことも。

デ・ルナ警部が明かした鑑識の結果に衝撃を受けて、ジェフリーがやっていた不快なクマの事業について伝えるのを忘れていた。彼の遺体が発見された日はあまりに動揺してしまったが、いまでもクマたちは苦しみつづけているのだ。

デ・ルナ警部がその事業をやめさせられるように、家に帰ったらすぐにeメールを書こう。父にはいま家へ向かっているとメッセージを送った。もうすでに長い一日だった。ローズのモデルをつとめ、ミスター・フィグと地下で図面を見て、ダイニングルームでテレンスやデリア・デュプレと話して……ほかにもいろいろ。

疲れても当然だった。

でも、どういうわけか、まったく疲れていない。

数日まえに調査をはじめたときは、好奇心でエネルギーが湧いて続けられた。

いまは不安だけが動機だが、好奇心より強力だった。

警察署の外でデ・ルナ警部に警告されたことが、わたしの首を絞めていた。いまや彼女が月曜日にジョージを逮捕しようとしているのはまちがいなく、そうなるとわたしに残されているのはわずか一日。一日でデ・ルナ警部の考えを変えさせる確かな証拠を探し、一日で親友のシェフ人生を救わなければならない。

いま、ジョージが罪を問われている死は二件。そして証拠によって、わたしの容疑者リストの全員であるダイニングルームにいた人々が容疑者候補からはずされたらしい。ただし、何らかの方法で、そのうちのひとりがディナーのまえに厨房に忍びこんでいないかぎり。

海を泳いでいたら、登ることのできない切り立った崖が現れたような気分だった。

疲れているはずなのに、今夜は眠れるかどうかわからない。まずジョージと話せなければ、ぜったいに無理だ。鑑識の結果をジョージに話して、厨房を離れた可能性はまったくないのか尋ねなければ。

とりあえず、ジョージのコンドミニアムは家に帰る途中にあり、うちから一・五キロほどしか離れていない。わたしは自転車に乗れるときでも、ジョージと会うときはたいていボルボを借りる。正確な高度のちがいはわからないけれど、わたしのアパートメントは丘のふもとにあり、ジョージのコンドミニアムは川とダウンタウンを見おろす尾根のてっぺんにある。そうなると急こう配をのぼることになるし、不動産の価値も急こう配であがる。

トンネルを出ると左にまがり、そのまま上り坂を走ると、門に着く。そして暗証番号をキーパッドに押して、住民専用の駐車場に車を停めた。ジェフリーが捕らえたクマたちが心に伸しかかっていたので、コンドミニアムの入口に着くまでのあいだにeメールを送った。

　このコンドミニアムを買ったのは維持費が安くて、両親の家とホテルの中間にあるからだとジョージは語っていたが、ステータスシンボルでもあるからだろう。ジョージの姉は数年まえにワシントンDCに移り、いまは翻訳者として働いて高収入を得て尊敬されている。ジョージは両親の近くに住む義務を感じたのだろうが、そうした内情はすべて《ニューヨーク・タイムズ》に書いてあった。

　クラリスタに二年まえに雇われたということは、ジョージがついに自分だけの厨房を持ち、それに見あう報酬を得たことを意味する。その後まもなく、ジョージはこのコンドミニアムを買ったのだ。

　わたしはずっとジョージの野心に不安を抱いていた。そして、かなり時間がたってから、その不安は父の〝太陽に近づきすぎるな〟という警告からきているのだと気がついた。その警告はモロー家が資産家から凋落《ちようらく》したことに由来しているのだろう。

　いまなら父の言葉は母の家族に対する偏見だとわかるが、わたしは父から教わった価値観を忘れられなかった。階級のない平等、勤勉、純粋な喜びという理想は、手足のようにわたしの多くの部分を占めている。

　だが、ジョージが恐れているのは成功ではなく、失敗だけだ。

　あらかじめ携帯電話でメッセージも送らずに訪ねたりしたら、ジョージはおそらく気分を害するだろうが、会うのを断られる危険は冒せない。どちらにしても、もしジョージが気分を害したら、ミズ・スウェインが死んで以来、落ち込んでいた気分を少しはほかに向けられたことにはなる。

コンドミニアムのロビーの調度品はアールデコ風で、おしゃれで、高級そうだった。ステータスシンボルはジョージ自身より両親を感心させるためのものなのかもしれない。わたしは大きなお腹のまえでクラッチバッグをしっかり抱えているジョージの母親と、薄い黒髪をなでつけている父親と一緒にエレベーターに乗っている様子を想像できた。

ジョージが家で料理をするのは二日続けて休みのときだけだが、彼の部屋がある階でエレベーターを降りると、たいていいいにおいがした。今夜はいいにおいはしなかったが、それでもお腹が鳴った。何もつくっていなくても、残りものくらいはあるだろう。

ドアをノックして待ち、またノックした。

やっと鍵が開く音がした、ドアが内側に開いた。乱れた黒髪の下でジョージが眉根を寄せ、それから笑顔になった。目の下に隈ができている。

ジョージの顔がどんなに見たかったのか、いまやっと気がついた。だから、電話でもできる話をするために、長い一日のあとでこうして訪ねてきたのかもしれない。わたしはジョージを抱きしめ、洗っていないシャツの臭いを吸いこんだ。

「会えてうれしいよ」ジョージが言った。

肩から力が抜けた。会わなかったのはほんの三日だが、何カ月も会っていないかのように長く感じた。

わたしはジョージを離して、リビングルームを見まわした。ジョージ本人の衛生状況だけでなく、部屋も彼の落ち込みの影響を受けていた。普段なら吹きガラスの花瓶しか置いていないコーヒーテーブルに、郵便の山と、丸めたナプキンと、空のグラスが散らばっている。わたしは何とか反応しないようにした。誰よりジョージ自身がこのひどい状態に気づいているのをわかっていたからだ。

遠い州間道路を走る車のぼんやりした音が、開いたバルコニーのドアから入ってくる。おそらく、わたしがノックしたとき、ジョージはバルコニーにいたのだろう。

「調子はどう？」わたしはソファにすわった。

「顔をどうしたんだ？　どうして足をひきずっている？」

「わたしが？」

「そうだよ！　いったい、何をしていたんだ」

「自転車でジェフリーの土地まで行ったの――詳しいことは長くなるから、あとにするけど――で、自転車をぶつけてしまった」

「誰だって？」

「ジェフリー・スウェイン。アメリア・スウェインの息子よ」

ジョージの目がわたしの身体を見まわした。「ああ。それで、だいじょうぶなのか？」

「新品みたいに」

「〈シュウィン〉は？」

「あまり、だいじょうぶではない」

「あいにくだったな。とりあえず、まだ給料はもらっているんだろう。修理できるな」

いいいいいまのところは。ジョージが簡単に機嫌が悪くなる気分なのはわかっており、悲観的なことは胸のなかだけに収めておいた。彼の気分を引きあげる方法は知っている。頭を絞ってアイデアを引きだす問題が必要なのだ。その点ではわたしと同じだ。

わたしがソファの隣を叩くと、ジョージは腰をおろした。

「なあ」ジョージが言った。「クラリスタにきみを推薦したときには、ぼくより長く勤めることになるとは思わなかった」

「失礼ね」これ以上ないくらい、ジョージの考えていることがわかった。そろそろ明るい会話にしないと。「アメリア・スウェインに本当は何が起こったのか、彼女を消したいと思っていたのは誰かを探っているのは知っているでしょう?」

「行きづまったか」ジョージは首をふった。「いいんだ。きみには何も変えられない。世間のひとは自分たちの推測にあてはめて検証するんだ。警察はもう決めつけている」

わたしは顔をしかめた。こんなに落ち込んだジョージを見るのは初めてだ。「あなたの言うとおりかもしれない。だから、わたしは何か確かなものを、デ・ルナ警部の推測を変えるものを見つけなければいけないの」

「デ・ルナ警部はきみに話していないことを知っている」ジョージは言った。

「今回のようなことがまえにも起きたこと?」

からだ。


「デ・ルナ警部から聞いたのか」

「彼女はわたしを気に入っているみたい」

ジョージは唇の片側を引きあげた。「意外でも何でもない」

わたしはジョージが説明するのを待った。この話題を出したということは、話したかったからだ。

ジョージはため息をついて、てのひらで首のうしろをこすった。「警察が事件にしなかったのは、先方が告発しないことにしたからだ。あまりひどいアレルギー反応じゃなかったから。お客は木の実のアレルギーがあることを給仕係に伝えた――アーモンドとか、クルミとか……」

「それなのに？」

「助手がピーナッツは含まれないと考えて、ソースにコクを出すためにピーナッツバターを使った。いずれにしても、お客はアレルギー反応を起こした」

「あなたのせいじゃない」

「ぼくの厨房だ。ぼくの責任さ。それはともかく……妙なのは、同じ客がいまホテルに泊まっていることなんだ」

「何ですって？　誰？」

「名字はパーソン」

「ケリー？　それで部屋代が安くなるクーポンをもらったの？」

「ああ。その件が起きたあと、クラリスタが渡していた」

わたしは本当に責任があるのはジョージではないと知ってほっとした気持ちをごまかそうとして、彼の腕をつかんで揺さぶった。「もちろん、あなたはそんなことはしない。わたしはデ・ルナ警部にあなたのことをわかっていないとずっと言いつづけてきたの」

ジョージは黒い眉を真ん中に寄せ、わたしの頰に手を伸ばして、切り傷を親指でたどった。

「無敵の楽天家だな」

「時間がないの」唇が震えそうになったけれど、何とか抑えた。「あなたが知らないことがたくさん起きたのよ」

「たとえば?」

鑑識の結果については触れたくなかった。ジョージの目を見ながら言うのがあまりにもつらくて、立ちあがってソファのうしろまで歩いた。「たとえば、根菜用の貯蔵室で何かが腐っているとか」

「それはないな。あそこにある野菜はすべて入荷から一週間以内だ。どちらにしても、ミスター・フィグが管理してくれている」

「それから、アメリア・スウェインの部屋に詩が書かれた紙があったけど、誰が書いたのかはわからない――それを言えば、誰に宛てたものなのかもだけど。それと、ローズ・ジューエットはジェフリーと恋愛関係にあるみたいなんだけど、それならなぜジェフリーに動機があることを教えてくれたのか、その理由がわからないのよね」

ジョージがわたしのほうを向いた。「誰だって？」

「ミズ・スウェインが泊まった最初の夜にディナーの席で彼女と言い争っていた画家の女性よ」

「なるほど。彼女が怪しいな」

「それから、ジェフリーが死んだ」

「まさか。ミズ・スウェインの息子だよな？」

「ええ。殺人犯はかなりずさんに自殺に見せかけようとしたけど、そうじゃないことはわかっている」

「ミズ・スウェインを殺した犯人が息子も殺したと考えているのか？」

「もちろん。ぜったいに関連があるはず」わたしは歩きまわるのをやめて、ジェフリーが考えを口にするのを待った。

「ということは、そこに動機があるということだよな？　ぼくにはわからないけど」ジョージは髪をかきあげた。「でも、きみにはわかっているんだろう。ぼくより賢いから」

わたしは眉をひそめた。学校の成績がほんの少し彼よりよかっただけなのに、ジョージはいつもそう言う。「どうかしら。納得できないのよ。犯人がヘマル・サンディープだというのは確かだと思うんだけど――ヘマルは分譲地の開発中で、同じ道沿いでミズ・スウェインが豚肉工場の建設を考えていたんだけど、息子はそれを隠れみのにして違法な商売をしていて……」

「ジェフリーはどこかに土地をもっていると言ってなかったか？　そこで自転車を衝突させたんだよな？」

「ええ。厳密に言うと、ジェフリーはもう土地を購入済みなんだけど、会社の所有者は母親だったわけ。ヘマルから見れば、土地を開発している責任者はミズ・スウェインだった」でも、ジェフリーが会社を継ぐことになったら……。

ジョージがわたしの考えを最後まで口にした。「ふたりを殺した犯人はその土地を開発しないよう万全を期したという推測は筋が通っている」

「そのとおり。納得できる唯一の動機だし、ふたつの殺人事件を結びつける唯一の動機でもある」

犯人はヘマルにまちがいないが、彼はいつ料理にアレルギー物質を入れられたのだろう？

「ジョージ、厨房からまったく離れなかったというのは確かなの？」

「ああ、確かだ」

「デ・ルナ警部は調理済みの何らかの甲殻類がジャガイモに混入したと言っているの。あなたがエビのスープストックか何かをジャガイモに使って忘れていると思っているみたい」

「エビのスープストック？　エビのスープストック？」ジョージはいまやわたしではなく、不当な世界に怒鳴っていた。「ぼくにそんな真似ができると思っているやつがいるなら——エビの味がするジャガイモを食いたいなんて、どんな変態なんだよ」

「キャット・コーラ？」ジョージと一緒に料理番組を見て知った、おかしな名前の腕のいい料理人だ。

「冗談はやめてくれ。こっちは真剣なんだ」

「ごめんなさい」

ジョージはまだ怒鳴っていた。「とにかく、ぼくは厨房のまったくちがう場所でジャガイモを調理していた」

「わたしもデ・ルナ警部にそう言ったわ」

「ありがとう！」ジョージは叫んだ。

「どういたしまして」ジャガイモを調理していたどの時点で甲殻類が混入したのだろう？次々と質問していくにはジョージの神経が過敏すぎるだろうか？「ねえ、ジャガイモはどんなふうに料理したの？」

ジョージの声は落ち着き、食べ物について語るときのいつものやわらかさを帯びた。「シャンティイー・ポテト。もしくは、その改良版かな。まず、最小限のガーリックウォーターと一緒にジャガイモを圧力釜にかける。ジャガイモは水を吸収するから、味がよく染みこむんだ。そのあとジャガイモをつぶして、白さを加えるためにホイップクリーム、風味を加えるためにアジアーゴ・チーズを加える」

わたしは何の話だったか忘れてしまった。よだれが出てきて、冷蔵庫からチーズを盗むためにキッチンに入った。

すると、ジョージもついてきた。「一緒にワインでもどうだい？」

「いただくわ。でも、高いのはやめて」わたしはマンステール・チーズで口をいっぱいにして答えた。「鈍感な舌にはもったいないから」

ジョージがワインを注ぎ、バルコニーでふたりで飲んだ。遠く離れた川の南岸はブルーグラス・フェスティバルでにぎわっているらしい。少しひずんだ音楽がかすかに聞こえ、わたしたちは口を閉ざした。数分、すべてが正常で普通に戻った気がした。

友情は〝与え、与えられるもの《ギブ・アンド・テイク》〟であり、あたかもどんな交流にも〝与えること〟と〝与えられること〟の両方が少しずつ含まれているかのように言われる。でも、わたしの経験では〝与える〟ことと〝与えられる〟ことはもう少し分かれている。

わたしは必要なときにジョージに心地よさを与えてもらうが、今夜は見返りになしに、わたしが与える番だ。わたしはデ・ルナ警部を非難したことでおそらく職を失うことも、今週はパニック発作らしきことが二度起きたことも話すつもりはない。そんな話をしたいわけじゃないから。

しばらくしてから、ジョージはわたしを玄関まで送ってくれた。そして、わたしがまだ廊下にいるときに言った。「警察はミズ・スウェインの皿だけ検査したのかな」

「いいえ。甲殻類のDNAは全員の料理から出たって」

「DNA？　すごいな」ジョージはドアの枠に片手をついた。「犯人はミズ・スウェインを殺すためにアレルギーを利用したんだと思うかい？　アレルギーのことを知っていて、まえもって計画できたのは誰だろう？」

「最初の夜にディナーで同席した全員よ。アレルギーのことで大騒ぎして、かわいそうなテレンスを叱りつけていたから」ヘマル・サンディープがチェックインしたときのことを思い出した。ミスター・ウルストンがやってきて、宿泊客たちがダイニングルームを出ていくときに部屋に戻っていった。わたしは首をふった。「でも、ヘマルはいなかった。どうやって知ったのかしら」

わたしは身体を引きずるようにしてアパートメントの階段をのぼった。ワインで瞼が重くなり、気持ちが楽になった。落ち着きすぎて、数時間まえにエネルギーを与えてくれていた不安が感じられなくなったくらいだ。

父はわたしを待っていて、また飛びかかって脅かすために隠れているか、ソファで眠っているかのどちらかだと思っていた。父はどうしてわたしの機嫌が最悪なのか、まったく知らない。今回の件を父に知らせずにおくために、いまは説明できないからだ。

だがドアを開けると、アパートメントは静かで、リビングルームの水槽の泡の音とモーターの長い振動音しか聞こえなかった。

ラミネート加工されたカウンターのうえの郵便の山の隣に父のボルボの鍵を置くと、半端な封筒の裏に書かれた父の文字に気がついた。

〝今夜はランスと約束があった。おまえがまだ車を使っていたので、珍しくランスに迎えにきてもらわなければならなかった。おれは帰ってこいと言ったのに、おまえは自分の好きなことしか考えていないんだろう。最近のおまえに何があったのか、まったくわからない。何でもないことを願っているよ〟

これだけだ。さりげなく脅すわけでもなければ、消極的に攻撃するわけでもなく、父の得意な正直で単刀直入な言葉だけだ。

胸の奥が焼けるように熱くなった気がした。父を落胆させた罪悪感だ。防ぐ方法はない。わたしは自分が望んだことを選び、父の気持ちを尊重するより、ジョージのために戦うことを選んだが、いまどちらの戦いにも負けつつあった。

明日は日曜日、デ・ルナ警部が言っていた期日、月曜日まえの最後の一日だ。まだ職があれば、わたしは仕事に戻ることになっている。車庫で感情を爆発させてしまったあとでは、定かではないけれど。クラリスタが勤務シフトにわたしを入れていなければ、手がかりはあまり探せない。

わたしはジョージの無実を一度も疑ったことがない。たとえ、証明できなくても。わたしは心理学で学んだことを駆使し（広範囲でないのは認めるが）、ひとの心を読む技を使い、ホテルの職さえ危険にさらした。

結局、それでは足りなかったということだ。

15　たわ言

日曜日の朝、わたしは不安でマットレスに釘づけにされた気分で目が覚めた。最終日だ。ベッドから出て、父に会ってきのうは悪かったと伝えたかったけれど、またしても出かけたあとだった。それでも、イングリッシュ・ブレックファーストをポット半分残しておいてくれた。

紅茶は苦かったけれど、すべて飲みほすと、跡だけが残った。

父のメモはまだキッチンのカウンターにあった。

胸がまた痛んだけれど、メモを取り、丸めてごみ箱に放り投げた。

それでも、昨夜なかった何かが頭に引っかかっていた。なかったのだから見ていないはずだ。昨夜もなかったし、いまもなかった――サインだ。

相手をよく知っていて、使う言葉も知っていて、手紙で毎回用いる独特の書き方も知っていれば、サインする必要がない。

ミズ・スウェインは詩を書いた相手が誰なのか、サインがなくてもわかったのだ。

携帯電話が鳴って、考えるのをやめた。ジョージだ。

これが最後かのように、どうしても話したくて、電話に出た。

ジョージの声ははっきりと自信に満ちていた。「決めた。きょうが自由な最後の日なら、きみと一緒に過ごす」

この先の戦場がいったいどこになるのか、ジョージにはわからないのだ――拘置所なのか、法廷なのか、それとも刑務所なのか。「何て答えたらいいのかわからない」

「そんなに焦るなよ。まず、ホテルの貯蔵室のにおいをやっつけよう」

「それが自由の身でいる最後の日にやりたいこと？」

「あそこで何かが腐っていると思ったら、ひと晩じゅう眠れなかった。自分の良心にかけて、そのままにして刑務所に放りこまれたくない」

気が滅入る状況にもかかわらず、ジョージは冗談を言っている。昨夜がどん底で、きょうは運命を受け入れたのかもしれない。

シンクロニシティーがまた役割を果たし、わたしたちふたりをホテルに戻した。ジョージは停職中で、わたしもそうかもしれない。でも、わたしたちにとって、ホテルはまだ終わりじゃない。

清潔なグレーのトヨタ・ハイランダーはジョージと同じにおいがした。枯れ葉と、清潔なコットンと、革のにおいだ。車に乗りこむと、ジョージは昨夜の話題を持ちだした。「いまでも、ミズ・スウェインが亡くなるまえの晩にディナーの席で言い争っていた女性が怪しいと思っているんだ」

ジョージはミズ・スウェインに何があったのかを見つけるのを手伝おうとしてくれているが、乗りだすのが遅すぎた。わたしは喉が痛くなった。

この先の展開を受け入れられないのは、わたしだけではなかった。最後の最後に助けてくれるひとが現れるのを期待して、いまでも手を伸ばしているのだ。数年まえにジョージがわたしを助けてくれたように、わたしもジョージが救いを引きよせられるように助けなければ。

「ええ、わたしもしばらくはローズが怪しいと思っていた」わたしは言った。「確かに、ふたりの仲は悪かった。でも、そのあとローズがジェフリーに恋していることがわかったの。その相手のお母さんを殺さないでしょ？」

「でも、彼女はミズ・スウェインをいちばん長く知っていたんだろ。アレルギーについても知っていたはずだ」

「最初の晩にディナーの席にいた全員もね。ただし、アレルギーについて知っていて、まえもって殺人の準備をする時間があったのはローズだけ。とにかく、どうやって食べ物にアレルギー源を入れられたのかがわからないんだから」

ジョージの車はトンネルに向かう道路に入った。「その詩というのは？　誰が書いたのかわかったのか？」

「いいえ。あなたから電話があったとき、そのことを考えていたんだけど、意味があるのかどうかわからない。だって、愛の詩を残したひとが、相手を死なせる？」

ジョージは肩をすくめた。「〝地獄に怒りはない〟……」

「〝浮気をされた女ほどの怒りは〟？　この件では男かもしれないけど。もしかしたらね。報復は強い動機になるから」

ジョージは変速レバーを指で叩いた。「見逃している人物はいないかな。フィグは？　昔、ミズ・スウェインを知っていたとしたら？　調理をしているあいだにフィグが厨房に入ってきても、たぶん気づかないだろう」

「あり得ない。チェックインのとき、初めて顔をあわせたように見えたわ。いずれにしても、ミスター・フィグはこのホテルでスキャンダルを起こしたりしない」

「確かに。ミズ・スウェインは最初のディナーの席以外で口にした？」

「アレルギーについて？　チェックインのときに大騒ぎしたけど、まわりには誰もいなかった。ヘマルはまだ到着もしていなかったし」

車はトンネルに入った。反対側に出るまで、ジョージは黙っていた。「アイヴィー、事故のあと、オレンジ色の軽トラックに跡をつけられたと言っていたよな？」

「ええ。どうして？」

「いま、うしろにいるから」

「何ですって？」

本当だ。サイドミラーを見ると、このあいだと同じオレンジ色のトラックがわたしたちに続いて暗いトンネルから出てきた。

氷のように冷ややかな恐怖が腹の底へ落ちていった。

ジョージは車の速度をあげた。「何が目的だと思う?」

「わからないけど、いいことではなさそう。尾行をまける?」

まるでわたしの問いかけに答えるかのように、トラックが速度を落として車間距離を空けた。「見られていることを知っているみたい」わたしは言った。「近づいてくるつもりはないのね」

「運転手が見えるかい?」

「いいえ。運転手の男は——女かもしれないけど——身の隠し方を知っているみたい。眼鏡も帽子も全部」

「そうだな。とてもいいこととは思えない」ジョージはさらに速度をあげて、カーブをまがった。

川が近づいてくると往来が激しくなり、うしろのトラックとの距離も近くなった。運転手はわたしたちの車を見失いたくないようだが、視界を隠す車が増えてきた。

ジョージは両手でハンドルをしっかり握った。「交通違反をすることになるかも」

「やめて。聖ゲオルグ・アンゲレスクともあろうひとが——」

ジョージはわたしの話をさえぎるとともに、橋を渡るのを待っている車の列に割りこんで、右車線に入った。一台の車がクラクションを鳴らした。ジョージはうなった。

「計画があるのよね?」わたしは訊いた。

ジョージは答えない。

信号が変わり、左右両方の車列が動きはじめた。

わたしはオレンジ色のトラックをふり返った。「左側を走っている。追いつかれるわ」

「こっちの車線には入れない」

「ナンバーを読めるかも。デ・ルナ警部に伝える」

橋とわたしたちの車のあいだには、三台の車が走っている。わたしは息を止めた。

オレンジ色のトラックは左車線を通りすぎていったが、すぐうしろにほかの車がいるので、よく見えなかった。トラックが速度を落として右に寄った。

「こっちの車線に入るつもりみたい」

だが、まえの車が許さなかった。車間距離を詰めている。

わたしたちの車はトラックの横を通りすぎて、橋を渡った。

「わたしたちが向かう方向を知っているみたい」わたしは言った。「追いつかれるわ」

「いや、もう遅い。こっちの車線に入れた頃には、彼はもう追いつけなくなっている。自分勝手な運転手たちにこれほど感謝したのは初めてだ」

「どうして運転手を〝彼〟と呼んだの？」

「さあ。何となく、かな」

「彼はたんに探りを入れているだけだと思う？　それとも、わたしたちを傷つけようとしているのかしら」

「ぼく以外で、きみが真実を突きとめようとしていることを知っているひとは？」

「デ・ルナ警部。ローズ。オーウェン。ベア。もしかしたら、ミスター・チェンも」

「サンディープは？」

「たぶん知っているわ。嘘をついたことで責めるようなことを言ったから」わたしはオレンジ色のトラックに追いつかれることを覚悟して、うしろを確かめた。だが、交通量が多く、誰にもつけられずに川を渡りきった。

ジョージは車をマーケット・ストリートへ向かわせた。曾祖父の時代、この道には馬が引く路面電車が走っていたらしい。

祖先もすべての規則を守っていたら、それほど長く団結していられなかったかもしれない。もしかしたら、真実だけが親友を救う方法ではないのかも。

「ジョージ、デ・ルナ警部に一分だけ厨房を留守にしたと言ってもいいんじゃない？」

「嘘をつけと？」

今回くらい、主義をまげられないものだろうか？「わかった。それじゃあ、逃げるというのは？」

「シェフは逃亡者に向かない」

「真剣に言っているの。立派なことじゃないのはわかっているけど――」

「アイヴィー、ぼくにはできない」

「むかつくひとね」

バッテリー・プレイスの頂上に着くと、ジョージは従業員用の駐車場には向かわず、ホテルの正面の高い鉄製の門まで車を走らせた。

「何をするつもり？」わたしは尋ねた。

ジョージは正面の芝生を周回する幅広い丸石敷きの私道に車を入れた。「従業員用の駐車場でオレンジ色のトラックを見かけたことがあるんだろう？　いまのぼくに失うものがあるか？」

「ミスター・フィグにしたら、こっちの入口を使うのは不満を抱えた従業員がホテルに火を放つのと同じなのよ？」

「燃《バーン》やせ、ベイビー、燃《バーン》やせ（『バーン・ベイビー・バーン』はロックバンド、アッシュの曲）だな」

わたしは一週間毎日通ってきても、黄金色に輝くこのホテルの荘厳な左右対称の調和美に飽きない。きっと、ミスター・フィグも同じ気持ちだろう。

私道の分岐点で車庫へ向かう道に入ると、地下へおりるドアが自動的に開いた。

ジョージは車を斜めに入れた。

いったい、何をしているのだろう？　いつも規則を破るのは、わたしのほうなのに。「ミスター・フィグに発作を起こさせるつもり？」

ジョージはイグニションから鍵を抜き、ダッシュボードの小さな布に手を伸ばしたが、そのままにして手を引っこめた。「ぼくがどんなふうにずっと生きてきたか知っているだろう……」首をふった。「こんなふうに終わるなら、何もかも正しくやってきたことに何の意味があったんだ？」

すべてを正しくやることに対して、ジョージが異議を唱えるなんて初めて聞いた。すべてを正しく行うことがジョージのモットーなのだ。わたしはジョージが今回の件を乗り越えられるようにどんな言葉をかければいいのだろうと思いながら、彼の顔を見つめた。

ジョージがドアの取っ手に触れた。「すまない。いまはどんなことも理解できなくて」

「わかってる」わたしはジョージの腕に触れた。

ジョージはドアを開けた。「こいつを終わらせよう」

車庫に立っているときには、腐った臭いは感じられなかった。もしかしたら、臭いがやわらいだのかもしれない。そんなふうに、いまの状況もあっさり楽になればいいのに。「ねえ、臭いのことを考えていたんだけど。あなた、ここに遺体を隠したんじゃない？」

「最高だ。いまや、ぼくは連続殺人犯というわけだ」ジョージはスカーフで口と鼻を覆って、頭のうしろで結わいた。

わたしは目を険しく細めてジョージを見た。顔を半分隠すと、黒に近い悲しげな目がよけいに目立つ。「元気のない銀行強盗みたい。そのスカーフはいつも近くに置いてあるの？」

「シェフは普通のひとたちより不快な臭いに弱いんだ。準備をしていて損はない」

わたしは笑った。「なるほど。わたしは気が弱いみたい。ミスター・フィグを探して、今夜のシフトに入っているかどうか確かめてくる」

「脱走者め」ジョージの足音が消えていった。

わたしはロビーで振り子時計の埃をはらっているベアを見つけ、われらが尊敬する支配人を見かけたかと尋ねた。

「庭にいるはずよ」ベアは答えた。

わたしは庭へ向かおうとした。

「ねえ、私道を入ってきたのはジョージの車？」ベアがうしろから呼びかけた。

「そうよ。ミスター・フィグにはないしょね」

芝生へ歩いていくと、テラスの階段が真昼の太陽に照らされて輝いていた。ミスター・フィグは黒い燕尾服を着て、庭の彫像の掃除をしていた。

三つ葉の形をした花壇では、ミスター・チェンが雑草を抜いていた。通りすぎるとき、ミスター・チェンが顔をあげたので、わたしは手をふった。クマの胆汁の発見で絆ができたのだ。

だが、ミスター・チェンは手をふり返さず、うなっただけで作業に戻った。

結局、親友にはなれそうにない。

たとえ、ミズ・スウェインを殺した犯人を見つける手がかりにならなくても、わたしはミスター・チェンの協力に感謝している。少なくとも、あのクマたちは解放される。デ・ルナ警部がきちんとeメールを受け取ってくれているといい。

ミスター・フィグはきのうローズが泣いていた彫像のまえでかがみこんでいた。大理石の女性は哀れな様子で遠くを見つめ、そのわきには弦のない竪琴としおれたバラが置かれている。

「やあ、ミス・ニコルズ」わたしが近づいていくと、ミスター・フィグが声をかけてきた。彼は小さな刷毛とちり取りを使って、緑色のガラスの欠片《かけら》をはいていた。

「ジョージがホテルにきて、貯蔵室の臭いを取り除いています」

「きみが一緒にきてくれればいいと思っていた」

「まだ、ここで働けるかどうかを知りたくて」

ミスター・フィグはちり取りを置き、やさしく微笑んだ。「スキャンダルでこのホテルに付いた汚点をたったひとりで消そうとしているのに、追いだせると思うかい？」

顔がかっと熱くなった。わたしはナンシー・ドリューであり、ミスター・フィグのように心遣いが行き届いているひとがわたしの探偵術を認めてくれているのだ。それなのに、失敗したと言えるだろうか？

「もちろん、ミズ・キングはきみの尽力に気づいていない。きみはおばあさんを亡くしたばかりで、とても精神的に不安定だったと話しておいたから」

「嘘をついたんですか？」

ミスター・フィグは肩をすくめたが、その仕草はいつもの彼にそぐわなかった。

「あなたが嘘をついたんですか？　高潔さの印であり、あらゆる規範の基準であるあなたが？」

ミスター・フィグは脚立式スツールにのぼった。「ヘロドトスと呼んでもらいたい」

「ヘロドトス？」

「有名なギリシアの嘘つきだ。調べてみるといい」ミスター・フィグは布を壺に入れて濡らし、彫像の顔を拭いた。

いまになってやっと、彫像の正面に赤紫色の汚れが付いていることに気がついた。

わたしはローズが横にワインのグラスと瓶を置いていたことを思い出した。「ミズ・ジューエットの仕業だと思います」

「この彫像が汚されたのは初めてではないよ」

「この女性が失恋を表現しているからですか？」

「学者たちも彼女について定かなことはあまりわからないようだが、一部では定説となっているらしい。彼女はひとりの女性というよりは象徴だ。彼女の詩は添え物として伝えられた。椅子のそばに置かれた竪琴のように」

わたしはせっかちなのかもしれないが、この話が重要なことにつながりそうな気がした。

「この女性は詩人だったんですか？」

「残念ながら、性的指向にまつわる噂で作品の雅量が矮小化され、この二千六百年にわたってきちんと保護されてこなかったのだ」

「性的指向って？　ふしだらだったんですか？」

「言い伝えによれば、同性愛者だったらしい」

わたしはツバキの枝をどけて、台座に刻まれたブロンズの銘板を確認した。なるほど。どうして、昨夜は気づかなかったのだろう？　これはサッフォーの彫像だった。「ローズはまだホテルにいますか？」

「ショーに行ったよ」

「日曜日だから――なるほど。ありがとうございます。行かなきゃ」わたしはホテルのほうへ歩きだした。

ミスター・フィグが呼んだ。「いつもの時間に戻ってきなさい」

「はい！　ありがとうございました」

やった！　手がかりは見つかったし、ミスター高潔に認められたし、そのうえ支配人のおかげだとしても、愛する仕事を続けられる。

サッフォーはローズに関する手がかりがすべてぴったり収まる鍵となるだろうか？　それともまたわたしの勘ちがいだろうか？

ロビーに急いで戻ったとき、フロントに誰もいないのを見て、勝利の確信はさらに燃えあがった。わたしはフロントデスクのうしろに潜りこんで、ガリアの間の鍵をつかんだ。あともう一回ローズの部屋へ忍びこめたら、彼女にまつわる話の真実がわかる。

そのとき、事務室の反対側で厨房の扉が開いた。

わたしは鍵を手にしたまま凍りついた。

彼はカーテンから出てくるまえに話しだした。「まったく信じられないよ」

わたしは息を吐きだした。ジョージだ。

ジョージは困惑して、顔をしかめた。「あそこには臭いなんてなかった」

「ええ？　どうして、そんなことが？」

「かすかな臭いは残っているんだ。だけど、貯蔵室を残らず調べてみたけど、悪くなったものは何もなかった」

わたしは地下の貯蔵室を透視できるかのように、床を見つめた。「ミスター・フィグがもう掃除をしたのね」

「ああ、そうだな」ジョージは片手で顔をなでた。「お礼を言わないと」

「行ってきて。あとから見つけるから」わたしはまずローズの部屋へ行き、詩を、あるいはジェフリーからのラブレターを探すことにした。

だが、ジョージがテラスに出るドアに着くまえに、ミスター・フィグがドアを開けて入ってきた。そして、わたしたちふたりを見て、眉をひそめた。「ふたりとも制服を着るか、目立たないようにしなさい」

「はい」わたしは答えた。

「フィグ」ジョージは手を伸ばして握手した。「貯蔵室をきれいにしてくれてありがとう。何でそんなことになったのかわからない」

「干潮のときの臭いみたいだった」ミスター・フィグは鼻にしわを寄せた。「だが、わたしはきみが何とかしてくれるのを待っていた」

「あなたが掃除してくれたんじゃないのか？」ジョージはふり返って、表情を変えずにわたしを見た。

わたしはジョージを見つめかえして、頭をすばやく回転させた。あんなに急に、あんなにひどく何が臭っていたのだろう？　その臭いがどうして消えたの？「誰かが貯蔵室に忍びこんだんだわ」

ジョージはうなずいた。「誰かが野菜にさわったんだ。警察の鑑識はジャガイモの調理中にアレルギー源が混入したと報告したと言っていたよな。あるいは、調理するまえか」

「とても専門的だったから。デ・ルナ警部でさえ完璧には理解していなかった」わたしは目を閉じて、必死に思い出そうとした。可能性が見えてきて、お腹がぞくぞくした。「デ・ルナ警部は、検査の結果から、ジャガイモは調理されるまえにアレルギー源が混入したはずだと言っていたと思う。調理をはじめるまえかもしれないなんてまったく考えなかった！」

「あのひどい臭いは腐ったジャガイモだったのか？」ミスター・フィグが訊いた。

「これでわかった。でも、これは推測にすぎない。貯蔵室をもう一度見てみましょう」わたしは言った。

わたしたちは三人で貯蔵室へ急いだ。まえにジョージ、うしろにミスター・フィグがいるので、階段から落ちることはあまり心配しなかった。

貯蔵室に入ると、ジョージが目を見開いてわたしをふり返った。「ジャガイモがない」

わたしたちは部屋じゅうの木箱を探して確かめた。

「ない。まったくない」ジョージは言った。「でも、箱に入って、ここにあったはずなんだ。

料理に出す前日に運ばれてきたから。誰がやったにしろ、ずいぶん手まわしがいいな」

わたしはあの日のことをよく思い出してみた。ミズ・スウェインがチェックインして、わたしが厨房に入り、ジョージにアレルギーのことを伝えた火曜日の午後だ。

ミスター・フィグはハンカチで両手を拭いた。「貯蔵室の鍵はきみとわたししか持っていない」

つまり、まだジョージが疑われているということだ。

ジーンズに入っていた電話が鳴ってジョージが出ると、頭を揺さぶられるような奇妙な感覚がまた起こった。ミズ・スウェインがチェックインしたときに感じた、何かを知っているような感覚だ。でも、それが何かがわからない。

ジョージは電話を切ると、難しい顔でわたしを見た。「きみの友だちの刑事が訊きたいことがあるから警察にこいって」

「友だちなんかじゃない」デ・ルナ警部は何をするつもりなのだろうか？「月曜日まで待つと約束したのよ。デ・ルナ警部が言ったのはそれだけ？〝訊きたいことがある〟って？」

「もう終わりだ」ジョージは言った。

貯蔵室の雰囲気が変わった。わたしたちはひっくり返った木箱に囲まれ、お互いに顔を見あわせた。

デ・ルナ警部は約束を破った。わたしたちは獲物を追いつめつつあったのに、デ・ルナ警部はわたしたちを抑えこんだのだ。

初めて、殺人犯を罠にかけるのに必要なものがそろったのに。あとは計画を立てるだけなのに。

逮捕されたあとでもジョージを釈放させられるだろうが、それだけではいやだった。ジョージを逮捕させたくない。ジョージのような職業は、正式に告発されたら致命的なのだから。

一刻も早く動かなければ。


通常であれば、わたしは秘密をネタにして脅してまわったりしない。もうすでに用水路の件を知ってミスター・チェンを脅しているので、またドイルを脅すのはいやだった。

でも殺人犯と対峙するなら、ぜったいにドイルの車を借りなければならない。

ジョージの車が車庫から出ていったあと、わたしはジェフリーの車が最後に停まっていた、空のスペースに立っていた。そこでチューブの切れはしを見つけたことを思い出すと、くるくる回転していた手がかりが頭のなかで収まった。

動機。方法。機会。殺人犯を追いつめるのに、必要なことすべてだ。

でも、わたしには足がない。

ベアの車は借りられない。わたしたちが貯蔵室にいたときに帰ってしまったから。ミスター・チェンは自転車で通勤している。テレンスはバス。ミスター・フィグがわたしにマークIIを貸すわけがない。

まず、ドイルには進んで協力する機会をあげよう。

わたしはフロントデスクで携帯電話をじっと見ているドイルを見つけた。今回は注意しないことにした。「お疲れさま、ドイル。大切な用事があるんだけど、きょうは父の車がないの。あなたの車を貸してもらえない？」

「無理。どんな用事か知らないけど、シフトにまにあうように戻ってよ。きょうは大きなショーに出るんだから」

「そんなこと言わないで。三十分で返すから。それに、ガソリンは満タンで返す。いいでしょう？」

「明日のシフトを代わってくれれば」

休みはどうしても必要だ。「そうしたら、二回続けて働かなきゃいけないし、今週はもう一回多くシフトに入っているから」

「それじゃあ、だめだ」

ドイルは選択肢をくれなかった。彼に恥をかかせたくはないが、どうしても行かなければならない。わたしはさりげなくフロントデスクに寄りかかった。「きょうの午後、また大きなショーがあるの？」

「ああ」ドイルのやわらかな頰が震えた。

ドイルの鼻をへし折ってやる誘惑に抗えなかった。「そうよね。日曜日の午後は子どもの誕生日パーティーが多いものね」

ドイルは目をしばたたいた。「どうして知っているんだ？」

「心配しないで。秘密は守るから」わたしはにっこり笑った。「車を貸してくれれば」

ドイルは乳を搾ってもらえなかった牛のような声を出し、ポケットに手を突っこんで、鍵を出した。「わかったよ。時間は守って」

「ありがとう。秘密がわかったのはピエロのせいよ。ミズ・スウェインが亡くなった夜、ここへきたの」

ドイルはてのひらでフロントデスクを叩いた。「そうか！　あいつのせいか！」

芝居がかった様子でスイングドアから飛びだしていったが、ドアが勢いよく戻って彼の尻にぶつかった。

16　飛躍

がたつくドイルのフォードの窓をすべて開けても、フライドポテトと風船ガムの嫌な臭いが消えず、わたしはまったく息ができなかった。でも、とりあえず雨は降っていない。

ブッシュ・アベニューに入り、わたしはなぜもっと早く真実に気づかなかったのだろうかと自分を責めた。この道路はまえにも、正確に言えば二回も通っているのに。

チャタヌーガ川にいるベアを探すために、オーウェンに乗せてきてもらった。次はジェフリーの土地を見るために自転車できて、ヘマルのトラックとぶつかった。ヘマルとミズ・スウェインの土地を結びつけたのに、どうしてこの土地のことは思いつかなかったのだろう？でも、殺人犯を捕まえるのには遅くない。この計画がうまくいけば、ジョージが正式に逮捕されるまえに白状させられるかもしれない。

やっとすべてを絞りこんで核心に迫った自信があった。すべての嘘と秘密、失われた愛と利益がこの道につながっていた。

デ・ルナ警部のところへ直接行って知っていることを話すこともできたかもしれないが、証拠もなしに、また別の容疑者を伝えても効果はないだろう。それに、デ・ルナ警部はいま再度ジョージに〝訊きたいこと〟を尋ねるのに忙しいはずだ。

警察署でデ・ルナ警部といるジョージを思い浮かべた。四年生のときから培っていた、あの気高く挑戦的な顔で、壁に空いた穴を見つめているはずだ。

左側にある、日曜日で静まりかえったヘマルの分譲地を通りすぎた。自分がひどい言いがかりをつけ、デ・ルナ警部の分別がなければ、その言いがかりのせいで、不運な状況にあるヘマルがさらに不幸になっていたかもしれないと思うと、後悔で胸が苦しくなった。

車でここを訪れるのは最後になるだろう。あとひとつだけ危険な対面をして、仕事をやり遂げる。

右側ではクマの檻があるジェフリーの敷地が景観を傷つけていた。不正を正し、捕らわれの動物たちを解放させる力をもっていたことに、とてもぞくぞくした――。

ウサギが目のまえに飛びだしてきて、わたしは体重をすべてかけてブレーキを思いきり踏んだ。毛皮をまとった生き物は高慢そうにこちらを見て、安全な排水溝に逃げていった。フォードの速度をもとに戻すまでに、五分はかかった気がする。

一キロも走らないうちに、マロリーの農場が見えてきた。きちんと植えられた緑の列が遠くの並木まで広がり、午後の陽光がオレンジ色の納屋を照らしている。

わたしはため息をついた。こんなにも理想的な田園の美しさが暗い秘密を隠しているなんて、誰が想像するだろうか。殺人犯を暴けば、この場所はこれまでと同じではいられず、わたしは美しいものを壊すのがいやだった。

マロリーの日焼けしたやさしい顔と、土の入りこんだ短い爪を思い出した。わたしに糾弾されたら、彼女のなかの獣を呼び覚ましてしまうのだろう。

私道に入っていくと、作物のなかで膝をついていたマロリーが顔をあげた。片手をかざして、目を細めている。わたしはこの瞬間、ここにいるのがいやだった。いつも園芸をするひとは最もすばらしい人々だと思っていた。野菜農家も規模が大きい園芸をしているようなものなのに。

わたしは納屋の近くにある砂利パッドのうえに車を進め、見覚えのあるオレンジ色のトラックの隣に停めた。

このまえきたときは気づかなかったが、納屋をオレンジ色に塗る突飛なひとが同じ色のトラックに乗る可能性を思いつくべきだった。

わたしは口を固く結び、車から降りて、まっすぐマロリーに近づいた。ジョージを救うにはこれしか方法がないのだ。真剣にやらなければ。

マロリーがブラックベリーのなかから出てきて、わたしを出迎えた。

「アイヴィー！」マロリーが手をふって微笑み、わたしはさらに近づいた。スズメバチが飛んできて、マロリーは頭を傾けて避けた。「調子はどう？」

胃が締めつけられた。「あまりよくないです」

五メートルほど先で、オーウェンが納屋のドアから日光のなかへ出てきた。手もふらないし、微笑みもしなかった。オーウェンはわたしが何をしにきたかわかっているのだろうか？

わたしのじゃまをするつもり？

マロリーが眉を吊りあげた。「どうしたの？」

「ジョージがまた事情聴取のために連れていかれました。警察はジョージを逮捕するつもりです」

マロリーは花壇の仕切りにしている線路の枕木に腰をおろした。「アイヴィー。とても残念だわ。そんなのは正しくない」

「ええ、そのとおり。でも、そのおかげで、あなたには物事を正す時間が、ほんの少しだけどできたはずです」

「わたしに？　どうすれば、助けられるの？」

わたしは声を荒らげて、マロリーのほうへ足を踏みだした。「ばかなふりをするのはやめて。スウェイン親子の豚肉工場のせいで、この農場が危険にさらされていたことは知っています。工場を建てるなんて、あなたにはとてもがまんできなかった」

「そのとおりよ。工場がこの農場を危険にさらしていた。あの手の工場がうちみたいな小さな農場にどれだけの影響を及ぼすか、きっとわからないでしょうね。まず、うちはオーガニックの認定を失う。排水は汚染されていて危険。そんなことになったら、この農場は閉鎖するしかない」

マロリーは立ちあがり、わたしに一歩近づいた。「でも、わたしは誰も殺していない。もう、その件はあきらめたから」

「そんなに簡単に？　あなたの目を見れば、どんなにここを――」

「簡単じゃなかったわよ」マロリーは身体の両側で手を握りしめた。「すべてをこの場所に注ぎこんできたのよ。すべてを。去年、やっと利益が出たんだから」

「それなら、ぜったいに奪われたくないはずよ。やらなきゃならないことは何でもやるでしょう。殺人だって」

マロリーはシャベルの柄をもって、土に深く突きさした。「自分が何を言っているのかわかってる？　わたしは人殺しなんかじゃない」

わたしはずっとマロリーを見ていたが、視界のなかでオーウェンがじりじりと近づいてきた。よし。彼に聞かせてやる。

マロリーはオーウェンに目をやって、口もとを引き締め、わたしをにらみつけた。「最初に工場の話を聞いたとき、近所のひとに話を持ちかけたの。土地利用委員会に訴えようって。でも、委員会は動かなかった」

マロリーはもう叫んでいるかのようだった。「あのひとたちはここの発展と、雇用と、スウェインの工場がもたらす莫大な税収が欲しかったのよ。それで、わたしは事の成りゆきを受け入れたってわけ。わかった？」

「アメリア・スウェインがホテルに泊まっていることを耳にするまでは、でしょ」

「ちがうわ――」

「ジャガイモは水が染みこみやすいんですって。うちの最高のシェフ以外は、誰もそんなことは思いつかないでしょうけど。あなたがどんな方法を使ったのかはわからない。川にでも浸けたのかしら。ザリガニは川に住んでいるから」

一瞬、マロリーはぽかんとすると、納屋のうしろの並木を見つめた。

「ジェフリーが建設を進めると知って、彼も殺したんでしょ」

「あなたは何もわかっていない」マロリーはシャベルを持って近づいてきた。てのひらが汗ばんできた。マロリーが何をするつもりなのかはわからない。でも、できるだけ遠くに突き飛ばさないと。「怒っているふりをしているけど、本当はわくわくしているんでしょう。ここで農場を続けていけるし、またすべてを――」

「わたしの農場から出ていって！」マロリーが怒鳴った。

マロリーの擁護者である、オーウェンが走りだした。

わたしは後ずさった。「帰るわ。でも、あなたの犯罪のせいで無実のひとを苦しめたくないなら、正しいことをして」

わたしが立っている場所でも、マロリーの激しい息遣いが聞こえた。強くかみしめた口からマロリーのうなり声が漏れてくる。「わたしの、農場から、出ていって」

わたしはミツバチの巣箱のあいだに立っているマロリーを残し、車に乗って、ばつが悪いほどかん高い音をさせてドアを閉めた。

オーウェンがマロリーに近づいて、腕に触れた。マロリーがオーウェンに話しかけている。

きっと、わたしが言ったことを説明しているのだろう。それでいい。

わたしには何も聞こえなかったけれど、すべてが計画どおりに進むことを祈った。


ホテルに戻って制服に着がえ、一階に着いたときには勤務時間に十分しか遅れておらず、わたしとしては上出来だった。ドイルはそうは思わなかったが。

ジョージからの連絡を待つ長い夜になりそうで、厨房で彼と一緒に過ごして気晴らしをすることもできない。代理のシェフが二回目のディナーを準備していたが、話しかける気にはならなかった。

とりあえず、代理のシェフが華々しく成功している様子はなかった。今夜のディナーの予約は痛々しいほど少ない。

処理されるのを待っている書類の山に向かうと、ローズ・ジューエットがカーペット地の旅行かばんを片手に、滑るように階段をおりてきた。なにげない笑みを浮かべて、フロントで立ち止まった。

ここ数日、どれほど頻繁にローズのことを——そして、どんなことを——考えていたのか、わたしの顔から気取られなくてほっとした。「もう一泊お泊まりのご予定ではありませんでしたか?」

「ええ。部屋代を取られるのはわかっているけど、もうここを出る準備ができたから。それに、きょうショーで会った別の昔なじみから、帰るまえに泊まってほしいと招待されたのよ」

「すてきですね」わたしはローズにサインしてもらうために、すべての料金の明細を手書きした最終的な請求書を渡した。

もうローズの部屋で詩を探すことはできない。でも、それはたいした問題ではないのかもしれない。詩がミズ・スウェインの部屋に置かれていた理由はわかった自信があるが、それでもまだ疑問は残っている。「ローズ、ミズ・スウェインの部屋を掃除していたとき……一泊目の夜、ミズ・スウェインがいらした唯一の夜ですけど、彼女のために置いてあった詩を見かけたんです」

ローズはカウンターにペンを置いて、背筋を伸ばした。「ええ、あれはわたしよ。わたしが――」

ローズは思いがけない鋭い痛みを感じたかのように、目を険しく細めて眉根を寄せた。

「あれは、わたしたちが一緒に読んだ詩なの……もう何十年もまえにね」

「ミズ・スウェインを愛していたんですね」

ローズは震える下唇をかんだ。そして、うなずいた。

「あなたは彼女に恋していた」

「そうよ」ローズの言葉はあまりにも長いあいだ閉じ込められていた犬のように勢いよく飛びだした。ローズは口を押さえた。目尻には涙が浮かんでいた。

もっと早く尋ねるべきだった。でも、ローズがこれほど率直に答えてくれるなんて誰が思うだろう。もしかしたら、数日まえまではこれほど率直ではなかったのかもしれない。わたしたちはお互いに信用しあえたのだ。

　信用はしているけれど、理解はしていない。あの女性に恋するひとがいるなんて、とても信じられなかった。わたしはフロントデスクに置いてある箱からティッシュペーパーを取って、ローズに渡した。「庭でお話ししたとき、とてもとまどったんです。あなたが愛していたのはジェフリーだと思っていたから」

「あのまぬけを？」ローズは笑って、ティッシュペーパーで目尻を押さえた。

「ミズ・スウェインも恋するのは難しそうです」

「そうね」ローズはフロントデスクに寄りかかり、首をふって悲しそうに微笑んだ。「アメリアは……彼女はいつも頑固だったし、上流気取りのところがあった。でも、よく知ると、思いやりもあるし、賢いし、才能もあったの」ローズはつらそうになって、言葉を押しだした。「アメリアは美しいものを愛していた。わたしの作品を愛してくれた」

「ミズ・スウェインがこのホテルにくるのを知っていたから、ここに泊まったんですか？」

　ローズは息を吸いこんで、顔をしかめた。「空港でアメリアを見かけたの。奇跡だと思った」ため息をついた。「わたしが想像していたような年のとり方ではなかったけど、すぐにわかったわ。ご主人が亡くなったことは友人たちから聞いていたから、それで……」

　ローズは言葉を切って、顔をそむけた。

「もう一度、試してみようと思ったんですね」

「ねえ、アイヴィー、若いひとって怖がりよね。気持ちを抑えつけてしまって、あとになって悔いるの」

「ミズ・スウェインもあなたを愛していたんですか?」

「ええ。でも、わたしたちが育った環境では若い娘を縛るおかしなルールがたくさんあって……着るものも、すわり方も、就ける職業も、そして愛することを許される対象も決められていた」

「あなたはルールを破った」

ローズはうなずいて、顔をあげた。「わたしは社会に背いた。アメリアは自分の心に背いた」

「それで、あなたは空港からミズ・スウェインを追ってきたんですか?」

「アメリアがこのホテルに泊まることや、このホテルがどんなにすばらしいか、得意気に話しているのを耳にしたのよ。でも、わたしはチェックインしたあと、怖じ気づいてしまった。受動的攻撃性ってやつね。だけど、庭を歩いているときに、サッフォーの彫刻を見て、これはお告げだと思った」

「それで詩を写して、ミズ・スウェインの部屋に置いたんですね」

ローズは肩をすくめて息を吐いた。「わかっているのよ……感傷だってことは……でも、もしアメリアが思い出してくれたらって……」

「詩が書いてあった紙を片づけたのはミズ・スウェインですか?」

「たぶん、ジェフリーね。最後は柄にもなくやさしかった。アメリアが後悔していたことを、わたしに伝えてくれたわ」

それで、ローズはワインを持って庭へ出たのだ。ずっと求めていた愛の最も近くに。

わたしはそんな恋をした経験はないけれど、手が届かないものを必死に求めて生きていくことがどんなものかはわかる。ホテルの廊下を歩いているとき、同じ痛みを感じているから。祖先の肖像画をじっくり見て、ミスター・フィグが語る先祖の人生に浸ることはできるが、どんなに求めても、モロー家の一員にはなれない。

わたしはローズが旅行かばんを持ち、ホテルから翳りつつある陽光のもとへ出ていくのを見送った。


ローズが出発したあとの数時間、ホテルは静まりかえっていた。

書類を処理していると、ヘマル・サンディープがきのうチェックアウトしていることがわかった。ジョージに対する言いがかりが収まったら、クラリスタにヘマルと壺の話を伝えよう。おそらくヘマルはホテルを予約したときから、何かを盗むつもりだったにちがいない。ヘマルは強迫観念から盗みを働く、盗癖があるわけではない。壺を売って、このホテルの数回分の宿泊費を払い、経済的な危機を乗り越える助けにするつもりだったのだろう。

ギャビーとジョンのモレッティー夫妻とケリー・パーソンとデュプレ一家はすべて今朝出発していた。ホテルにとって、宿泊客が新しい週をはじめるために家へ帰る日曜日にひとがいなくなることは普通だった。通常であれば仕事でやってくる人々は今夜チェックインするが、何件か予約のキャンセルがあった。わたしはキャンセルとスキャンダルを結びつけまいとした。

今夜は残っている宿泊客、ミスター・ウルストンの偏屈な心の闇に対して、ひとりで激しい炎を燃やすことになるだろう。

だが、ディナーの時間が何事もなく過ぎても、ミスター・ウルストンの姿は見かけなかった。今夜ディナーをとっているのはホテルの宿泊客だけだ。そして、ターンダウンが必要なのはミスター・ウルストンの部屋だけ。ミスター・ウルストンはまだ〝起こさないでください〟カードをぶら下げておらず、それが下がるまでは仕事をやらなければならない。そのあと、わたしは誰もいないロビーに戻り、ジョージの状況を知りたくてメッセージを送った。

わたしの考えが正しければ、デ・ルナ警部はすでに自供をテープに録音し、すべての事件を終わらせる頃だ。そのあとジョージは彼女に帰っていいと言われ、おそらくまっすぐホテルにきて、いい知らせをもたらしてくれるだろう。きっと、お礼とともに。

わたしは自分の計画に自信を持っている。それなのに、どうしてこんなにひどく不安なのだろう。

17 落下

時間はゆっくり過ぎていった。十一時になる頃には、ジョージからの返信がないかと、数分おきに携帯電話を見た。携帯電話の呼びだし音か、うしろにある厨房の扉が開くシュッという音のどちらかをいまかいまかと待っていた。

ジョージのにおいを嗅いだ気がしたし、彼の痩せた体格を感じられた気がした。コックコートを着たジョージが近づいてくる姿を想像したけれど、そんなのはばかげている。今回の件を笑って忘れられるときが待ち遠しかった。

デ・ルナ警部はいま頃はもう犯人の自供を得ているはずだ。それなのに、デ・ルナ警部からもジョージからも連絡がない。

わたしの計画がうまくいかなかったのかもしれない。

わたしは携帯電話で新規メールの画面を開き、オーウェンとマロリー、農場、そしてジャガイモについて、わたしが探りだしたことを残らず明らかにするデ・ルナ警部宛てのeメールを書きはじめた。

カーテンの反対側で、厨房のドアが開く音がした。

それとも、ただの想像だろうか？

わたしはジョージにいてほしくて、黒いシルクのカーテンを開いた。

だが、パソコンの画面のほの暗いブルーの光で下から照らされたのは、ジョージの顔ではなかった。

わたしはカーテンから手を放して、よろよろと机まで後ずさった。

オーウェンが手袋をはめた手でジョージのナイフを持って、カーテンから出てきた。

彼がここにいるということは、わたしの計画は失敗だ。

オーウェンは自供しなかった。わたしの口をふさぐつもりだ。いつだって考えられる可能性だ。きちんと準備をしておくべきだった。

もう真実を知るひとは、ほかにはいない。

わたしは落ち着きを取り戻し、低いゲートをすり抜け、背の高い棚をあいだに挟んだ。

「携帯電話を置いて」オーウェンの声は震えていた。

デ・ルナ警部へのeメールはまだ書き終えていなかった。オーウェンに話を続けさせて、どうにか逃げられたら送れる。

それとも単純に、九一一に電話をするか。

わたしは選択肢を考えながら、うしろにさがった。階段は左側？　正面玄関は右側？　そのあとどうすればいい？「オーウェン、あなたはもうふたり殺しているのよ。もう、それ以上殺したくないでしょ」

「そのとおり。殺したくはない。でも、やらなきゃ。それに、だんだん簡単になってきた」

「ミズ・スウェインのアレルギーはどうやって知ったの？」

「おれたちが初めて会った日、きみがジョージと話しているのを聞いたのさ」

「厨房のすぐ外にいたのね？　あのとき聞いていたの？」

「言うまでもないだろ」彼はなぜこんなに落ち着いていられるのだろうか？　きっとずいぶんまえから、わたしを殺すはめになることをわかっていたにちがいない。

「あのときからずっと、好きなときに出入りしていたのね」わたしは言った。「最初に配達したジャガイモと、アレルギー源で汚染させたものをすり換えるために。そのあと、汚染させたジャガイモを持っていったんでしょう。でも、どうやって？」

「ずっとまえから、クラリスタに地下の鍵をくれるよう頼んでいたのさ」

「クラリスタが渡したの？」どうしてクラリスタは教えてくれなかったのだろう？　でも、わたしが殺人犯を探していることを知らないし、事件と関連があるなんて、おそらく気づいていないだろう。

「おれたちの小さな秘密だったから」オーウェンは世界じゅうの時間をひとり占めしているかのように机に寄りかかり、わたしたちのあいだを隔てている棚にナイフを持っている手をついた。でも、髪の生え際の汗をぬぐっている。「マロリーが誰かを殺したと、きみが思いこんでいると知ったときは、本当に頭にきたよ」

「思ってなんかいないわ。あなたの反応を引きだすために、マロリーを責めただけ。ジェフリーの車があった場所から電線の絶縁体の切れはしを見つけたときには、あなたが犯人かもしれないと考えた。あなたはトラックとか農機具の修理が得意なんでしょ。でも、あのときは、あなたもジェフリーまで殺すことになるとは思わなかったのよね」

「車の細工をしているとき、じゃまをしたからだ。彼は小さな事故を起こすだけの予定だったのに」

「どうやってジェフリーを殺したの？」

オーウェンの手がナイフをきつく握りしめた。「ガソリンが漏れているから調べていたと言ったんだ。信じなかったよ。それで車に押しこんで、膝で背中を押さえつけた」

わたしはたじろいだ。恐ろしい場面が思い浮かんだ。

オーウェンはいまにも嘔吐するかのように顔をゆがめた。「頭を押さえて、顔をやわらかい革の座席に押しつけた」

「息が止まるまで。でも、警察が自殺だとは考えないことに気づくべきだったわね」

オーウェンは肩をすくめた。「あまり時間がなかった。でも、いまはある」

腸《はらわた》が煮えくりかえった。

オーウェンは険しい顔で電話の受話器を取ってはずした。「今回はじゃまされたくないからな」

頭がくらくらした。「あなたは自分のためにはしなくても、マロリーのためなら、正しいことをすると思っていた。彼女の嫌疑を晴らすために」

「きみは、おれのことを知らないから。少しばかり楽しい会話をしたからって、おれを知っていることにはならない」

「でも、マロリーは知っているでしょ？　わたしに非難されたあと、マロリーは真相に気づかなかった？　自白してくれって頼まなかった？」わたしは左へ一歩踏みだした。エレベーターに一歩近づいたのだ。

「マロリーから頼まれていたら、きみのまえに立っていない。おれに何もなかったとき、マロリーは農場で居場所を与えてくれた。彼女のためなら、どんなことでもするよ。その点では、あんたは正しい」オーウェンは肩をすくめた。「でもさ、アイヴィー。問題は、あんたさえいなくなれば、問題はすべて解決するってことなんだ」

「あなたはジェフリーの件で失敗した。自殺じゃないって、警察はわかっているわ。ジェフリーの車にあなたの指紋が残っているかもしれない」

「きれいに拭きとったさ。でも、今回は準備万端だ」オーウェンは手袋をしている手をあげた。「あんたのことは、もっとうまくやる」

「わたしを捕まえられなければ無理でしょ？」はったり？　脚ががくがくしているのに。走れるかどうかさえわからない。

机のうしろで、オーウェンがスイングドアに一歩近づいた。

わたしは逃げる方向を悟られないように、目の動きを抑えようとした。モーニングルームのドアはエレベーターの数メートル先だけれど、それがいちばん早そうだ。そこから、テラスに出られる。わたしはお腹に力を入れ、絶好の機会をうかがった。

オーウェンがスイングドアから出てきた。

わたしは右へ行くふりをして、左へ行った。エレベーターのまえを駆けぬけ、モーニングルームのドアを通った。

うしろで、オーウェンの靴が床を蹴っている。

モーニングルームは暗かったが、充分な暗さではなかった。隠れる場所はない。

ここと比べれば、温室は葉が迷路のように茂っている。わたしは朝食用のテーブルのあいだを縫うようにして通りぬけ、温室のドアを目指した。あと数歩で薄暗い木々のなかに隠れられる。

オーウェンのシルエットがロビーからモーニングルームへ入る戸口いっぱいに浮かんだ。どこかの皇帝の大理石の胸像を掲げている。

わたしはドアを開けた。

オーウェンが胸像を投げた。ものすごい勢いで空中を飛んでくる。

わたしは避けたが、まにあわなかった。重い石像が腕にあたり、床に落ちて割れた。

痛みは感じるより先に見えた。視界に真っ白い閃光が走ったのだ。

動物のような悲鳴が口から出た。

わたしはつまずくようにして温室に入った。心臓が強く締めつけられているみたいだ。痛む腕を胸につけて無事なほうの手でそっと押さえた。

茂りすぎたオレンジの木なら隠れられるだろう。わたしは温室の隅にある陰になっている部分にそっと近づき、オレンジの木と冷たいガラスの壁のあいだに入った。そして大きな枝に寄りかかって隠れた。

わたしはオレンジの明るさを、慣れ親しんだ友人たちが放つ酸素を吸いこんだ。アナナスと、ランと、ブーゲンビリアがわたしを包みこんでくれた。

仮にここでオーウェンに殺されても、少なくともひとりじゃない。

わたしは腰をおろすのが怖くて、壁にもたれかかった。胸の痛みでほかの感覚がまったくない。

また起きないで。いまはだめ。

わたしは痛みとパニックであえいだが、噴水の水音がごまかしてくれた。

でも、それはオーウェンにも同じように好都合になる。

わたしは冷たい石のうえを歩くオーウェンの足音を想像した。

逃げる場所はない。いま隠れている場所から出たら、姿を見られるだろう。危険を冒して九一一に電話する？　光と音で居場所がばれる。

「出てこい、アイヴィー、出てこいよ」オーウェンは近い。

走ったことと、湿った空気で、肌は冷たくべたべたしている。胸が苦しい。

わたしは汗をかき、息を切らしながらうずくまった。心臓発作が起きるにちがいない。

オーウェンに捕まるまえに、発作で死ぬのが先だろうか？

どんなことが起こっても、倒れたくない。

こんなことで、ここで倒れるのはいやだ。わたしはけがをした腕をおろした。焼けるように痛い。無事なほうの手で、胸の高さにあった太くてざらざらした枝をつかんだ。

オーウェンがまた声を張りあげ、噴水の音に負けずに聞こえてきた。「あんたを殺したくはないんだ。ほかのやつらよりずっと」

近い場所で葉がかさかさと鳴った。

オーウェンが投げつけてきた胸像をひろえれば、彼にぶつけて、自分を守れる。暗がりに目を走らせて、武器になるものを探した。

周囲の木が揺れた――めまいだろうか？　頭がずきずきする。脚も重い。

倒れたくない。

立ったまま死にたい。それがわたしなりの最期の迎え方だ。

わたしは片方の腕を枝に巻きつけた。隆起している木の皮に指を食いこませて寄りかかった。

わたしの体重で、枝が動いた。ほんの数センチ。

すると、金属音が鳴り響いた。

「聞こえたぞ」オーウェンの足音が近づいてくる。

隠れる場所はない。

また金属音が鳴り、足もとの床が消えた。

わたしは枝につかまろうとしたが、無理だった。身体の重みが下へ引っぱられたとき、袖が木の皮に引っかかって裂けた。

わたしは暗闇に吸いこまれた。

悲鳴はあげなかった。

でも、落ちた。

頭から真っ逆さまに。両手を突きだした。

空気しかない。何もできない。

両腕が硬いものにぶつかって、身体がねじれた。ひじが壁にぶつかった。膝が角にあたった。やわらかい部分がすべて石のように硬いものにあたった。

棘《とげ》のようなものが頰をひっかき、髪を引っぱり、ドレスに引っかかった。

スロープだ。

いや、階段だ。以前はなかった階段にちがいない。これまで怖いと思ったことがない階段。

それに、ここで――。

この落下で、わたしが恐れているのは――。

不安で混乱するなかで――。

思い浮かんだのは死ではなかった。

走馬灯のように浮かぶ、わたしの人生でもない。

写真だけだ。パッと浮かんだ三枚の写真だけ。その画像は次第にわからなくなっていく。

——真っ赤な顔で涙を浮かべた幼なじみ。

——養護教諭と、包帯が巻かれたわたしの足首。

——母を探して空っぽの家を走りまわる父。

身体が冷たい床に叩きつけられて止まった。落ちた場所から見あげてみた。薄暗い電灯が上から階段を照らしていた。階段は二十段ほどで、下へいくほど暗くなっていく。

空気は百年の秘密を抱え、カビ臭さと腐臭で重かった。

それは祖先がつくった、ふたつ目の秘密の通路だった。

ぞくぞくする震えが肩までのぼってきた。こんな方法で見つけたいわけではなかった。心臓はわしづかみにされたみたいで、どくどくと鳴っている。

パニックで全身が凍りついた。いま感覚があるのは、落ちたときに打ったところだけ。たぶん、折れている。

目が慣れてきて、頭上の温室の床に空いた穴から月明かりがかすかに射しこんでいるのがわかった。ふらふらする視界だと、波のように揺れて見える。この完全な闇と比べれば、とても明るい。

今回はそれがわたしに有利に働くかもしれない。でも、早く考えなければ。すでにオーウエンが階段の最上段の砂を踏みしめる音が聞こえている。

わたしは身体をひねって起こした。頭がくらくらして、動悸がする。

わたしは自分を守れるだろうか？　感覚のない手でオーウェンを殴れるほど硬いものをや

みくもに探す。

ごわごわとした布のようなものをつかんだが、すぐに放った。次に硬くて毛皮でおおわれている塊を見つけて捨てた。

オーウェンが階段を踏みしめる音が一歩ずつ近づいてくる。

階段を見あげた。ナイフが月光を反射して光っている。

わたしは何とか呼吸をしようとした。肋骨は凍りついている。

手が震える。体内のパニックは抑えられないし、殺人者も迫っている。どうするのか、選ばなければ。

隠れても無駄だ。きっと見つかってしまうだろう。それでも手足をつき、階段から這って逃げた。冷たい壁にくっついてすわった。身体を支えるために、無事なほうの手を伸ばすと、埃をかぶった瓦礫《がれき》の山に触れた。

目のまえでオーウェンの足がいちばん下の段を踏み、そのあと床におりた。わずか三十センチしか離れていない場所に現れ、頭をゆっくりまわして、耳をそばだてている。

胸の鼓動があまりにも響くせいで、ほかの音が聞こえなくなった。でも、わたしには音より頼りになるものがあった。もう目が慣れていた。

横にある瓦礫のなかで、指先が壊れた煉瓦か石の塊に触れた。わたしにできるだろうか？

わたしにそんな力がある？

オーウェンの顔がこっちを向いた。何か聞こえたにちがいない。わずかな明かりで、オーウェンの残酷な引き締まった口もとが見えた。ナイフをこちらに向けている。

わたしは最後に残った力をふりしぼり、平衡感覚を保てていることを祈った。

オーウェンが突進してきた。

わたしは横に避けた。

オーウェンは目を見開き、動揺して向きを変えた。

わたしは立ちあがり、煉瓦をオーウェンの頭に打ちつけた。

力の抜けた身体が床に崩れ落ちた。

わたしの身体も。


ふたたび目を開いたとき、見えたのは白一色だった。明るく照らされた天井だ。両側を壁で囲まれ、コードやつまみがぶら下がっている。

救急車のなかだ。やわらかくて冷たいものが頭のてっぺんにあたっている。けがした腕は副《そ》え木で固められていた。

わたしは起きあがって、あたりを見まわした。

ミスター・フィグが救急車のテールゲートにすわり、開いたドアの外を見つめていた。

ホテルの窓が赤と青の光を反射している。暗い芝生のうえに、制服を着た人々と緊急車両が散らばっていた。

わたしはいつものミスター・フィグのように咳ばらいをした。

ミスター・フィグは驚いて、わたしのほうを見た。「ミス・ニコルズ」わたしが聞いたミスター・フィグの声のなかでは、いちばん叫び声に近い。

ミスター・フィグは横にきて寝台をつかんだ。今回ばかりは、彼も落ち着きを失っていた。

「きみは——いったい——ああ、よかった」

ミスター・フィグの呼吸は乱れ、シャツには皺が寄って、土で汚れていた。

わたしは何とかすわろうとした。

ミスター・フィグがわたしの肩に手を置いて押さえた。「いや、だめだ。起きあがらないで。救急救命士がすぐに戻ってくるから」

外ではデ・ルナ警部が大声で命令していた。クラリスタの声も交じっている。ジョージの声も。

「何があったんですか?」わたしはミスター・フィグに訊いた。

「わたしたちがきみを発見したんだ——」

「わたしたち?」

「きみには長く感じた夜だったろう。ミスター・アンゲレスクのことを思っていただろうから。ホテルに電話をしたが、話し中だった」ミスター・フィグは手で髪を二度梳いたが、とくになでつけるつもりはないようだった。「ホテルに着いたとき、フロントデスクの電話の受話器がはずれ、モーニングルームのキケロの胸像が壊れていた。そしてカビの臭いをたどっていって、きみが見つけた開口部を発見した」

「オーウェンは？」

「ミスター・クリスティーは警察の監視下で、病院に搬送された」

「ジョージは釈放されましたか？」

「ああ、彼はホテルにいる」

「通路は――」

「どうして、あの通路を発見したのか教えてくれないか」ミスター・フィグは言った。「家族のことはないしょにしておきたいと言うなら、理解すべきだとは思うが」

「ジョージに――ちょっと待って、家族のこと？　家族って？」

ミスター・フィグは頭を下げた。「許してほしい。かなりまえから知っていた」

もうたくさんだ。今夜はこれ以上、不意打ちはいらない。

わたしたちのうえに影がかかった。ジョージが救急車に乗りこんできた。彼は頭をふった。そしてあえぐように息を吸い、簡易ベッドの反対側の狭い場所に身体を押しこんだ。

「お互いの事情を話すといい」ミスター・フィグはうしろにさがった。

救急車から上品に降りたのか、それともほかの人々と同じように飛びおりたのかは見ていなかった。

見ていたのはジョージのつらそうな黒い目と、怒っているかのような薄い唇だけだった。

ジョージはわたしの空いているほうの手を握った。もう一方の手は腕を胸に固定しているテープに隠れている。

ジョージは長いあいだ、わたしを見つめていた。その表情はとても真剣で、わたしの状態に対する心配や恐怖で追い立てられ、いまは感情がその慣性を乗り越えようとしているかのようだった。

「あやまらないわよ」わたしは言った。

「期待していない」ジョージは笑い、顔のこわばりが解けた。

「今夜は殺人犯と対決するつもりじゃなかった」

ジョージは両手をあわせ、そこに頭をつけた。「ぼくがまちがっていた……ほとんどすべてのことで」長く激しく息を吐きだした。「ありがとう」

わたしは微笑んだ。顔が痛かったけど。

18　秘密の通路

父とわたしはここ数日放っておいてしおれた植木に囲まれて、小さなアパートメントのベランダにすわっていた。きのうの夜、すなわちオーウェンがわたしを襲い、わたしが襲いかえした夜、初めて凍えるような寒さになったので、まだよかったかもしれない。厄介な話をするには、ひどい場所だった。霜にやられたどの蕾《つぼみ》を見ても、はしが茶色くなったどの葉を見ても、自分の失敗を、放置と死を思い出した。まだ霜が降りてまもなく、そうひどくなかったので復活する植木もあるだろうが、そこが問題ではない。

わたしは父を見た。昨夜まで尋ねる覚悟がなかった質問に答えられるひとだ。

そして震えた。「なかに入らない？」

「そうだな」

父がほっとするようにバニラ・アーモンドティーを淹れてくれ、ふたりで湯気の立っているカップを両手で持って、ソファにすわった。

ゆうべ階段から落ちたとき、暗闇のなかで、わたしは初めて子どもの頃にできた傷を見た。

その傷については考えることも、話すことも、見ることも長いあいだ避けてきたので、すっかり治っているものだと思っていた。でも、もうこれ以上無視できない。

「パパ」

父の目尻がやさしくなり、わたしが口にすべきことについて覚悟ができているのがわかった。

「ゆうべ階段から落ちたとき……一瞬、記憶が戻ったの」わたしは職場で階段から落ちたのだと伝えた。まったくの嘘じゃない。

「不思議だな」

「ええ。でも、あまりよくわからなくて」わたしは息を吸った。「でも、ママと関係があるのはわかる」

おかしなことに、わたしは数年ぶりにママと呼んだ。父と話したことで、そんな気分になったのだ。

「そうか。覚えていることを話してくれるか?」

まっすぐまえを見ているほうが、テレビの真っ暗な画面やサンタナのコンサートのポスターなど何であれ、父の顔の横を見ているほうが楽だった。「アビー・ブランチは覚えている? 学校の友だち。とにかく、アビーの顔が見えたの。泣いていた。そしてわたしが足首をくじいたみたいで、保健室の先生が包帯を巻いていた。それからパパが、昔の家にいるのが見えた。よくわからないけど……廊下を走っていた」

話し終わると、わたしは父のほうに視線を戻し、見なければよかったと思った。

父は口を固く閉じ、目には涙が浮かんでいた。そして湿った温かい手で、わたしの手を握った。「すまない」

「いいのよ。でも、何が?」

「おまえが覚えてなかったとは知らなかった。とてもつらいことだったから……あのあと、きちんと話さなくて悪かった。あのことについて話さなくて」

「いいのよ」

「おまえのお母さんがいなくなった日——いや、もう一度最初から話させてくれ」

父がこんなふうに言葉を取り消すなんて初めてだった。こんなふうに言葉を注意深く選ぶタイプではないのだ。父にとって難しいことだし、わたしのことだから慎重になっているのだ。

「これだけははっきりさせておきたい。最初のふたつの記憶は——おまえの友だちが泣いているのと、先生が手当てをしてくれているのは——」父は唇を固く結んだ。「どちらも最後の記憶とは関係ない。これはいいか?」

「わかった……」

「アイヴィー、おまえにあやまらないと。もう一度」父は咳ばらいをした。「なぜなら、おまえはきっと結びつけるだろうが、当時ははっきり話せなかったんだ。いまでも、当時ははっきり話せなかったことがわかる」

「よくわからない」

「おまえが二年生だったある日、学校から電話があった。おれはたまたまママと家にいた」

父はソファで身じろぎした。「ママの調子が悪い日で、一緒にいるために休みを取ったんだ」

「覚えている気がする。ママは風邪をひいていた」

父は首をふって唾を飲みこんだ。「いや、ママは――」

「ああ。ママには調子が悪い日があったわ。心の調子が」

「そうだ。すべて説明したと思うが……何年もたってから」

「覚えている気がする。つまり、ママが苦しんでいたことを――わたしみたいに――パパから聞いたことは覚えているけど、その日のことは覚えていない」

父はうなずき、どのくらい話すべきか迷っているかのように、間を置いた。「ママはおまえとはちがうことで苦しんでいた。治療するのがとても難しい病気だったんだ。でも、おまえはセラピーがうまくいっているし、仕事も続いている。きっとよくなる」

「わたしは学校で階段から落ちたのね。そして、パパが迎えにきた」

「そのとおり」

わたしは覚えていた。「パパがきてくれて、家に早く帰れるのはうれしかった。痛かったけど、何だかうまくやった気がしていたの。でも、次の記憶が最初の記憶と結びつかないなんてあるの？」

真実を知る不安に脅かされた。目尻が痛くなった。「うちに帰ったら、ママがいなかったのよね？」

父は唇をかんだ。「ああ。ママはいなくなっていた。だが、アイヴィー、ママはいずれ出ていったと思う。機会をうかがっていたんだ」

わたしは首をふった。すべてが揺れた。胃は引きつった。「でも、調子が悪かった日にママを置いて出なければ――」

「ちがう、ちがう。あれはパパのせいでも、おまえのせいでもなかった」

父がわたしの腕をつかんで抱きしめてきたので、わたしは父の顔を見ざるを得なかった。息が切れてきた。肩が上下した。「でも――」

「おまえのせいじゃない」

目から涙があふれてこぼれ落ち、頰に跡を残し、発することができなかった言葉を言おうとして開けた口に流れこんだ。

わたしは父の胸に飛びこまずにはいられなかった。父はわたしを胸で受け止め、震えが止まるまで抱きしめてくれた。

ジョージはこのアパートメントではダイニングルームで通っている合成樹脂仕上げの小さなテーブルに、マスを丸ごと持ってきて、ハーブと焼いた根菜を敷いた皿に盛りつけた。

「ジャンジャカジャーン」

キッチンでは、父が思いきり歓声をあげていた。わたしはまだ腕を三角巾で吊っていたので、無事なほうの手でテーブルを叩いた。

「ところで」ジョージは言った。「このディナーはチャタヌーガでいちばん新しいレストラン〈シナピ〉のシェフが持ってきたんだ」

「何それ？　あなたが名前を付けたの？」わたしは叫んだ。

父はコーンプディングをテーブルに持ってきて、はしにすわった。わたしは説明した。

「ジョージはずっとレストランに名前を付けたがっていたの――もちろん、彼が働いているホテルのレストランよ――」わかっているという父の目を避けるためにプディングを見てから、ジョージのほうを向いた。「〈シナピ〉？　どういう意味？」

「からしだ」ジョージはにっこり笑った。「ラテン語さ。フィグと一緒に考えた」

からし色の館。「ユーモアのセンスがあったのね――」

「おい」ジョージがフォークでわたしを指した。

「どうして、そういうことに？」

「ミズ・スウェインに起きたことはぼくの過失じゃなかったのに、停職にしたことをクラリスタが反省して」

「クラリスタ？」父がお茶が入った三人分のグラスを持ってきてまわした。

「ホテルのオーナー」わたしが説明した。「ジョージの上司よ」

父はキッチンに戻り、電子レンジの脇のキャビネットからわたしの薬を取りだした。「それで、ミズ・スウェインというのは？　豚肉の会社と同じスウェインか？」

「そうです」ジョージはマスにナイフを入れた。「先週、ホテルで亡くなりました」

父はテーブルに戻ってきて、わたしを見た。「おまえは全部知っていたのか？」

「少しだけ」

ジョージがわたしの肩を突っついた。今夜、父に言いたいことを、ジョージにはすでに伝えてあったのだ。

父は小さなピンクの薬をわたしの皿の隣に置き、ナプキンを膝にかけた。見かけではわからないだろうが、父はわたしが知っている誰よりもテーブルマナーがいいのだ。

もちろん、ミスター・フィグを除いて。彼と食事をともにしたことはないけれど、大量のナイフとフォークをとまどうことなく使いこなしている姿が簡単に想像できる。

ジョージはナイフでマスをひと切れ取って、父の皿に置いた。そして、もうひと切れをわたしに取ってくれたが、わたしがジョージのほうを見るまで、手は皿のうえで止まっていた。

ジョージは難しい顔をしている。

ジョージは正しい。これ以上、引き延ばせない。

〝わかった〟わたしは声を出さずに言い、告白を何と言ってはじめようかと考えた。

「パパ、この薬なんだけど……」わたしはピンクのレンズ豆を自分から数センチ離した。

「副作用のひとつが――その――」

「これを飲んでも気分がよくならないのか？」父はコメを口に運んだ。ジャガイモがメニューに載らなくなったいま、ジョージが好んで使うデンプンはコメだ。

「これを飲んでも気分はよくならなかったわ……ずっと」

父はマスをフォークで刺して、ふりまわしながら話した。「薬を飲んでしばらくたつと、人間の身体はそうなるのかもしれんな。つまり、耐性ができてしまうのかもしれない。ドクター・ジョンソンの予約をとって別の薬を処方してもらうか、医師を替えたければ、それもいいかもしれない」

「ドクター・ジョンソン？　いつからきちんと呼ぶようになったの？」

「すべて、おまえのためさ」父はたたんだままテーブルに載っているわたしのナプキンをちらりと見た。

わたしはナプキンを膝のうえに広げた。腕が胃に触れたとき、脈拍を感じた。これまでのところ父は冷静だが、話はまだ終わっていない。わたしは息を吸って四つかぞえ、テーブルの下にもぐれたらいいのにと思った。デリア・デュプレの愛らしい顔が頭に浮かんだ。

「そのこともあるんだけど。わたし――しばらくドクター・ジョンソンの診察を受けていないの。効果がない気がして。だから……行くのをやめたの。ごめんなさい」

父はフォークとナイフを完璧な角度で皿のはしに置いた。そして、わたしを見て、ジョージを見て、椅子をうしろに引いた。「何だって？」

「でも、いい報告もあるのよ」

「すぐに言ったほうがいい」

「家は出ないことに決めた」

父は笑みを浮かべず、わたしをじっと見ていた。

「大学に戻ろうと思っているの」

父は一度だけ拍手し、口と目を引きあげて少年のように笑った。「おれは……」祈りを捧げるときのように両手を組んで口もとに持っていくと、一瞬目を閉じた。

「それでもいい？　この家にいて、大学に通っても？　仕事は続けるつもりだけど、勉強できるように、いまみたいには働けない」

瞼を開けると、父の目は少しピンク色になっていた。まるで、瞼の内側の暗い部屋でピンク色がつくられたかのように。父はうなずき、テーブルに置いていたわたしの手に自らの手をかぶせて言った。「うれしいよ」


そのあと、わたしは無事だったほうの手で手すりにつかまり、すぐまえで上下する黒い頭を見つめながら階段をおり、ジョージを車まで送っていった。「わたしがいつも階段でおかしな態度をとるのを知っていたんだ？」

「ああ、やけに慎重になるのは階段だけだったから」

「どうやら——パパが説明してくれたんだけど——母が出ていった日、わたしが学校で階段から落ちたらしいの」

ジョージが足を止め、わたしは危うくぶつかりそうになった。彼がわたしを見た。「あのことが関係していたことに気づかなかったなんて信じられないよ。悪かった」

「いいのよ。あの頃はまだ友だちじゃなかったんだから」

「あのときのことを解決できてよかった」

「それに」わたしはゆっくり呼吸した。「あなたは正しかったのかもしれない……すべてにおいて」

ジョージは笑みを浮かべたが、心から笑ってはいなかった。「具体的に言うと？」

「ああ、そうね、拒絶とか、厄介なこととか。抑圧とか」それで、わたしはデ・ルナ警部と会うたびにパニック発作を起こしたのだ。まだ癒えていないことがあり、デ・ルナ警部の存在が引き金となってすべてが出てきた。

「たいへんだな」

「ええ、やらなきゃいけないことがたくさん」わたしは肩をすくめた。「あなたは？　また完璧主義に戻る？」

「ノーと言いたいところだが」ジョージは横目でわたしを見た。「あれが自分だ。ただ、少なくともぼくを救ったのは完璧主義じゃなかった。希望、粘り強さ、犠牲——すべて、きみが持っているものだ。それが今回のことを乗り越えさせてくれた」

わたしたちはジョージの車に着いた。ドアを開けるまえに、ジョージはそっと三角巾に触れた。「明日から仕事に戻る。そのことでは、きみにお礼を言わないと。きちんと言っていなかったと思うから」

「ええっと、救急車でも、次の日に様子を見にきてくれたときにも言ってくれたし、ゆうべは携帯電話にメッセージをくれたわよ」わたしは自分のあごをさすった。「もう充分に伝えてもらってる」

「きみがいろいろ動いてくれたとき、冷ややかな態度をとっていたからさ。もう二度とあんな真似はしない」

「わかっているわ」

「きみのやっていたことが警察に公式に認められるなんて思わなかったんだ」

「わたしもよ。でも、デ・ルナ警部がきのう電話をくれて、こっそりお礼を言ってくれたの。車庫でひどいふるまいをしたことをあやまったあとだけど」

ジョージがかがみこんで、わたしを抱きしめた。「デ・ルナ警部はきみを見くびっていた」

別れの挨拶をしたあと、わたしはチャイニーズ・フレームツリーの下に立って、ジョージの車が出ていくのを見送った。ジョージのためにやったことは、一瞬たりとも後悔していない。愛とはそんなものだ。すべてを与えられるし、愛するものを守るためなら、自分の弱さにも立ち向かえる。

ミズ・スウェインを殺害した動機について考えていたとき、わたしはずっと悪意ばかりを探していた。自尊心、ナルシシズム、嫉妬、憎しみといった人間の本質に生える厄介な雑草のようなものを。

愛を見逃していた。

オーウェンが罪を犯したのは、愛ゆえだった。オーウェンはマロリーを愛していたから、彼女が愛するものを守りたかった。だが、それは病でもあった。オーウェンにどんな診断を下したらいいのかはわからないが。わたしはユングじゃないから。いまはまだ。

けがの回復のために普通の服で一週間過ごしたあとだと、ウエストが細いハイネックの制服という制限は、以前より耐えがたくなっていた。けれども、復帰した初日に宿泊客のクレジットカードの処理や予約の受付といった細かいことをしていると、おもしろ味のないことだとは思わなくなっていた。わたしは花に囲まれているのだから。

わたしがいかにして警察をスウェイン親子殺害犯に導いたかというニュースは、あっというまにホテルに広まった。すると、この数日で四つのフラワーアレンジメントがアパートメントに届いた。ひとつはミスター・フィグから、ひとつはクラリスタから、ふたつはジョージからで、感謝と回復を願うしるしだ。きょう、わたしはフロントデスクと事務室を明るくするために、ふたつのアレンジメントを持ってきた。

友人や同僚から祝われても祝われなくても、ジョージを問題から救えてよかったし、ジョージがホテルに戻ってこられてよかった。まだ、わたしの自尊心という表面の下には緩慢な不安が流れている。わたしは自分で思っているほど回復していないが、不安症でも行動するのをやめなかった。

わたしはすでに二か月半後にはじまる新学期の授業に備えて、スケジュールを組んでいた。そして、新しいセラピストも探している。

テレンスがロビーに現れて、今夜のディナーのお客は何人かと訊いてきた。わたしは予約簿を見た。ダイニングルームは数週間まえと比べると、ずっと満員というわけにはいかないが、きっとわたしの腕のように、これからよくなっていく。

わたしは狡猾な電話にうまく対応して受話器を置いてふり向くと、ミスター・フィグがうしろに立っていた。ミスター・フィグにはすぐにでも答えてほしい質問がいくつもあり、このときを楽しみにしていた。

「ミス・ニコルズ、いまの電話は見事な対応だった」

わたしはにっこり笑った。「あら？　予約についての簡単な質問にパニック発作を起こすと思っていたんですか？」

「きみならだいじょうぶだ」近くにあるフラワーアレンジメントを見た。「ここはとてもいい香りがする」

「でしょう？」わたしは微笑んだ。「ミスター・チェンまでが少しまえにほめてくれました」

ミスター・フィグは眉を吊りあげた。

わたしがモロー家の末裔《まつえい》だとミスター・フィグが知っているとわかったいま、彼がなぜ自分を気に入っているのか、よくわかる。もちろん、わたしが人好きするタイプというのもあるだろうけれど、この二週間、調査をするためにルールを次から次へと破るのを許してくれたのだから。ドイルに、そしてベアにさえ、同じことを許すとは思えない。「ミスター・フィグ」

「はい？」

「いつから、わたしがモロー家と関わりがあると知っていたんですか？」

ミスター・フィグの視線がわたしを越え、また戻ってきた。「きみはおばあさまとあごがよく似ている……ほかの何よりも」

また、答えになっていないような答えだ。あごでわかるわけがない。それでも膝のあたりで幸せの芽が出て、頬で咲いた。「わたしを通路から引っぱりあげてくれたとき――つまり、見つけてくれたときですけど――あそこに何があったか見えました？」

ミスター・フィグはのけぞり、わたしの鼻を疑わしそうに見おろした。

今度はまったく答えがない。わたしはもう一度促した。「それとも、あそこに何があるのか、最初から知っていたんですか？」

「手がかりはあった」

髪の先までぞくぞくしてきた。「五分、フロントを頼めるかな」

強烈な好奇心が湧いてきて、フロントのスイングドアを出た。ここにくるまで、よくこんなにも長く待てたものだ。あの階段の下に何があるのか、あともう一分だって知らずにいられない。

わたしはモーニングルームから温室の反対側へと、オーウェンに追われた夜の足取りを追った。

ミスター・フィグもついてきた。「アイヴィー、わたしは迷っているのだ――つまり、もしかしたら、きみはまだ見るべきではないのかもしれない――まだ見る準備ができていないかも」

「どういうことですか？　いま、アイヴィーって呼びました？」

茂りすぎたオレンジの木は見つけたものの、通路を開くきっかけとなったものはすぐにはわからなかった。そして、あの夜につかまった太い枝を見つけると、あたりを見まわした。わたしが踏んだかぶつかったかしたボタンか何かがあるはずだ。枝の先までさわっていくと、温室の壁にある鉄の枠に触れていた。

壁の幅木の一部が鉄枠になっていて、鳥やほかの動物の模様が彫られているのだ。わたしは両手でトンボ、水牛、脚の長いサギと触れていった。

指がサギに触れたとき、大きく開いている翼のいちばん上の羽がほんの一センチほど下に、ほかの羽のうしろに滑った。

すると、オレンジの木の下にある石の床板が音をたてた。そして、そのまわりの四角い縁に太くて暗い隙間ができたのだ。

「あの夜、きみは入口のうえに立っていたのだろう」ミスター・フィグはわたしを説得するのをあきらめ、いまでは番犬というよりお目付け役のようにあとからついてきた。

「そして、つかんだ枝が離れた場所からスイッチを起動させた」わたしは二歩進んで、石板にそっと足をのせた。

石板がかん高い音をたて、まるで蝶番のように動いて、その下の暗い階段が見えた。温室のどこから見ても、植物や背の高いプランターがじゃまして見えないようになっている。そして外からだと、階段をおりるとすぐに、壁にある風変わりな鉄の飾りで隠されてしまうというわけだ。

わたしがミスター・フィグを心から信頼しているのは、こういうところだ。

ミスター・フィグはポケットから小さい懐中電灯を出して、わたしに差しだした。

「あなたは何も持たずに動いているのだと思っていました。そのベストにはほかに何が入っているんですか？　でも、これはあなたが持ってください。しばらくは、左側の石のプランターを頼りにできるから。そのあと頭が床のところまで下がったら、汚いけどしっかりした手すりがあるはずです」

埃と足もとの心もとなさで、ほとんど息ができなかった。「正しいおり方のほうが時間が長くかかるみたい」

目のまえに節くれだった根がぶら下がっていた。わたしは手で押しのけ、それが最初に転がり落ちたとき、わたしの髪を引き抜いた荒々しい指だったことに気がついた。

今回は足から階段の下に着くと、ミスター・フィグから懐中電灯を受け取った。ざっと見まわすと、コンクリートの床とまがりくねった煉瓦の通路がある。オーウェンを殴った煉瓦を見つけた瓦礫の山は右側だ。懐中電灯の小さな光で壁のうえを照らすと、木の根が壁を破り、その下に小さな山をつくっていた。

ミスター・フィグが階段をおりてきて、うしろに立った。「どうしてゴムの木が弱っているんだろうと思っていたのだ。根が枯れていたのか」

わたしは腰をかがめて通路に入った。右側にドアが並んでいる。「どのあたりにいるのかしら？」

「地下だ。温室とテラスの下になる」

ひとつ目のドアの薄汚れたガラスが懐中電灯の光を反射した。

わたしはドアノブに手を置いて、ミスター・フィグをふり返った。「ここに何があるのか知っているんですか？」

「歴史だ。そしてうっかりしていると、運命を見ることになる」

わたしはドアを開けて、広い部屋に入った。懐中電灯を持っていても、何を目にしているのか理解できなかった。

「失礼」ミスター・フィグがうしろから入ってきて、頭上のスイッチをつけた。

窓のない部屋が明滅する光で照らされた。

あまりの眩しさに目をしばたたいた。目が慣れ、わたしは周囲の様子を理解しようとした。脚がぞくぞくする。

わたしはミスター・フィグをふり返った。

「シーク・イートゥル・アド・アストラ（かくして、ひとは星に至る）」ミスター・フィグは言った。

謝辞

〈ホテル一九一一〉は想像上でのみ存在しますが、バッテリー・プレイスに建つホテルとして描写しています。この土地はチャタヌーガ市に隣接する歴史の浅い実在の場所ですが、イースタン・チェロキー族であるツァラグウェティウィに属する川沿いの崖、アトラヌワとして長い歴史を有しています。白人の開拓者に故郷を追われたとき、彼らの長く壊滅的な旅はロスズ・ランディングにある架空の〈ホテル一九一一〉の敷地から一・五キロほど川を下った場所ではじまったのです。

本書を世の中に送りだす手助けをして下さった方々に心からお礼を申し上げたいと思うとき、わたしはもっと優れた作家でありたいと願います。

まず、わたしに本を読んでくれ、家のなかを本でいっぱいにしてくれた両親に感謝します。あなたたちがわたしを本好きにして、この長旅を輝かせてくれた。パパ、本が出たとき、わたしのことをお気に入りの作家と呼んでくれたことは、いまでも空に輝くお城のようです。ありがとう。

すべての先生方にも感謝します。とりわけ、ルーシー小学校のバーバラ・ブラウン先生は言葉を書いて登場人物をつくりあげるという幼い試みを育ててくれました。

地元の批評グループであるチャタローサの女性たちにも深い感謝を捧げます。この本のあらゆる段階で、知恵と熱意を分けてくださいました。キャロル、フランシス、ライザ、ジェイニー、ポーラ、ふたりのスーザン、この本が書けたのは、あなたたちがいてくれたから。〝完成〟原稿の最初の読者にもお礼を言います――ミシェル、ジュリー、ライザ――あなたたちの寛大さで、わたしは人々への信頼を取り戻しました。あなたたちは何の見返りも求めずに時間と考えを分けてくれた。借りがひとつ（三つ？）できました。

完全無欠のエージェント、アニー・ボンク。原稿を千回も読んでくれたこと、登場人物を心から愛してくれたこと、執筆する過程でいつも時間をつくってくれたことに感謝します。いつもわたしを追いこんでくれた。この新米作家にチャンスをくれたこと、永遠に感謝します。

編集者フェイス・ブラック・ロスには、本書と次作を応援し、すべてを変えることになった申し出をしてくれたことに感謝します。

次の方々は本書がぼんやりとしたアイデアだった頃から刊行日までの多くの段階で、わたしの残りの人生を保つ手助けをして下さった人々です。女性MCのセーラ、ミッシー、メリッサ、ゲイ、カレン、スーザン。愛するミシェルとスーザン。アナとウイリアム。ウイリアム、あなたが与えてくれた時間と労力と情報へのお礼を述べるには、あともう一章いるわ。

ゲイルとブルースはすばらしい義父母であり、子どもたちの最高の祖父母です。ありがとう。わたしの子どもがおふたりの手で愛され安全でいることを知るたびに、わたしはその贈り物をありがたく思い、大切にしています。

地元のアーティストを育ててくれるミッション・チャタヌーガと修道士のみなさまにも感謝いたします。夕べの祈りの家族たち、毎週日曜日の五時、わたしの心はいつもみなさまと共にあります。永遠に。

グラント、車や配管工事について書く必要があるときに実際的なノウハウを教えてくれたこと、一日じゅう執筆するために〝現実の仕事〟を抑えてくれたこと、わたしが渡したひどい原稿を読んでくれたこと、うまくいかなかったときにもこうなることを信じてくれたこと――あなたを愛し、心から感謝しています。

わたしの相棒であるライアム、最大のファンでいてくれてありがとう。わたしもあなたの最大のファンです。

訳者あとがき

一九一一年。

そう聞いて、どんなことを想像するでしょう？　いまから百十年まえ、日本では明治時代の終わりにあたり、第一次世界大戦がはじまる少しまえの時代です。

本書『新米フロント係、探偵になる』のヒロイン、アイヴィー・ニコルズはそんな時代をコンセプトにしたブティックホテル〈ホテル一九一一〉で、フロント係として働いています。テネシー州南東部の小さな都市チャタヌーガにある〈ホテル一九一一〉は、もとはチャタヌーガ鉄道で財を成したモロー家の屋敷でした。古代ギリシア・ローマ時代に陶酔していた鉄道王マードック・モローがグレコローマン美術のモチーフをふんだんに用いて建てたのです。しかしながら、やがてモロー家は衰退し、売りに出された屋敷を買ってホテルに変身させたのが現オーナーのクラリスタ・キング。

モロー家には一九一一年に撮影した使用人たちの写真が残っていました。屋敷に対する思い入れが強いクラリスタはホテルの従業員たちに写真と同じ格好をさせ、当時のようなふるまいで接客することを求めました。それが〈ホテル一九一一〉というわけです。

ホテルにはさまざまな人々が訪れます。

この日アイヴィーがフロントで応対しているのは七十歳くらいの老婦人、アメリア・スウェイン。宿泊の予約をしたときに指定した部屋が用意されていなかったと、ひどくご立腹。厳しい言葉でアイヴィーを責めたてます。アイヴィーは最上級の部屋を用意して何とかその場を収めますが、アメリアのホテルに対する不信感は消えません。ディナーになると、今度は自分にはひどい甲殻類アレルギーがあり、少しでも口にしたら死んでしまうと給仕係を問いつめ、周囲の人々を凍りつかせます。

そして翌日、アメリアがディナーの最中に倒れて死亡します。警察は甲殻類アレルギーによるアナフィラキーショック死である可能性が高いとし、アイヴィーの親友であるシェフ、ジョージの過失を疑います。完璧主義者のジョージがそんなまちがいを犯すはずがない。アイヴィーはジョージの潔白を信じて、自ら調査に乗りだします。あの傲慢なアメリアなら、殺すほど憎んでいた人物がいてもおかしくない。彼女は毒殺されたのかもしれない……。

さて、本書のヒロインをご紹介しましょう。

アイヴィー・ニコルズは心理学者カール・ユングに心酔している二十八歳。大学で心理学を学んでいましたが、パニック障害が原因で休学。幼い頃に母が失踪し、その後は父とふたりで生きてきました。大学を休学したあとは職を転々としていましたが、〈ホテル一九一一〉では勤続期間の最長記録を更新中。〈ホテル一九一一〉が働きやすい職場だということもありますが、アイヴィーにはホテルで働きつづけたいと願う理由がほかにもありました。それは失踪した母がモロー家の末裔だから。アイヴィーは母が幼い頃に暮らしていた屋敷で働くことで、母や母方の家族のことを知りたいと思っているのです。でも、そのことはジョージしか知りません……。

アイヴィーはパニック障害を抱えながらも〈ホテル一九一一〉という居場所を見つけ、前を向いて歩いています。その姿は著者オードリー・キーオンと重なります。キーオン自身が不安症と闘っているのです。小説で描くことで、精神的な病に対する偏見をなくしたい。そう願いながら。

最後にうれしいお知らせを。

キーオンがアイヴィー・ニコルズを主人公としたシリーズ二作目を書いてくれました。タイルは *Dust to Dust*、二〇二一年八月刊行予定とか。次作で窮地に陥るのは〈ホテル一九一一〉支配人のミスター・フィグ。次作でもアイヴィーがミスター・フィグを救うために活躍するのでしょうか？　楽しみに刊行を待ちたいと思います。

二〇二一年五月

コージーブックス

歴史《れきし》と秘密《ひみつ》のホテル①
新米《しんまい》フロント係《がかり》、探偵《たんてい》になる

著者　オードリー・キーオン
訳者　寺尾《てらお》まち子《こ》

2021年5月20日　初版第1刷発行

発行人　成瀬雅人
発行所　株式会社　原書房
〒160-0022 東京都新宿区新宿1-25-13
電話・代表　03-3354-0685
振替・00150-6-151594
http://www.harashobo.co.jp
ブックデザイン　atmosphere ltd.
印刷所　中央精版印刷株式会社

落丁・乱丁本はお取り替えいたします。
定価は、カバーに表示してあります。
 ISBN978-4-562-06115-0 Printed in Japan